斗罗大陆

第三部

龙王传说 25

唐家三少 ○著

湖南少年儿童出版社

图书在版编目（CIP）数据

斗罗大陆. 第三部, 龙王传说. 25 / 唐家三少著. —
长沙：湖南少年儿童出版社，2018.4
ISBN 978-7-5562-3597-1

Ⅰ. ①斗… Ⅱ. ①唐… Ⅲ. ①长篇小说－中国－当代
Ⅳ. ①I247.5

中国版本图书馆CIP数据核字(2017)第303250号

DOULUODALU DISAN BU LONGWANG CHUANSHUO
斗罗大陆 第三部 龙王传说 25
唐家三少 著

责任编辑：阳 梅　　梁 洁　　黄香春
特约编辑：朱碧倩　　尚 姝
装帧设计：杨 洁

出版人：胡 坚
出版发行：湖南少年儿童出版社
社址：湖南省长沙市晚报大道89号　　邮编：410016
电话：0731-82196340（销售部）　　82196313（总编室）
传真：0731-82199308（销售部）　　82196330（综合管理部）
常年法律顾问：北京市长安律师事务所长沙分所　　张晓军律师

经销：新华书店　　印刷：湖南天闻新华印务有限公司
印张：18　　　　　字数：310千字
开本：710 mm×1000 mm　1/16
版次：2018年4月第1版
印次：2018年4月第1次印刷
定价：29.80元

版权所有　　侵权必究
质量服务承诺：若发现缺页、错页、倒装等印装质量问题，可直接向中南天使调换。
读者服务电话：0731-82230623
盗版举报电话：0731-82230623

目录 CONTENTS

第一千六百三十六章 君子报仇，十年不晚 / 001
第一千六百三十七章 传灵塔的内部危机 / 005
第一千六百三十八章 数据分析 / 009
第一千六百三十九章 一统世界 / 013
第一千六百四十章 祭坛，魔皇现 / 017
第一千六百四十一章 海神阁会议 / 021
第一千六百四十二章 正面复仇 / 025
第一千六百四十三章 真正的强者 / 029
第一千六百四十四章 全面压制 / 033
第一千六百四十五章 首脑碰撞 / 037
第一千六百四十六章 两大龙皇禁法 / 041
第一千六百四十七章 千古家族认栽 / 045
第一千六百四十八章 大陆危机 / 049
第一千六百四十九章 我们走 / 054
第一千六百五十章 传灵塔的应对 / 058
第一千六百五十一章 准备 / 062
第一千六百五十二章 和兄弟们在一起 / 066
第一千六百五十三章 破灭绝山斧 / 070
第一千六百五十四章 大战黑暗铃铛 / 074
第一千六百五十五章 绝境 / 078
第一千六百五十六章 援军终至 / 082
第一千六百五十七章 剩下的事情交给我们 / 086
第一千六百五十八章 为了联邦 / 090
第一千六百五十九章 生命子树的吸引力 / 094
第一千六百六十章 中央军团邵立峰 / 098
第一千六百六十一章 万众一心 / 102
第一千六百六十二章 遮天蔽日 / 106
第一千六百六十三章 雅莉发威 / 110
第一千六百六十四章 大天使的圣灵之舞 / 114
第一千六百六十五章 深渊大军败退 / 118
第一千六百六十六章 深渊圣君能否降临 / 122
第一千六百六十七章 中央军团军团长 / 126
第一千六百六十八章 碰撞，试探 / 130
第一千六百六十九章 生命礼赞 / 134
第一千六百七十章 吞噬神器 / 138
第一千六百七十一章 师伯的好朋友 / 142

目录 CONTENTS

第一千六百七十二章 古月娜的计划 /146

第一千六百七十三章 强者云集 /150

第一千六百七十四章 军事会议 /154

第一千六百七十五章 内部交锋 /158

第一千六百七十六章 作战方案 /162

第一千六百七十七章 雨雪到来 /166

第一千六百七十八章 我们永远都是朋友 /170

第一千六百七十九章 空军出动 /174

第一千六百八十章 恐怖蜂群 /178

第一千六百八十一章 蜂帝 /182

第一千六百八十二章 急速突进 /186

第一千六百八十三章 进退自如 /190

第一千六百八十四章 恐怖光罩 /194

第一千六百八十五章 出乎意料的救援 /198

第一千六百八十六章 血河弑神大阵 /202

第一千六百八十七章 大局为重 /206

第一千六百八十八章 凌梓晨的条件 /210

第一千六百八十九章 疯狂的凌梓晨 /214

第一千六百九十章 交换 /218

第一千六百九十一章 危言耸听 /222

第一千六百九十二章 改造永恒天国 /226

第一千六百九十三章 商议 /230

第一千六百九十四章 血河弑神大阵动了 /234

第一千六百九十五章 全面抵抗 /238

第一千六百九十六章 伴装撤退 /242

第一千六百九十七章 致命危机 /246

第一千六百九十八章 深渊恶镰 /250

第一千六百九十九章 银龙镇 /254

第一千七百章 强敌到来 /258

第一千七百零一章 深渊位面第二层灵帝 /262

第一千七百零二章 双龙齐至 /265

第一千七百零三章 传灵塔塔主古月娜 /269

第一千七百零四章 改造成功 /273

第一千七百零五章 誓与军团共存亡 /277

附录 /281

第一千六百三十六章
君子报仇，十年不晚

永恒天国落入史莱克学院和唐门手中这件事，直接导致了整个大陆格局的变化。

鸽派在议会中重新崛起，隐隐有和鹰派分庭抗礼的趋势。墨蓝已经正式成为鸽派的领袖。

鹰派方面，因为瀚海斗罗陈新杰的离去，内部权力的争夺极为激烈，一系列的明争暗斗之后，人事也发生了变化，海神军团也有了归属，针对星罗、天斗两国的战争因此而被搁置。

去找史莱克学院和唐门的麻烦？别开玩笑了，先不说史莱克学院和唐门有多少位极限斗罗，单是永恒天国的威慑力，就连传灵塔都不敢有所动作。

永恒天国是绝对的大杀器，是可以轻易毁掉一座城市的恐怖武器啊！

这就是一种战略武器，它在谁手中，谁就有足够强大的威慑力。

更何况，史莱克城重建之后，史莱克学院和唐门正式连接在一起，史莱克新城已经成为当今大陆最吸引人的地方。

史莱克新城的每一块土地都被炒到了天价。当然，想要入城居住，需要通过史莱克学院的严格考察才行。

随着史莱克学院的蒸蒸日上，传灵学院受到的冲击越来越大。当史莱克学院恢复大陆第一学院的地位之后，传灵学院的影响力自然也就跌入低谷。

自从传灵塔在战神殿内被摆了一道之后，或许是因为受到的打击太大，传灵塔选择低调行事，只保持了正常的经营活动。当然，万兽台依旧生意火爆。

但在其他方面，传灵塔最大限度地保持沉默，就连在议会之中也没有人质疑永恒天国丢失的事情，而联邦高层严密封锁消息，使这件事没有外传。

可消息灵通人士都知道，史莱克学院已重新崛起。这意味着，再没有谁能动史莱克学院和唐门分毫了。

仿佛在一夜之间，又回到了史莱克城被毁之前。虽然从底蕴上来看，现在的史莱克学院依旧不能和过去相比，要知道，当初史莱克学院拥有众多封号斗罗级别的老师，但随着唐舞麟他们这一代的成长，史莱克学院的新生代崛起了，再加上引入泰坦巨猿家族、麒麟斗罗，整体实力更是不容忽视。当然，还有外人不知道的扫地工老陈。

目前史莱克学院的整体战斗力甚至超过擎天斗罗那个时代。

史莱克学院能够在这么短的时间内重新崛起，固然是因为唐舞麟他们这一代的成长与坚持，但更重要的是因为它多少年来的积累与底蕴。

像越天斗罗关月这种从史莱克学院毕业的强者，在整个大陆上不知凡几，在史莱克学院重建的过程中，他们都不遗余力地为之付出。

这才是关键之处。

而且，两万年的积累又岂是说消失就消失的呢？

用"和谐"来形容现在的斗罗大陆再合适不过。同时，有一个消息对大陆魂师界有着不小的震动——唐舞麟是神匠。

包括锻造师协会在内，多方已经正式确认，史莱克学院海神阁阁主、唐门门主唐舞麟乃神匠，他成为继神匠震华之后能够完成天锻的第一人。

就在锻造师协会确认了这件事之后，神匠震华以身体欠佳为由，宣布不再接受任何天锻的申请，他正式退隐，未来将会把主要精力放在教导工作方面。

这件事一宣布，就意味着，在当今大陆上还能够进行天锻、锻造四字斗铠所需金属的，只剩下唐舞麟一个人了。

这对于史莱克学院实力的提升太重要了。要知道，哪怕是在史莱克学院的巅峰时期，都没有出现过一位神匠。

"现在局势平稳，有你们在大后方支持，现在我们的日子好过多了。中立派跟着我们，话语权也变大了，我觉得，你们是不是考虑一下，在议会之中获取几个席位？"墨蓝喝了一口茶，看着面前英俊挺拔，眉宇间多了几分成熟的唐舞麟说道。

今天她特意来到史莱克学院见唐舞麟，就是要把最近议会发生的事情跟他说一下。

唐舞麟微笑着道："还是不了。史莱克学院当初不进入议会，以后也就不会进入。保持真正的中立，这是史莱克学院一直以来的做法，不能从我这儿坏了规矩啊！"

墨蓝轻叹一声："有的时候，还是要向权力靠拢一下的。在这个世界上，好人不少，坏人也不少。史莱克城遭遇的大劫难，很大程度就是因为你们在议会中没有话语权。"

唐舞麟道："学院毕竟只是学院。如果我们将手都伸到政界去了，那史莱克学院就不再纯粹。上次的大劫难对于史莱克学院来说影响巨大，但同样点醒了我们——我们的实力需要更加强大，才能确保这样的事情不再发生。姐，我们会一直在背后支持中立派和鸽派。目前的局势不是很好吗？"

"那你们的仇还报不报？"这其实才是墨蓝这次来最想问的问题。

明眼人都看得出来，之前史莱克城被炸，肯定和传灵塔有关系。虽然找不到圣灵教的人，但传灵塔就在眼前。墨蓝当然也认为保持目前的和谐局面是最好的，可是，史莱克学院的血海深仇他们能不报吗？而一旦史莱克学院对传灵塔动手，那必定又会带来一场腥风血雨。

传灵塔富可敌国，手下笼络了太多的强者，一旦史莱克学院和唐门针对传灵塔行动起来，那么，好不容易出现的大好局面必将会被破坏。

这并不是墨蓝希望看到的。

唐舞麟看向墨蓝，认真地道："姐，那你认为，我们应该去报仇吗？"

墨蓝愣了愣，她没想到唐舞麟会来反问自己。

这个问题，她也不知道该怎么回答。

唐舞麟淡然一笑："姐，这件事你就不要操心了。有些事总要处理的。史莱克学院和唐门隐忍了这么长的时间，只是因为，君子报仇，十年不晚。"

血海深仇怎能不报？擎天斗罗云冥、银月斗罗蔡月儿、赤龙斗罗浊世、炽龙斗罗枫无羽……这一个个熟悉的名字，不知道在唐舞麟心中闪现了多少次。曾经，他们都是史莱克学院的支柱，但是，在那样一场灾难之中，他们为了守护所有的学员，付出了自己的生命。

史莱克学院的一位位师长，以他们的生命为代价换取了史莱克年轻一代存活的机会，换取了史莱克学院重新崛起的可能。

不报仇了？任何一名史莱克学院的老师能够同意吗？

唐门，同样有一个个熟悉的名字，曾经的众位堂主，斗魂堂的众位兄弟，在那一场大灾难之中惨遭不幸。连唐门总部都彻底被毁……

而这一切，都是怎么来的？

圣灵教？

只是一个圣灵教就敢同时对两大组织动手？

只是一个圣灵教就能够拿到两枚十二级定装魂导炮弹？

当然不可能！

罪魁祸首固然是圣灵教，但同样，种种迹象表明，传灵塔脱不了干系。大家对传灵塔的恨早已刻骨铭心。

史莱克学院崛起的过程中，每一次都是在被动防御，每一次都是在传灵塔的压迫下挣扎求生。

而现在，一切都稳定下来了，他们已经站稳了脚跟。

接下来，报仇的时间就要到了！

第一千六百三十七章
传灵塔的内部危机

墨蓝是带着遗憾走的,她的目的终究没能达到。事实上,她在来之前就有这样的预感了。

这是血海深仇,史莱克学院和唐门再怎么宽容大度,这种刻骨的仇恨也不可能就这么算了。如果不是为了大陆稳定,他们早就展开报复行动了。

唐舞麟身为史莱克学院和唐门的掌舵人,他自然不可能因为和墨蓝的关系就选择不报仇。他还在等,等待最佳机会出现。这个机会不是来自外界,而是与他们自身密不可分。

现在的史莱克学院,最强悍的地方是未来能提升的空间。

有唐舞麟这个神匠在,无论是史莱克七怪还是其他强者,都能被武装到牙齿。

因为哪怕是传灵塔,也不可能想象得到他在天锻方面的天赋有多高,能够以多快的速度锻造神级金属。

当然,除了史莱克学院和唐门真正的核心成员之外,可以说没有其他人知道唐舞麟在锻造方面的速度。外界的魂师就算相信他是能够完成天锻的神匠,也只会根据神匠震华鼎盛时期的锻造速度来推算他的锻造速度。

可是,和神匠震华相比,唐舞麟的锻造速度不知道快了多少倍。

他在等,等所有的伙伴都成为封号斗罗,等着他们都穿上整套四字斗铠的那一刻。到了那个时候,报仇的时机就真正成熟了。

史莱克学院禁受不起再一次重创了，所以，在没有绝对把握的情况下，唐舞麟并不会轻举妄动。

君子报仇，十年不晚。他们可能一时半会儿找不到圣灵教，但传灵塔绝对跑不了。

因此，墨蓝离开的时候，他只是告诉墨蓝，史莱克学院至少在未来半年内不会有什么大动作，会给大陆一个休养生息的机会。但是，过了这段时间他就无法保证了。

唐舞麟到现在还没有完成自身的四字斗铠，实在是因为锻造那种真正的神级金属对他的精力和体力的消耗太大，他至少要一周时间才能完全恢复过来。在此期间，他就帮助其他人锻造四字斗铠所需的金属。

而自从达到那个境界之后，唐舞麟对于天锻的领悟达到了另一个层次，在锻造过程中，他可以说是得心应手。虽然速度并没有加快，但品质明显得到了提升，所以现在，即便是伙伴们先前已经完成的四字斗铠部件他都拿回来再加工一下，如此一来，可以将斗铠的威能提高一个层次。

传灵塔。

千古东风脸色严肃地坐在主位上，在他左侧下首位的，是天凤斗罗冷遥茱，右边下首位之人却是银龙斗罗古月娜。

没错，在传灵塔内，古月娜现在的地位已经不亚于冷遥茱了。

自从千古东风确定了她和自己孙子的关系之后，最后一点戒心也随之消失，他力排众议，将她提到了现在的位子。而古月娜也凭借着强大的实力和超人一等的智慧将万兽台经营得十分好。

可以说，这些日子以来，唯一让千古东风得到安慰的，就是万兽台这边带来的巨额收入了。

只是，就算如此，这位传灵塔塔主的心情依旧很不好。

除了冷遥茱和古月娜之外，在场的都是超级斗罗以上层次的强者，他们是传灵塔真正的高层，也是传灵塔立足的根本。

千古东风就这么沉默地坐着，好几分钟都没有开口。

虽然大家不知道这次会议的主要内容是什么，但不用想都能猜到，应该和史莱克学院有关。

唐门两大极限斗罗带着永恒天国来到传灵塔总部威慑传灵塔一事，在传灵塔高层之中并不是什么秘密。

这自然是传灵塔的奇耻大辱。

从战神殿回来之后，千古迭廷大发雷霆，处置了总部不少人。可就算如此，也改变不了已发生的事实。最重要的是，永恒天国落在唐门手中，这就像是悬在传灵塔头顶的一柄利剑。毕竟，谁也不知道这玩意儿什么时候会降临。要知道，它的威力可比另外两枚十二级定装魂导炮弹加在一起都要恐怖啊！无论落在哪里，都会让那里成为一片废墟。

就在最近一个月的时间内，千古东风接到了来自高层的二十几封请求外调的信函。别的不说，在场就有超过三分之一的人有过这样的请求。

法不责众，无论千古东风再怎么强势，也不可能针对传灵塔所有高层下令，那必将引起内部动乱。千古家族虽然在传灵塔有着很高的地位，但也无法一手遮天。

所以，今天这个会千古东风必须开，不然的话，传灵塔内部难免人心浮动，那样一来，麻烦就大了。

永恒天国被唐门拿到了，这其实不能算是他的责任，可是，传灵塔内部不是这么看的，现在已经有许多质疑的声音出现了。

毕竟，针对史莱克城的那次事件最主要的决策层就是千古家族，现在被翻出来了。要不是千古迭廷、千古东风两大极限斗罗的震慑，恐怕这些质疑的声音早就化为实际行动了。

"塔主，您把大家都叫来，到底有什么事情？"冷遥茱终于坐不住了。

她虽然心中有数，但在这个时候，还是要主动提出来。

她和千古东风并不是一派的，事实上，她代表的是传灵塔内部的另一派势力，只不过和千古家族相比要弱势许多。

千古东风看了她一眼，淡淡地道："最近这一段时间有许多风言风语，所有的事我都知道，我也知道大家在担心什么。事实上，你们的担心我同样有。你们无非就是在想，史莱克学院和唐门什么时候正式来报复我们。"

此言一出，整个会议室内顿时变得落针可闻。

所有人的目光都集中在千古东风身上。

谁也没想到，千古东风会如此直接地将这件事说出来。

千古东风沉默了一下，道："没错，我们和史莱克学院、唐门之间的矛盾已经不可化解了，这件事情早晚会发酵，而越晚对我们越不利，你们应该也都是这样认为的，对吧？"

冷遥茱眉头微蹙："塔主，您这是在指责大家吗？"她内心早就对千古东风很不满了。

千古东风冷冷地看了她一眼："在我们斗罗大陆，自从魂导器高速发展以来，我们就不再需要考虑魂兽这样的对手。所以，人类的对手只有自己。而随着魂导器的发展，魂师个体的力量已经不那么重要了，否则的话，擎天斗罗就不会被炸死。"

此言一出，冷遥茱的脸色明显一变，桌子下的拳头不禁随之握紧，她眼中寒光迸射。千古东风这是在往她的伤口上撒盐，她内心更加愤怒了。

千古东风却没有看她，只是继续道："所以，在这个世界上，个人的力量不是绝对的，真正强大的是集体的力量，是科技的力量，更是金钱的力量。而我们传灵塔能成为整个大陆上的第一大组织，就是因为我们拥有深厚的底蕴和天文数字一般的金钱。娜儿，把数据给大家说一下。"

第一千六百三十八章
数据分析

"是,塔主。"

在千古东风右侧的古月娜坐直身体,淡淡地说道:"目前,万兽台经营状况良好。万兽台除接受金钱以外,还接受以稀有金属等珍贵物品作为交换条件进入。在最近一年时间内,万兽台带给我们的收入已经超过传统的魂灵销售额的百分之三十,成为我们最大的收入来源。这些稀有金属以及金钱收入的一部分投入了魂导科技的研发之中,另一部分则用来购买战略物资,补充我们所需。"

说到这里,她停顿了一下,看向千古东风,露出一个询问的目光。

坐在古月娜对面的冷遥茱脸上露出诧异之色,因为这些数据连她都不知道。她曾经询问过古月娜,但当时古月娜的回答是——不清楚!现在古月娜却在千古东风的要求下说出这些,这意味着什么,她怎么会不清楚。

自己的这个弟子,恐怕已经彻底远离自己这一边了。

千古东风向古月娜点了点头,道:"有些事情也该告诉大家了,不要让大家认为我一直是在尸位素餐。我们所做的准备工作,都是为了随时应对极端情况的发生。"

古月娜点了点头,道:"第一批战略物资包括一百枚九级定装魂导炮弹、三百枚八级定装魂导炮弹、联邦专门为未来探索太空研制出的太空级魂导阵列防御体系三组以及……"

一连串的数据,令在场众多传灵塔高层张口结舌。

一百枚九级定装魂导炮弹，这意味着什么？

要知道，任何一枚九级定装魂导炮弹的威力都相当于一位极限斗罗的全力一击，这些都是战略物资啊！

海神军团的旗舰，也不过就是配备了十枚九级定装魂导炮弹，那已经是联邦最高规格了。

一百枚！这个数字好像从来没被用来修饰过九级定装魂导炮弹，这算下来是一笔多么庞大的费用啊！

古月娜报完数据之后，继续道："对于永恒天国的威力，我们进行过详细分析。虽然还不能完全分析出它爆炸时的核心威力能够达到怎样的程度，但是，在大爆炸过程中，三组太空级魂导阵列防御体系至少能够给我们创造三分钟的安全时间。三分钟，足以令诸位做很多事了。"

传灵塔总部自然不会缺乏逃生装置。有三分钟，他们跑个十几次都来得及了。

千古东风目光冷厉地道："现在这三组太空级魂导阵列防御体系就安装在总部这边。所以，我敢说当今斗罗大陆上没有什么地方比这里更安全。现在，谁还想要调走，立刻提出来，我第一时间批准，绝不挽留。"

战天斗地的气息从这位极限斗罗身上爆发出来，此时的他，哪还有先前的沉郁之气，更多的是霸气。

包括冷遥茱在内，全场一片肃静。

谁也没想到千古东风竟然暗中有这么多的动作。这所需要的金钱绝对是难以想象的天文数字，但是，谁也无法指责他乱花钱。

如果不是最近糟心事太多，在场所有人都必须承认，自从千古东风成为传灵塔塔主之后，传灵塔得到了全面而高速的发展。

万年魂灵本身就令传灵塔收入暴增，再加上现在的万兽台，可以说在这位塔主上任之后，传灵塔的收入提高了百分之八十。他创造财富用来购买战略武器、资源从而守护传灵塔，威慑对手，这些做法完全没有问题。

千古东风环顾一圈，看到没有任何人敢在这个时候开口，这才满意地点了点头，淡然道："所以，从现在开始，我不希望再听到任何危言耸听的声音。至于史莱克学院和唐门，他们敢来，那就等着他们。如果他们够聪明的话，就应该老老实实地发展自身。至于十二级定装魂导炮弹，在不惜一切代价的情况下，我们也不是做不出来。在这个时代，怕是没有用钱做不到的事，史莱克学院和唐门再怎么样也不可能在这方面和我们相比。只是几个有天赋的年轻人又能怎样？他们能够和一个时代抗衡吗？所以，我一直都不明白，你们究竟在担心什么！就这样，散会！"

说完这些话，千古东风一巴掌拍在桌子上，起身就走。

古月娜赶忙站起身，跟在他身后快步而去。

会议室内依旧是一片肃静。先前的这一组数据对众人来说震撼着实是大。他们不得不承认，千古东风成功了，他成功地用这一组数据震慑住了所有人，至少现在没有人能够反驳得了。

冷遥茉双拳紧握，坐在那里久久没有说话，她的心情一直都很压抑，自从云冥死了之后就是如此。

她一直都对古月娜寄予了很高的希望，从古月娜的身上，她看到过未来。可现在，古月娜竟然真的被千古东风笼络走了，自己的希望也就随之破灭了。

她有些茫然，不知道该如何是好。如果不是没有勇气，如果不是因为那个人真正爱的不是她，或许，她早就已经追随那个人而去了。

千古东风回到自己的房间之中才长出一口气，总算有一种扬眉吐气的感觉了。

古月娜也跟着他走了进来，关好房门，抬手打开了内部隔绝系统。

"你是不是觉得我很冒险？"千古东风看着窗外的景物，仿佛是在自言自语。

古月娜道："有一点。爷爷，这一组数据实际上到位的不到百分之二十，如果有有心人去查的话，恐怕……毕竟其他的还好说，九级定装魂导炮弹的制作还需要很长时间。"

千古东风道："三组太空级魂导阵列防御体系什么时候能完全到位？"

古月娜道："大约还需要三个月的时间。但根据计算，这三组防御体系加起来对永恒天国的防御力依旧不足，恐怕一分钟都支撑不住。而且，如果真的出现了问题,恐怕还需要足够多的魂师来支撑。"

千古东风淡淡地道:"所以我给出的时间才是三分钟。这些人的心态都是大难来时各自飞。不给他们希望,到时候谁也不会卖命。而真到了极端情况发生的时候,总得有人来牺牲一下。"

古月娜目光凝滞了一下,然后才点点头,道:"是。"

千古东风转过身来,目光柔和地看着她,道:"幸好这些天有你帮我。万兽台的经营稳定是我们现在最重要的事情。万兽台完全在我们的掌控之中,任何一家都无法插手。无论他们对我有多么不满,因为万兽台带来的巨大收入,他们也不会真的去调查那些数据。所以,你只要保持好万兽台的收入就是对我最大的帮助。"

"爷爷放心,万兽台那边不会有问题的。"

"嗯,该调遣的人手你随便调动,必须力保万兽台不出问题。我们现在需要大量的金钱,所以必要的时候,还可以给一些优惠政策。一百枚九级定装魂导炮弹我也不是随便说说,我是真的要弄到这么多枚才能安心。要是史莱克学院和唐门真敢对我们动手,那大家就鱼死网破。"

"是。"古月娜再次答应一声,"爷爷还有别的吩咐吗?"

千古东风总算露出了一丝微笑:"没什么了,你去忙吧。也是苦了你了,为了万兽台的事,丈亭都跟我抱怨了好几次了,说他都好久没见到你了。工作再怎么忙,也别影响了你们的感情。今日之后,内部暂时稳定了,你也可以稍微休息两天。"

"谢谢爷爷关心,您放心吧,丈亭那里我会跟他说的。现在正是您最需要我们使力的时候,我们的事来日方长呢!"

千古东风笑道:"也不能这么说。对于重孙子,我也一直很期待。等稳定下来了,就赶快把你们的婚礼办了吧!后继有人,我也好早日放手。"

第一千六百三十九章 一统世界

古月娜俏脸一红，低下头："爷爷，那我先出去了。"

"去吧。"

古月娜走了，千古东风的脸色却变得阴沉起来。

一百枚九级定装魂导炮弹真的够吗？现在史莱克新城内部有着强大的干扰系统，城内是什么样子根本就看不清，他只能隐约看到海神湖而已。

他太了解史莱克学院了，或许，就是因为一直是对手，才会如此了解。

史莱克学院虽然保持中立，可是，在历史上其曾经无数次影响过大陆的走势。要知道，每一代史莱克七怪都是历史的弄潮儿。

史莱克城，那是史莱克学院的象征，被炸毁了，他们会善罢甘休？

对于史莱克学院和唐门使用永恒天国这种事他其实是不太担心的，因为史莱克学院和唐门不会做迁怒无辜之人的事。可是，对于千古家族，对于自己，史莱克学院和唐门的报复是早晚的事情。

不行，必须先下手为强！

等一百枚九级定装魂导炮弹凑齐了，就算是冒天下之大不韪，也要再来一次清扫行动。

一想到这里，千古东风的双眼之中满是狠辣之色。

就在这时，他手腕上的魂导通信器突然响起。他低头看了一眼号码，瞳孔瞬间收缩了一下，然后又恢复了之前的样子。

他按下了接通键。

"你终于肯联系我了？"千古东风冷冷地说道。

"怎么？这么想念我吗？"另一边传来阴森森的声音。

"你说呢？当初不遗余力地帮你们，现在正是需要你们的时候，你们却玩消失，根本找不到人。"千古东风怒气冲冲。

"帮我们？不过是互惠互利罢了，只是因为我们有共同的敌人。千古东风，我的老朋友，我正好有一件大好事要告诉你。"另一边的声音依旧阴森森的，但话语又好像很亲热，任何人听到这样的声音都会有别扭的感觉。

"好消息？你能有什么好消息？"千古东风的心一紧。

"自然是好消息了。是我们一统整个世界的大好机会，你说，是不是好消息呢？"

"一统世界？"千古东风心头突然出现一种不太好的预感。

"鬼帝，你们做了什么？"千古东风问出这句话的时候，突然有种后背发冷的感觉。

无论是他，还是史莱克学院，似乎都忽略了这些人。

圣灵教销声匿迹这么长时间，他们究竟在做什么？这些家伙行事没有底线，他们以毁灭为乐趣，所有的一切都是为了毁灭而存在的。他们恨不得将斗罗大陆的生灵全部消灭，从而得到更强大的毁灭力量来增幅自身！

当初千古东风和圣灵教合作的时候，也明白这是在与虎谋皮，可是，那时候的他对史莱克学院的恨意太深刻，也太不甘心。他很清楚，如果不能压制史莱克学院和唐门，传灵塔永远也无法成为大陆第一大组织。所以，他才敢冒天下之大不韪与圣灵教合作。

"很快你就会知道了。你现在需要考虑是否跟我们合作。机会不多哟！而且，我可以告诉你，这一次，没有任何力量能够阻止我们，斗罗大陆注定是我们的囊中之物。如果你肯站出来，带领着你们传灵塔归顺我们，那么，这个进程会快一些。"

"归顺你们？是你说错了还是我听错了？你是不是疯了？"千古东风勃然大怒。再怎么说，传灵塔也是正规组织，他可以利用圣灵教，但又怎么可能真的和圣灵教站在一起？

暗中做过的事情，只要隐藏得好，或许没有人能够追究，可是，有些事情要是放在明面上来做的话，别说是他，就算再加上千古迭廷也不可能摆得平传灵塔内部那些人。

"既然如此，那就真的太可惜了。不过，如果你选择和我们成为敌人，你一定会后悔。到了那个时候，再想要合作恐怕都不可能了啊！哈哈、哈哈！"另一边传来极其难听的大笑声，这样的笑充满了不可一世。

千古东风气得差点摔碎自己的魂导通信器。

不过，他城府极深，他知道，越是在这个时候，需要知道的东西就越多。于是，他深吸一口气，强压住心头的怒火，沉声道："鬼帝，你们究竟做了什么？看在我们曾经合作过一场的情分上，你是不是应该先告诉我一下，起码让我们有所准备，未来与你们再有合作也不见得是不行的。但至少，你要让我看到一些诚意吧！"

鬼帝嘿嘿一笑："不需要了。有没有你们根本不重要，正是因为看在当初的情分上，我才给你们这么一个机会。既然你不肯归顺，那就去死吧！"

说完这句话，魂导通信猛然被挂断了。

千古东风先是愣了一下，下一刻，他再也忍耐不住了，一抬手就将手腕上的魂导通信器摔了个粉碎。

"他到底想干什么？这个家伙究竟要做什么？"

未知的东西才是最让千古东风忌惮的，他和鬼帝接触的次数不少，对这个家伙再清楚不过了。

鬼帝就是个彻彻底底的疯子。

虽然说在圣灵教有一皇二帝四大黑暗天王，但真正主事的其实就是鬼帝。圣灵教的魔皇从来没有出现过，传说那是一个无限接近于神祇的存在。或者说，至少千古东风也没有见过这个魔皇。

而和鬼帝平起平坐的冥帝——冥王斗罗哈洛萨相对来说不怎么管圣灵教内部事务。他追求极致，希望未来能够跨入神级层次，至于怎么做，对他来说并不重要。他只是追寻那个层次而已。

四大黑暗天王都是听从鬼帝差遣的，圣灵教下面的强者更是数不胜数。

这么多邪魂师销声匿迹了几年的时间，他们做了什么？一时之间，就算是熟悉他们的千古东风也想不出来。但无论怎么说，都不是好事。

不行，必须有所防范才行。虽然他认为圣灵教不会直接针对传灵塔，但这些家伙最可怕的地方就是喜欢搞大规模杀戮，那样对他们的实力提升效果最好。

千古东风还有一件想不明白的事——圣灵教究竟在哪里。

极北之地。

鬼帝挂断了魂导通信，不禁歇斯底里大笑几声："千古东风，什么东西！就凭你，也配与本座合作？不追求极致，如何成魔？颤抖吧，凡人们，很快，这个大陆就会成为我们的世界。死亡能量啊，赶快来到我身边吧，对这一刻，我已期待太久了。"

在他身后，巨大的深坑之中有暗紫色光芒若隐若现。

一道身影悄无声息地来到他身后。

此人全身仿佛都隐藏在黑暗之中，看不清相貌。

"鬼帝。"此人恭敬地向鬼帝问好。

"嗯，血魔，魔皇怎么样了？"鬼帝的声音变得森冷起来。

"魔皇已经苏醒了，请您过去呢！应该可以开始了。"血魔的声音中充满了亢奋。

第一千六百四十章
祭坛，魔皇现

"太好了，太好了！这一刻，我们等了太久了。这一次，没有人能阻止我们了。"

鬼帝一边说着，一边纵身一跃，跳入背后的深坑之中。

任由自身如自由落体一般落下，足足数千米之后，绿色光芒在他身体周围燃烧，托住他的身体，止住下坠之势，使他稳稳地落在下方的地面上。

此时，暗紫色的光芒从他脚下的地面上发出，这光芒若隐若现，给人一种奇异的魔幻感觉。

如果仔细看就会发现，那是一道道绘制出来的魂导法阵。恐怖的是，在这魂导法阵内，全是一些紫黑色的印记，且带着浓浓的腥臭气。

是的，那是干了的血液。

在这直径超过千米的巨大深坑之中，要多少鲜血才能填满整个法阵啊！

这里没有风，浓烈的阴森气息弥散开来。

而就在这巨大深坑正中央的位置，一个五层祭坛矗立在那里。

祭坛顶端，端坐着一个人。

此人的身体被黑色大斗篷笼罩住了，这地下世界的光线本来就十分暗淡，所以，不仔细看甚至无法看到此人。

此人略微低着头，身体周围有黑色气流隐隐涌动。虽然这人只是盘膝坐在那里，却有种于天地之间自成核心的味道。

鬼帝快步上前，在祭坛前方缓缓躬身，向祭坛上的人道："魔皇，一切都已准备就绪，我们需要您的指引。"

"嗯……"一个悠扬的声音传了出来，但是，下一瞬，这声音宛如山呼海啸一般在整个空间内回荡，引得一连串的气流化为龙卷风冲出深坑。

鬼帝脸色不变，依旧站在那里，身子纹丝不动，静静地等待着。

"开始吧。这个世界曾经毁了我，那么，现在就让我来毁了这个世界。"

说话间，此人的身体缓缓悬浮起来，双腿慢慢伸直，站起身来，其身材修长而高挑，只是容貌与眼神都看不清。

恐怕谁也猜不到，圣灵教的最强者竟然是一名女性。

她的双手从身体两侧缓缓抬起，从斗篷中露出来。

不难看到，她双手上布满了暗紫色的魔纹，看上去极其诡异，之后，夺目的暗紫色光芒从她的双手之上亮起。

"借天之力，封印苍穹。借地之力，通连毁灭。"

低沉的声音缓缓响起。

而就在她吟唱的过程中，她脚下的巨大法阵以祭坛为中心向远处飞速延伸，化为大片暗紫色的光影。整个地下世界仿佛都鲜活起来，无数怨灵凄厉的叫喊声在回荡。

除了魔皇之外，在这里的，只有鬼帝一人。

九个绿色的骷髅头从鬼帝身上分离出来，它们围绕在鬼帝身体周围，不断地张嘴，将一个个飞射过来试图冲击鬼帝的怨灵撕碎、吞噬。

鬼帝站在那里，脸上满是享受之色。这种地方，他尤其喜欢。

大地开始发出隆隆声，魔皇脚下的祭坛亮起一圈圈光影。那光影渐渐重合，化为一个个光环呈现出来。

这些光环十分诡异，一共有七个，呈现为七彩色，但是，这七彩色之上又蒙着一层晦暗之气。

天空突然变得阴暗，一道巨大的暗紫色光柱在这个时候从深坑内冲天而起。

鬼帝的眼中满是疯狂之色："以十万人的鲜血为祭品，以魔皇无限接近于神祇的实力，今天，就是蒙蔽位面，开启未来世界的时刻。在这一刻，伟大的魔皇，您就是神，您已经拥有了神的力量。开启吧，开启那条带给我们未来，毁灭整个世界的通道吧！"

魔皇冰冷的声音响彻整个地下世界。

"是的！开启吧，开启毁灭整个世界的通道。唐三，很可惜，你已经不在了，否则的话，我一定要将你碎尸万段，以报杀夫之仇。你所守护的人类都将在我的复仇中殒葬。我要让整个斗罗大陆为我的夫君殉葬，让这里成为一片死域。真的很期待你能回来，这样的话，如果你看到这一幕会是怎样的心情？哈哈，哈哈哈哈！"

"轰隆隆、轰隆隆！"

大地在颤动，整个世界仿佛也都在颤动。

极北之地，大片大片的冰川开始崩塌，一道道裂缝开始出现在深坑之中，一股股恐怖的气息也随之弥漫开来。

史莱克学院。

唐舞麟伸了个懒腰，长出一口气，脸上露出一抹兴奋的微笑。

他总算又完成了一块斗铠部件。

他能够清楚地感受到，随着一块块斗铠部件的完成，他的实力也在飞速提升着。

只不过，后面的斗铠部件体积越来越大，制作的难度不断增大。有的时候，他花费两周的时间都未必能够完成一件。

距离战神殿一战拿回永恒天国已经过去半年的时间了，在这段时间里，史莱克学院一直十分平静，老师们教导学员，帮他们不断提升实力，同时，老师们也在刻苦修炼。除了唐舞麟，史莱克七怪的其他人先后都闭关了。

叶星澜巩固剑神修为，原恩夜辉致力于双生武魂的彼此融合，乐正宇和谢邀冲击封号斗罗境界，徐笠智去了七圣渊进一步体会毁灭与生命之力的奥义，许小言则在观星台上苦修。

自从那天许小言展现出星空下第一强控的实力之后，她对自己的要求更高了。

在这半年时间内,随着唐舞麟的天锻层次正式提升到神级,他们六个人的斗铠已经全部完成了。

唐舞麟自己的金龙月语斗铠也只差很小的一部分了。

是时候了!

一道光芒从唐舞麟眼底闪过,他换上一身古朴的长袍,走出了自己的锻造室。

这身长袍是属于海神阁阁主的,只有在召开海神阁会议的时候才需要穿它。

长袍通体呈墨绿色,上面有金线刺绣,在胸前的位置,赫然是一个黄金三叉戟图案,以纪念第一代史莱克七怪的灵魂人物,唐门的创始人,海神唐三。

就连海神阁的名字都是由此而来。

曾经的海神阁已经被毁掉了,现在的海神阁并没有建在海神湖之中,只是临时搭建在湖边距离主教学楼不远的一片区域中。

所有的风格都和当初差不多,只不过,少了一棵黄金古树。

海神湖内的生命古树一直在缓慢生长着,而湖水内早已生机盎然。

所有的死亡气息都已经被七圣渊吸走了,现在这里的生态环境很好。

七大仙草的种子也在生命古树周围生根发芽。它们和生命古树一起,通过海神湖吸收空气中游离的生命气息来生长。只不过,它们现在的生长速度还非常缓慢,还需要很长时间才有可能真正成长起来。

当唐舞麟来到海神阁的时候,这里已经座无虚席。

史莱克七怪的其他六人都已经结束闭关,每一个都斗志昂扬。当唐舞麟进来的时候,众人不约而同地站起身来。

第一千六百四十一章
海神阁会议

光暗斗罗龙夜月、圣灵斗罗雅莉、泰坦斗罗原恩震天、天宥斗罗原恩天宥、麒麟斗罗桐宇，五大极限斗罗都在。

不过，扫地工老陈没有到这里来。

陈新杰曾经对唐舞麟说过，既然史莱克学院给他一个安身之地，他就负责守护史莱克学院，但不会参与任何史莱克学院对外的行动，这是他的底线。

当然，如果是龙夜月要求的，那很可能就不一样了。

只不过，直到现在，扫地工老陈还是扫地工老陈。龙夜月先后见过他三次，每次都臭骂他一顿，可怎么也赶不走他。

当然，此时在场的还有蓝木子、唐音梦、舞长空这三位。

蓝木子和唐音梦已经完成了重建史莱克学院内院的工作，虽然现在内院还没有什么学员，但至少架子是搭起来了。

舞长空依旧是负责史莱克学院外院，他将外院管理得井井有条，亲自教导学员，并且对老师们进行培训。

他们都是史莱克学院如今真正的核心。

除了史莱克学院的这些核心人员之外，海神阁之中还有三位客人。这是非常罕见的情况。

这三位正是多情斗罗臧鑫、无情斗罗曹德智以及唐门魂导炮弹研究中心主任凌梓晨。

此时的海神阁可谓济济一堂。

在过去,无论何时,史莱克学院都没有出现过召开海神阁会议时有七位极限斗罗出席的盛况。

更何况,此时还有一个修为不逊色于极限斗罗的唐舞麟。

狂风刀魔司马金驰和大力王阿如恒没有参加海神阁会议,他们一向以唐舞麟的意思为主,来不来都一样。

阿如恒回了一趟本体宗,刚刚回来,并且带了一个好消息——经过他与牧野的商量,他不只是接任了本体宗宗主的位子,并且顺利地将本体宗带到了史莱克新城。

没错,现在的本体宗也成了史莱克新城的一员。

阿如恒给出的原因很简单,唯有在史莱克新城,本体宗才能真正发展起来。

入住史莱克新城,本体宗会肩负起守护史莱克新城的责任,同时,他也向史莱克学院提出了一个要求——如果史莱克学院发现优秀的本体武魂魂师,应尽量介绍给本体宗,以使本体宗得到更好的传承。

唐舞麟在和众位前辈商量之后,答应了这个条件。这也是阿如恒会毫不犹豫地把本体宗整体迁徙过来的原因。

虽说现在的本体宗大不如前,但是,这是一个底蕴深厚的顶级宗门,尤其是在培养本体武魂方面,大陆无出其右。

本体宗衰落到如此程度都能培养出一个拥有无漏金身的金身罗汉来,未来又有什么是不可能的呢?

至此,史莱克新城之中聚集了史莱克学院、唐门、本体宗、泰坦巨猿家族这四大势力,整体实力得到了进一步的提升。

唐舞麟本来想给本体宗一个海神阁成员的名额,但被阿如恒拒绝了。

这位本体斗罗的想法很简单,只要唐舞麟在位一天,就能够代表本体宗,不需要本体宗再出一人加入海神阁。

未来,如果唐舞麟卸任,那就再说。

正是因为这些势力的加入,现在的史莱克新城已然成为名副其实的最强城市。极限斗罗层次的强者接近十位,这是一个多么恐怖的数字啊!

今天的会议意味着什么,在场众人都很清楚。

"阁主。"众人纷纷向唐舞麟行礼,哪怕是众位极限斗罗也不例外。

唐舞麟的身份摆在那里,礼不可废。

唐舞麟赶忙向众人还礼,然后当仁不让地走到主位处。

"大家请坐吧。"

看着眼前济济一堂的众位强者,他不禁心潮澎湃。曾经,史莱克城被炸成巨大的深坑,那时候,他以为剩下的就只有他们七个人和圣灵斗罗雅莉。

那时候,他们是带着近乎绝望的心情离开的。

如今,他们不仅回来了,重建史莱克城的梦想也终于完成了。欣欣向荣的史莱克新城不容轻辱,这里又重新成为整个大陆关注的焦点。哪怕是联邦,也绝不敢再对史莱克新城轻举妄动。

这是因为史莱克学院拥有深厚的底蕴、强大的实力。虽然史莱克学院还需要更长的时间才能恢复到以前的水平,需要有更多的传承者,但现在看来,都只是时间问题。

"谢谢众位能够参加今天这次海神阁会议。这次会议,对史莱克学院、对唐门来说都事关重大。"唐舞麟开门见山地说道。

众人的表情都变得严肃起来,尤其是经历过那场大灾难的史莱克众人。

唐舞麟深吸一口气。

"当初,两枚十二级定装魂导炮弹飞入史莱克城,分别轰炸了史莱克学院和唐门总部。整个史莱克城毁于一旦,城中生灵涂炭。毫无疑问,圣灵教是罪魁祸首。经过我们多方排查,除了圣灵教之外,还有另外一个帮凶,那就是传灵塔。"

当下,他将在星罗帝国发现传灵塔与圣灵教勾结一事详细地讲述了一遍。

"所以,我们完全可以肯定,传灵塔一定参与了轰炸史莱克城的行动。这不光是史莱克学院和唐门的血海深仇,因为史莱克城还有上百万人在那一场大灾难中殒命。现在,史莱克城终于重建了,而这份深仇大恨也到了该报的时候了。作为史莱克学院海神阁阁主,我宣布,从今天开始,史莱克学院、唐门对传灵塔宣战。我们绝不牵累无辜,我们的目标,是千古家族的所有魂师。"

这些话斩钉截铁，字字铿锵有力。

圣灵斗罗雅莉的双眸瞬间就红了起来，刻骨铭心的仇恨涌上心头。

她是多么善良的人啊！这一生完全是在为了救治他人而付出。可是，她深爱的丈夫就是在那样一场大灾难之中殒命了。

史莱克人、唐门众人此时的脸色无不凝重且冰冷。

隐忍了这么久，该到了报仇的时候了！

"你打算怎么做？"麒麟斗罗桐宇向唐舞麟问道。

唐舞麟道："史莱克学院和唐门的复仇会采用正大光明的形式。我们会直接找到传灵塔总部，与千古家族清算。如果有任何人试图阻挡我们的复仇，那他就是史莱克学院和唐门的敌人。这件事，是史莱克学院和唐门的事，泰坦巨猿家族的两位前辈，还有麒麟斗罗冕下，你们就不要参与了。"

桐宇淡淡地道："我这条命是你的。你的事，自然就是我的事，不用劝。"

原恩天宕严肃地道："唐门主，当初面对恶魔位面的时候，我们可曾分过彼此？更何况，你们这并不只是私仇，那是百万人共同经历的大灾难啊，说生灵涂炭一点也不为过！无论公私，我们都没有不参与的道理。而且，我们本身也是史莱克新城的一员，这样的深仇大恨如果不报，谁能保证下一次我们家族不被荼毒呢？"

今天他们既然坐在这里，就是来表态的。自从泰坦巨猿家族搬过来之后，史莱克学院的各种照顾让他们非常感动。现在史莱克新城蒸蒸日上，他们父子二人连四字斗铠都穿上了，怎能不为史莱克新城和史莱克学院尽力？

第一千六百四十二章 正面复仇

没有人认为这次史莱克学院的复仇会不成功。

在场有多少强者？大家心知肚明。

这一次的海神阁会议，意味着新一代史莱克七怪的羽翼真正丰满了。

唐舞麟环顾四周，无论是史莱克学院还是唐门的强者，此时无不一脸严肃。

刻骨铭心的恨意正在他们心中发酵。

他们之中，当初在史莱克城中谁没有亲人朋友？

曾经的史莱克城是真正的大陆第一城啊！何等繁华！却就在那短暂的时间内被彻底毁灭了。

史莱克七怪都还清楚地记得云冥临死之前所说的每一个字，还有他那毅然决然的眼神。

唐舞麟缓缓站起身，抬起自己的右手，一道雷霆电光骤然闪现，紧接着，一柄银白色长枪已经出现在他的手掌之中。

正是云冥那柄擎天神枪。

"以擎天斗罗的名义，以擎天神枪为证，从今日开始，史莱克学院、唐门正式向传灵塔千古家族宣战！"

唐舞麟说得斩钉截铁，此言一出，他双眸之中已经满是电光。

他那无数个日日夜夜的压抑和期盼，在这一刻，终于爆发了。

众人同时起身，一时间，海神阁内迸发出无数强横无比的意念，连整个海神湖都出现了片片涟漪。

这一刻，终于到来了！

一天后，一份檄文正式出现在各大媒体的报道中。

史莱克学院和唐门的宣战檄文。

内容如下——

经过多方的调查取证，前史莱克城被两枚十二级定装魂导炮弹轰炸一事，系圣灵教所为，传灵塔以千古家族为首与其勾结，助纣为虐，今，史莱克学院和唐门正式向圣灵教以及传灵塔千古家族宣战，不死不休！

檄文就是这样简单直接，没有列举任何证据，就是简单地告诉整个斗罗大陆，史莱克学院和唐门要做什么。

要证据？史莱克学院和唐门的话，就是证据。史莱克学院和唐门不是执法机构，也不是联邦议会。这也并不是一个要通过证据来证明什么的事情，而是史莱克学院和唐门联合起来告诉所有人，他们向传灵塔千古家族宣战了，要针对的，也只有千古家族。

这篇檄文一出，大陆哗然，议会哗然。

无论是鹰派还是鸽派，都为之震惊。

复仇这种事，不应该是暗地里去做的吗？史莱克学院和唐门这是何等霸气，居然公开宣布，堂而皇之地告诉所有人他们要去复仇，这让联邦的执法部门怎么办？

但是，谁都知道，那场大灾难对于这两大组织来说意味着什么。

虽然很多有心人都猜到了，这两大组织的复仇行动是迟早的事情，却没想到史莱克学院和唐门竟如此直接！

他们就是要用最直接的方式来硬抗传灵塔。

圣灵教在什么地方鲜有人知晓，可传灵塔总部就在距离史莱克学院不远的地方啊！

传灵塔的反应很快，第一时间就发布了公告，大意是强烈谴责史莱克学院和唐门的诬陷行为，并且表示那件事和传灵塔没有一丁点关系，那是圣灵教带来的灾难，传灵塔也和圣灵教没有任何关系……同时，还让史莱克学院拿出证据来。

对此，史莱克学院并没有做出任何回应，也没有要引导舆论的意思。

山雨欲来风满楼，这样的檄文都已经发出了，接下来，恐怕用不了多久，复仇行动就会展开了！

一时间，所有的目光都集中到了大陆中部——史莱克学院和唐门总部所在的地域。

联邦议会分别向双方组织发出了公函，让他们保持克制和冷静，表示可以通过正常途径解决。同时，他们也请史莱克学院提交更多的资料和证据，由议会来判断。

为此，鹰派与鸽派都派遣专人到双方组织来，尝试干预。

但是，史莱克新城封闭了，根本就没让两派代表进来。

传灵塔那边倒是一直在诉苦，可是，诉苦又有什么用呢？

传灵塔紧接着又发布公告，表示如果史莱克学院和唐门真要做出对传灵塔不利的事情，传灵塔将会采取报复措施。

一时间，气氛变得更加紧张了。

短短两天时间，平静了不到一年的斗罗大陆一时间又是风起云涌。

战神殿公开表示，这是史莱克学院、唐门和传灵塔之间的恩怨，不会参与到这次的事件之中，他们只是说了一些不疼不痒的话，比如希望双方要保持克制。但谁都看得出来，现在这场复仇之战已经不可阻止了。

联邦议会在最短时间内调派了两个机甲师团的兵力驻扎在史莱克新城与传灵塔的必经之路上，这是议会目前唯一能做的。

但是，两个机甲师团就能够阻挡史莱克学院和唐门复仇的怒火吗？

第三天，史莱克新城。

史莱克学院的院门打开，一行人从里面徐徐走了出来。

一共只有不到二十人，也没有太大的气势，就那么一步步平静地走了出来。他们目标所指，正是传灵塔。

走在最前面的正是当今史莱克学院海神阁阁主、唐门门主龙皇斗罗唐舞麟。

跟在唐舞麟身边的，有史莱克七怪、狂风刀魔司马金驰、大力王阿如恒、天霜斗罗舞长空、蓝木子、唐音梦等年轻一代翘楚。

同时，还有恐怖的极限斗罗阵容。

光暗斗罗龙夜月、圣灵斗罗雅莉、无情斗罗曹德智、多情斗罗臧鑫、泰坦斗罗原恩震天、天宕斗罗原恩天宕、麒麟斗罗桐宇这七大极限斗罗！

联邦的两个机甲师团已经在他们的视野之中，但是，他们这一行人像是没看到一样，就那么笔直地走向机甲师团的方向。

远处的两个机甲师团一直都密切地关注着史莱克学院和传灵塔两边的动静。史莱克学院这边有人出来了，两大机甲军团顿时在第一时间做出反应。

一台台机甲纷纷升空，机甲在空中和地面形成一道屏障，试图挡住史莱克学院众人的去路。

一台红色机甲从天而降，落在了众人面前。

机甲胸前裂开，从里面跳出来一名身穿少将军服的军人。

此人身材高大，相貌堂堂，但是眉头紧蹙，脸上的表情更是无奈极了。

他微微躬身，向停下脚步的唐舞麟等人躬身致意道："尊敬的唐门主，还有各位冕下，我受联邦议会所托，特地来维持秩序，还请诸位不要让我们为难。毕竟，你们这公开复仇的行为是违背联邦律法的，这个我们实在是没办法。我也知道，以我们薄弱的力量阻挡不了各位前进的步伐，但身为军人，职责所在，如果诸位非要过去那边，就请从我们这两个师团的尸体上踩过去吧！"

来之前他就已经想好了，就他们这两个师团的兵力想要阻挡史莱克学院这些人，简直是痴人说梦。唯有利用史莱克学院爱好和平，从不伤害无辜这一点，才有可能阻止得了。

第一千六百四十三章
真正的强者

唐舞麟淡淡地道："史莱克学院和唐门的复仇没有人能阻挡。别说今天是你在这里，就算是联邦议会集中了全大陆所有的兵力挡在这里，也依旧阻挡不了史莱克学院复仇的脚步。上百万条生命因为某些人的一己之私而消逝，联邦议会可曾给史莱克学院、唐门一个交代？遵纪守法，首先要法律公正。那一场史无前例的大灾难，难道就是让几个人下台就当它没发生过？联邦议会可曾调查过事情的真相？既然联邦议会做不到，那么，就由我们自己来做。"

说话间，唐舞麟双眼微眯，缓缓抬起自己的右手。

"轰隆隆！"一声震耳欲聋的轰鸣响起，连整个天地之间的空气仿佛都变得狂躁起来，龙吟声随之响起，天空瞬间就暗了下来。一道道雷霆电光在空中闪烁，一股股巨大的压迫力从天而降，就像是有天劫要降临一般。

唐舞麟面前的少将骇然失色。

他能够成为神级机甲师，首先得是封号斗罗层次的强者，只不过他是初入封号斗罗这个层次。

此时，这位年轻的唐门门主给他的感觉就像是这一方天地的主宰，让他完全无法抗衡。

就在这时，唐舞麟一侧的七大极限斗罗同时走了出来，恐怖的气势瞬间迸发。

半空之中，首先横空出现的是两柄超过千米的巨剑。它们一白一青，仿佛要将整个天空斩开一般。它们还在相互纠缠，在这个过程中，无与伦比的锋利气息不断迸发。

思绪具象化。

多情、无情双剑横空！

天空中，大片大片的机甲从天而降，坠落在地。在那恐怖的气势面前，机甲师们根本没办法继续操控自己的机甲。

就在这时，两声巨龙的咆哮响起，一白一青两条身长超过千米的巨龙浮现在半空之中，发出一声声震耳欲聋的龙吟。

"啪啪啪……"一连串的破碎声出现在很远的地方，那一片区域聚集了很多人，正是各大媒体得知了这场旷世之战要发生之后派遣来的工作人员，就是为了见证这一幕。可在天空中释放的恐怖威压之下，他们的拍摄设备一一破碎，根本无法继续拍摄。

空中仅存的一些高阶机甲也随之摇摇晃晃地坠落下来。

一时间，两个机甲师团全部丧失了战斗力！

唐舞麟再次迈开步伐，一步步向前走去，就那么从那位神级机甲师身边经过。

这位少将军衔的强大机甲师除了面部肌肉有些抽搐之外，根本没敢动。

太可怕了！

刚刚那一幕瞬间在他心中留下了阴影。

选择成为机甲师的魂师几乎都有着"科技是未来"的信念，他们绝大多数人都相信，个人的实力再怎么强大也没办法跟先进的科技抗衡。

可是，刚刚那一幕的出现彻底颠覆了这位封号斗罗的观念。原来，魂师竟然可以强大到如此程度。他甚至有些后悔了，后悔为什么自己有足够的天赋却选择了机甲师这条路，他能够突破到封号斗罗层次靠的是许多资源的堆砌，可再也不能继续向前寻求突破了。

史莱克众人所过之处，机甲纷纷散开。

天空中的异象始终都没有消失，那漆黑的天幕仿佛随着他们向前的步伐朝着远处高高耸立的传灵塔压迫了过去。

这绝对是一次史无前例的大战。

毕竟，这是当今大陆上超强的几大势力之间的碰撞。

只是凭借气息就压制得两个机甲师团失去了战斗力，这是何等恐怖的个人实力啊！

没有人不崇尚英雄、崇尚强者，机甲师团的战士们固然心中大骇，但又何尝不是充满了向往。

这才是真正的强者啊！

原来史莱克学院和唐门竟然强大到了这样的程度。

唐舞麟的步伐并没有加快，但是，他们和传灵塔之间的距离在迅速拉近。

传灵塔塔顶。

数十人早已在那里严阵以待，每个人的脸色都十分严肃。

对于这一天的到来，千古东风早有心理准备，但他想不到的是，史莱克学院竟然是用这样的方法来复仇。

没有使用永恒天国，就这么堂堂正正来挑战，更令他心中恼怒的是，史莱克学院所说的复仇对象竟然只是他们千古家族。

无疑，这对传灵塔内部高层来说极为震撼。

当初那场大灾难的始作俑者本来就是千古家族，很多传灵塔高层都不知情。当史莱克学院和唐门提出复仇的时候，这些一度毫不知情的传灵塔高层自然极为不爽，甚至提出了异议。

只不过，他们的异议都被千古东风的强势暂时压了下去。

千古东风宣布，这对于传灵塔来说，是一损俱损、一荣俱荣的大事。在这个时候，传灵塔内部必须团结，一旦内部出了问题，那么，传灵塔毫无疑问会输给史莱克学院和唐门，未来还如何与这两大组织抗衡？

"他又进步了。今天，无论付出怎样的代价都要将那唐舞麟击杀。"千古迭廷冷冷地说道。

到了这个时候，他反而冷静了下来。

面对史莱克学院和唐门的强者，这位传灵塔的前任塔主没有半分怯懦，展现出一种顶天立地的气概。正是因为有这位准神在，传灵塔这边才没有出现混乱。

"跟我迎敌！"千古迭廷冷喝一声，他身前的那传灵塔顶层的玻璃全部轰然炸碎，他一步跨出，就到了半空之中。

他右手一抬，一根长棍冲天而起，仿佛贯穿天地一般，爆发出无与伦比的强大气息。

准神一出，天地色变，大有几分天地颠倒的味道。

千古迭廷悬浮在半空之中，整个人的气势飞速提升，那股来自盘龙棍战天斗地的气息仿佛充斥在整个天地间。无论对面有多少对手，他都无所畏惧。那种气势，也感染着传灵塔这边的每一位强者。

千古东风随之出现在他身边，爆发出了同样的气息，与千古迭廷交相呼应。

紧接着，又有三道身影出现在他们身边，全部爆发出了强大的气息。

竟然都是极限斗罗层次的气息。

其中包括天凤斗罗冷遥荣，还有两名老者，其中一名是女性，另一名是更显老态的炼狱斗罗千古清风。

五大极限斗罗！

这就是传灵塔的底蕴。

能够在史莱克城被炸毁之后迅速成为大陆第一大组织，他们怎么会没有足够的底蕴呢？

传灵塔方面，虽然很多强者都因为年龄问题选择隐退，但真到了需要他们的时候，他们依旧会出现。

第一千六百四十四章
全面压制

五大极限斗罗一出，传灵塔这边的气势明显提升了起来，尤其是有千古迭廷这位准神在，一时间，众多传灵塔强者纷纷飞出，其中就包括银龙斗罗古月娜以及千古丈亭等人。

史莱克学院和唐门的强者在地面上，传灵塔一方在半空之中，双方的气息彼此碰撞，迸发出无数光晕。

空气已经开始扭曲，令这一片区域完全变成了光怪陆离的世界。各种思绪具象化呈现出的光影飞速变化，仿佛随时都要将这个世界毁灭一般。

远处，统率两大机甲师团的那位少将此时才明白自己先前的阻挡是多么幼稚。

这是十位以上极限斗罗之间的碰撞啊！

正如唐舞麟所说，别说现在只有他们两个机甲师团，就算是全大陆的军队都过来又能怎样？能阻挡得了这场战斗的发生？

"撤退！赶快撤退到远处，以免被波及。"他当机立断，赶忙下达了命令。

天知道这么多强者碰撞起来会是一番怎样的景象？这么恐怖的气息会冲击多远？没人知道。

他现在连继续观看这场战斗的心情都没有了，只想有多远就躲多远。

唐舞麟抬头望天，目光直接落在了千古迭廷身上。

好强大的准神。

感受着千古迭廷身上那种战天斗地的气息，唐舞麟不禁联想起当初在父亲的世界中看到的那三道身影。

千古迭廷身上的气息已经有三道身影中那位手持长棍的身影的味道了。可惜，也只是有些像而已，真与那位相比的话，千古迭廷还差得远。

所以，他的气息或许能影响到其他人，但对唐舞麟根本没有半分作用。

淡淡的微笑浮现在唐舞麟脸上，他双手在胸前合拢，随着眼中光芒的变化，空气都轻微扭曲了几分。他双手一搓，擎天神枪已经落在他手掌之中。

唐舞麟将擎天神枪缓缓高举："千古迭廷、千古东风，你们可还认得这柄擎天神枪？"

看到唐舞麟手中的银白色长枪，千古迭廷和千古东风的脸色都微微一变。因为，在他们脑海中，何曾忘却过那个身影呢？

唐舞麟朗声道："擎天斗罗冕下在你们的阴谋诡计下死去，同时死去的还有我们史莱克学院众多老师、唐门众多弟子以及史莱克城上百万民众。你们在发动那场大灾难的时候，可曾受到过良心上的谴责？你们与圣灵教合谋，害我史莱克城，今天，该是你们付出代价的时候了。

"我们史莱克学院与唐门从不迁怒他人，此次只针对千古家族，但任何胆敢阻挡我们复仇的人，都是史莱克学院和唐门的死敌！"

说到这里，唐舞麟的双眸之中光芒四射。

千古东风冷冷地道："你说与我们有关就与我们有关了？欲加之罪，何患无辞。你们史莱克学院和唐门就是想要称霸大陆，想效仿远古时代的武魂殿掌控一切，狼子野心，昭然若揭。今日你们对付的是我们传灵塔，难保明日就不会针对整个联邦。传灵塔作为大陆魂师的核心组织，一直以为大陆魂师服务为宗旨。唐舞麟，今天就算是鱼死网破，我们也定不会让你们的阴谋得逞。"

唐舞麟冷笑一声："很好，希望你手中的棍子能有你的嘴这么好使。千古东风，可敢单挑？"

此言一出，空气仿佛都凝固了。

千古迭廷再强，他现在也已经不是传灵塔塔主了，最能代表传灵塔的，依旧是千古东风。

唐舞麟代表的却是整个史莱克学院和唐门。谁也想不到，唐舞麟一上来竟然就提出双方首脑进行大战。

这个时候，千古东风又怎能退缩？更何况，他成为极限斗罗已经有很多年了，又怎么会怕一个唐舞麟？

"很好，希望你不要中途退避！这一战，不死不休！"千古东风大喝一声，手持盘龙棍，一闪身就到了前方。

唐舞麟同样腾身而起，收起擎天神枪，换成了自己的黄金龙枪，双眸之中电光四射。在他飞身而起的过程中，一声声激昂的龙吟随之响起，一块块鳞片自然浮现而出覆盖全身，正是黄金龙体。

金色的光芒从唐舞麟身上迸发出来，龙罡护体！

另一边，千古东风手持盘龙棍，全身气息暴涨，六黑三红，九个魂环从脚下升起，释放出顶级极限斗罗的气息。

他成为半神已有多年，是真正的资深极限斗罗，哪怕是和千古迭廷相比，也只是在火候上稍差一些。这么多年以来，正是他带领传灵塔高速发展，才使传灵塔有了现在这样的实力。

双方在空中对峙，气息已然开始剧烈地碰撞。

剧烈的能量波动使得大片的云雾散向远处的天空，双方的气势都在以惊人的速度拔升着。

双方的魂师皆在缓缓后退。这是双方首脑的第一场战斗，在这个时候，其他人都不能参与其中。

因为这象征着两大组织的顶级碰撞啊！

唐舞麟眼神中充满了坚定，但哪怕是在这个时候，他的余光依旧不自觉地扫向那一道靓丽的身影。

他已经很久没有见到她了，非常想念她。

此时此刻的她却在对方的阵营之中，在她身边的，是那个讨厌的千古丈亭。

唐舞麟心中一阵刺痛，这更加激发了他的斗志，他手中的黄金龙枪瞬间亮了起来，一股强势的气息随之迸发。他仰天发出一声长啸，身后巨大的金龙王光影瞬间升腾而起。

那金龙王长达数百米，身上的每一块鳞片都清晰可见，一双鲜红色的眼眸中充满了狂暴的气息。

他张开背后的双翼，大有遮天蔽日之势。

隐藏在传灵塔队伍后方的一名男子看到这一幕，眉毛不禁微微动了几下，口中喃喃自语："他的金龙王竟然已经觉醒到如此程度了吗？金龙王可是传承了龙神陛下的所有负面情绪，这个唐舞麟继续吸收下去，恐怕早晚会变得疯狂起来，到了那时候，主上恐怕未必能够制得住他吧？"一抹担忧之色随之出现在他眉宇之间，他下意识地向前面那靓丽的身影看去，完全不明白自己这位主上现在是如何打算的。

她早就应该将金龙王吞噬了重新化为龙神啊！必须以银龙王的意念为主导，龙神才是完整的，才是真正强大的存在，睿智而冷静，强大却不疯狂，带领着他们走向更高的层次。可是，主上迟迟没有动静，或许，今天应该就是个好机会吧。那男子想到这里，双眼微眯，下意识地攥紧了拳头。

唐舞麟眼中光芒迸射，气息持续拔升，刹那间就进入了枪神的境界。

突然，他动了！

第一千六百四十五章 首脑碰撞

唐舞麟全身金光一闪,下一瞬就到了千古东风身前,手中黄金龙枪迸发出无数道金色的光芒,向对方覆盖过去。

千古东风冷哼一声,盘龙棍竖起,大喝一声!

一式顶天立地释放出来。

盘龙棍的奥义就是不屈,无论是面对天地还是面对人,永不屈服。

这份战意形成了盘龙棍的灵魂,这一式顶天立地被极限斗罗层次的千古东风发挥得淋漓尽致。

哪怕是远处的千古迭廷看到这一幕,都不由自主地点了点头。就算是换了他来,也未必能够比儿子做得更好。

面对史莱克学院的强者,这种不屈的意念在千古东风心中变得更加强烈。

"当!"刺耳的声音随之响起,恐怖的气浪爆发开来,在场的人能够清楚地看到,一圈扭曲的涟漪向远处扩散过去。

唐舞麟双眸之中光芒璀璨,他虽然在后退,但手中黄金龙枪的光芒更加耀眼了。

千古东风一棍击退唐舞麟,身上的气势自然随之暴增,与此同时,一块块淡金色的斗铠瞬间从他体内涌出,就像是涌出了一层液体,将他全身都包覆在内。

他在年纪上比唐舞麟不知道大了多少,在这生死相搏的时候,他自然不会有半分的迟疑和停顿,更不会因为面子问题而等对方先释放斗铠。

没错，一击得手之下，这位传灵塔塔主率先释放出了他的四字斗铠。

千古东风的四字斗铠名为天地盘踞。

天地盘踞千古东风！

千古东风自从有了这套四字斗铠之后，不知道带它经历了多少次战斗。斗铠上身的瞬间，他整个身体仿佛都变得透明了，一股强烈的意念似乎要将天空都捅破一般。

他手中的盘龙棍迅速变大，瞬间超过百米。

这可不是思绪具象化，而是真正的实体啊！

巨棍凌空，战天斗地！正是他这盘龙棍最强悍的攻击能力之一。

一片棍影在空中连接在一起，天空被盘龙棍震得出现了大片大片的裂痕，然后这些裂痕刹那间就吞噬了周围大量的天地元力，甚至连先前他和唐舞麟之间碰撞所产生的能量也被吞噬了，这些能量全部又注入盘龙棍之中。

悍然落下的盘龙棍仿佛要将天地劈开一般。

战天斗地的意念配上开天辟地的疯狂，这才是盘龙棍的极致威力所在。

四字斗铠在这时已经将所有的光芒注入盘龙棍中。盘龙棍在有了四字斗铠的增幅之后，上面的一条条巨龙仿佛活了过来，一共九条扭曲的巨龙，张牙舞爪，随着下落的盘龙棍，同时砸向唐舞麟。

这一下，就算是一座山丘恐怕也要在瞬间被夷为平地。

千古东风根本没有发动什么试探性进攻，一上来就动用了他最强悍的攻击。

也就在这时，先前退到较远处的唐舞麟身上同样出现了变化。他那一块块鳞片之下有一层金色光晕浮现而出。这些金色光晕就像是放大了的金龙王鳞片，在七彩光晕的簇拥之下，覆盖了唐舞麟全身。

整个过程非常快。

那一块块斗铠呈现为明亮的金色，当它们出现的时候，天地间的一切似乎瞬间静止了，就连千古东风那开天辟地的盘龙棍都迟钝了片刻。

唐舞麟的双眸随之亮了起来，这身四字斗铠已经不能简单地用"华丽"来形容了。

斗铠上没有任何龙形纹路，每一块斗铠都充满了奇异的光泽。

肩铠呈层层叠叠的菱形，向两侧延伸，仿佛每一处都有龙鳞的棱角烙印。

当它完整地覆盖在唐舞麟身上的时候，唐舞麟像是有了脱胎换骨的变化。就连手中的黄金龙枪都像随着斗铠光晕的涌入瞬间变强了，显得比以前更加修长。

一层龙纹浮现在黄金龙枪之上，长枪两端各自有尺余长的枪芒。

就在斗铠上身的同时，唐舞麟在空中缓缓向前跨出一步，迎着那开天辟地的盘龙棍而去。

紧接着，一股难以形容的气势从他身上瞬间散发出来！

这种气势来自他本身以及斗铠，在那一瞬间，仿佛他已然脚踩山巅，一股无与伦比的强大意念从他身上释放开来。

那是站在芸芸众生顶端的骄傲，那是天上地下唯我独尊的信念，那更是天地也要为之臣服的恐怖威压。

传灵塔阵营之中，出身于本体宗，有"最强大脑"之称的寒天伊突然闷哼一声，骇然失色。

在场观战的人中，包括那些极限斗罗，他的精神力可以说是最强大的，所以，他的精神力也一直覆盖全场，感受着来自史莱克学院一方的气息，可刚刚，当唐舞麟释放斗铠，身上气息突然出现变化的时候，他只觉得有一股恐怖到极致的意念瞬间冲撞到他的精神世界之中。

因为这一瞬间的冲击，他的精神之海险些崩溃，吓得他赶忙收回精神力。就算如此，他的精神之海依旧受到了不小的冲击。

要知道，他的精神力可是无限接近神元境层次的，能够对他的精神力产生如此之大的冲击，除非对方的精神力层次在那一瞬间达到了神元境！

可是，这怎么可能？

唐舞麟的精神力达到神元境了？

如果真的是这样，那对传灵塔来说就是一个噩耗。

就在寒天伊震惊不已的时候，唐舞麟和千古东风开始了最强碰撞。

虽然寒天伊的感受极为深刻，但此时此刻，感受最深的还是千古一家。

包括千古迭廷、千古清风、千古丈亭和千古东风在内，在唐舞麟身上骤然迸射出那股意念的瞬间，他们无不色变。

在那一瞬间，他们只觉得唐舞麟身上出现了一股强大的不屈意念。

而当这股意念出现在唐舞麟身上的刹那，当对方的不屈意念突然凌驾于自己之上的时候，千古东风的意志瞬间就崩溃了。

这纯粹是精神层面的碰撞。

而对于他们这种极限斗罗层次的强者来说，精神层面的碰撞很多时候甚至要比直接的魂力碰撞更可怕。

能够成为极限斗罗，千古东风同样对神级层次的棍法有所领悟。而这一切都是建立在那股意念上的。

专心致志，战天斗地。

可是，当对方的意念比自己更强，而且强得超过一个层次的时候，他自己内心的不屈意念就先崩溃了！

也就是，他的棍之神韵崩溃了。

第一千六百四十六章 两大龙皇禁法

那结合了战天斗地与开天辟地的棍影瞬间就出现了紊乱。

也就在这个时候,千古东风迎接的,是唐舞麟突然变得无比疯狂的恐怖冲击!

在那一瞬,来自金龙王双眸的疯狂意念仿佛与唐舞麟完全融合在了一起。

那份冲击,如星辰坠落。那份狂野,宛如狂神降临。

禁天地,龙皇斗!

禁平凡,龙皇冲!

两大龙皇禁法,呈现在众人面前!

"轰——"

天地昏暗,世界摇曳。

一刹那,整个世界仿佛都随之崩塌了,所有的一切都随着那碰撞彻底沦陷了。

天空出现了大片大片漆黑如墨的裂痕,疯狂地吞噬着周围的一切。哪怕是身为极限斗罗的强者们,此时都纷纷飞速后退,以免被唐舞麟和千古东风碰撞后产生的能量波影响。

哪怕千古迭廷和千古清风在那一瞬间想要出手救援也做不到了,他们都已全身僵硬,气势完全被压住了,然后大碰撞就出现了。

这一切都是在电光石火之间发生的。

谁也没想到，这两大组织的领袖一上来就爆发出如此强烈的碰撞，根本没有试探之举。

这才是真正的生死之搏啊！

要知道，到了极限斗罗层次谁也不会轻易如此，他们却选择如此强悍的碰撞，可见双方之间的仇怨有多深。

远处的观战者们一个个都不禁心惊肉跳，还忍不住猜测，这次碰撞究竟谁能占上风？

千古东风乃老牌的极限斗罗，四字斗铠师，这谁都知道。可就是这样一位极限斗罗，在和唐舞麟交手后并没能占据绝对优势。更重要的是，唐舞麟可是一位神匠！这么一位神匠，在实战中能够达到怎样的战斗力还不清楚，但他一定有四字斗铠。

同样是四字斗铠师，神匠自己的四字斗铠无疑会更强一些，这样一来，谁胜谁负还真的很难说。

别说是外人了，就算是史莱克学院这边的七大极限斗罗也不禁大吃一惊，特别是当他们看到唐舞麟身上迸发出的那一股奇异的气势时。

同样在准神层次的光暗斗罗龙夜月的感受尤为深刻。七位极限斗罗之中，就数她精神力层次最高，与那位最强大脑寒天伊相比也差不了多少。

何况龙夜月是极限斗罗，对更高层次战斗的判断比寒天伊要准确得多。

因此，当龙皇斗一出的时候，她瞬间就判断出，那绝对是神元境层次的精神力。

虽然只是爆发的那一瞬间达到了神元境，可那也是真真切切的神元境啊！

唐舞麟竟然能够让自己的精神力在爆发过程中达到如此程度，这实在是太惊人了。

这一点，哪怕是当初的云冥也做不到。

神元境是不是通往神祇的钥匙，无人得知，因为除了神祇们之外，根本没人达到过这个层次！

天空昏暗，足足持续了数十秒才缓缓恢复正常。半空之中，两道身影早已分开，各自处在他们出手之前所在的位置。

唐舞麟悬浮在半空之中，全身的斗铠不断荡漾起一层层七彩光晕，散发着奇异的光泽，隐约之间还有电光缭绕。他手中的黄金龙枪在轻微地颤抖着，那并不是因为他自身的颤抖，而是黄金龙枪散发出一种无比亢奋的气息造成的。

唐舞麟的双眸中隐隐有红色光芒，眼底的疯狂直到此时还没有完全消散。

曾经见过他化为嗜血金龙的史莱克七怪其他六人都有些担心，但从他的气息来看，又不像是失控的样子。

而当众人的目光转移到千古东风身上的时候，都不禁大吃一惊。因为此时的他看上去着实有些惨。

千古东风身上的斗铠居然变得坑坑洼洼的，金属正在不断蠕动，很显然，是在进行自我修复。

可这还不算什么。最令人震惊的是，在他的右侧肩膀处多了一个洞，然后整条右臂缩小为先前的三分之一。

四字斗铠完全与魂师自身融合，他的手臂缩小，四字斗铠自然也跟着缩小。

他那缩小后的手臂看上去是如此不协调，洞里没有鲜血流出。

千古东风此时的脸色更是一片灰白，一脸惊骇之色。

一击制胜！

谁能想到，当今史莱克学院的海神阁阁主在和传灵塔塔主碰撞的时候，竟然一击就重创了对手。他不但刺穿了千古东风的四字斗铠，竟然还废掉了其右臂。

一时之间，所有人眼中的唐舞麟仿佛变得高大了许多，大家无不骇然失色。

什么时候这位海神阁阁主、唐门门主竟然这么强大了？

真的是只有两招啊！

就一轮碰撞之下，同样全力以赴出手的千古东风就败了。

他败得如此之惨。

千古迭廷同样震惊地张开了嘴，只有他最清楚为什么会这样。

从气息上判断，唐舞麟还不是极限斗罗，在修为上还差着一点。可是，当他穿上那身四字斗铠之后，修为竟然超过了千古东风，而且，应该超越了普通半神的境界，虽然他还不到准神层次，可是，这四字斗铠的增幅也太可怕了吧？

最重要的是，他身上先前出现的那股意念简直就像是专门为了克制千古家族的盘龙棍而存在的。不屈棍法的根本就是精神气势，当精神气势被压制的时候，他们还怎能发挥出自身最强的实力？

不过，唐舞麟后面紧跟上来的那一击同样恐怖，只是一瞬间，就重创了千古东风。

千古迭廷自问，就算是换成准神层次的自己，虽然或许能够让唐舞麟不那么好受，但他也难保不在这样的情况下受创。

他们对唐舞麟的估量一直都很高，尤其是唐舞麟的成长速度，可万万想不到的是，唐舞麟竟然在短短时间内成长到了如此程度。

这简直难以想象。

千古东风曾经不止一次说过，绝不能让唐舞麟成为下一个云冥。可现在看起来，唐舞麟已经很接近那个层次了。

一旦唐舞麟成为极限斗罗，穿上四字斗铠，恐怕就是准神层次的强者。而且，他的成长空间更是可怕，他未来很可能会成为超越云冥的存在啊！

一时间，全场寂静。

所有人的目光都集中在唐舞麟身上。

唐舞麟的内心又何尝不亢奋。虽然连续使用龙皇斗和龙皇冲对他有一定的影响，但那一枪实实在在地刺中了千古东风。如果不是千古东风自身防御力极强，又反应得很快，被黄金龙枪吞噬的就不仅仅是一条手臂了。

而哪怕只是极限斗罗的一条手臂，带来的生命能量也是相当庞大的，所以，现在唐舞麟的状态反而提升了。

第一千六百四十七章 千古家族认栽

　　这是唐舞麟第一次使用金龙月语斗铠，使用之后，他才发现这套神级斗铠是如此强大。它完美地增强了他自身的战斗力，就像是有另一个他在增幅自身。

　　或许可以这么讲，它就是作为一个纯粹的增强器和防御武器而存在，并没有什么单独的别的能力。

　　千古东风战天斗地、开天辟地的余波还是极其强悍的，却全都被唐舞麟的斗铠吸收了，甚至还转化了一部分能量传给了他。所以他显得较为轻松，没有什么负担。

　　连唐舞麟自己都没有想到，刚刚这一击居然能够达到如此威力。一时之间，他的气势已经提升到了巅峰。

　　千古东风的眼神显得惊疑不定，紧接着就充满了怨毒。

　　千古东风能够清楚地感觉到，自己的这条手臂是彻底废掉了。那不是普通的创伤，而是被剥夺了生命机能。

　　当千古东风的斗铠被刺中的那一瞬间，他就感觉到了疯狂的吞噬之力，当时他唯一能做的，就是将这股吞噬之力压制在右臂范围内，然后迅速脱离。

　　这已经是最明智的做法了！

　　可是，对于一位极限斗罗来说，右臂被废意味着什么？

　　意味着，他永远也不可能达到准神层次了，更别说是冲击梦想中的真神境界了。

唐舞麟这一枪，相当于是断绝了他未来的希望啊！可想而知，他此时对唐舞麟有怎样强烈的怨恨之情。

黄金龙枪平举，唐舞麟双眸之中光芒迸射。是的，没有结束，一切还没有结束。今日，于他而言，不是切磋，而是复仇之战，不死不休的复仇之战！

强烈的战意在他心中涌动，空中的他向前跨出一步，下一瞬，他已经带起一道金色的七彩长虹，再次扑向了千古东风。

千古东风的盘龙棍已经到了左手中，面对气势如虹的唐舞麟，他眼中露出了惊惧之色。

就在这时，史莱克学院和唐门这边的众位强者同时升空，扑向了传灵塔一边的强者们。

双方大战，一触即发！

如果说刚才传灵塔还认为己方有一拼之力的话，那么，此时此刻，这份自信已荡然无存。

唐舞麟战胜千古东风，意味着史莱克学院这边多了一位极限斗罗的战斗力，而传灵塔一边的战斗力则减弱了。

在这种情况下，结局可想而知。

"都住手！"千古迭廷突然大喝一声。凭借着准神的实力，他这全力以赴的一声怒吼令在场所有人的动作都迟缓了片刻。

因为离得近，千古清风早一步来到了千古东风身边，帮他一起挡住了唐舞麟气势如虹的一击，并且带着他迅速后退。

史莱克学院和唐门众人也趁着这个机会来到唐舞麟身边，双方隔空对峙。

千古迭廷沉声道："唐舞麟，你打算要和我们玉石俱焚吗？现在，有超过六十枚九级定装魂导炮弹对准了你们史莱克学院，我就不信，你们能够抵挡住所有的攻击。"

看着他看似强横但有几分色厉内荏的样子，唐舞麟就知道，他已经怕了。

唐舞麟淡淡地道："同样的手段？再针对我们一次？那你大可以试试，看看这次还能不能伤到我史莱克学院分毫。"

史莱克学院和唐门的准备工作不只是集中在四字斗铠方面，同样，还有史莱克学院的防御体系啊！

由凌梓晨亲自主持建立的魂导阵列防御系统已经全部完成，这一切，从外界根本看不出来，但是，包括拦截、防御、侦测的完整系统都已安装完毕，而且完全是针对十二级定装魂导炮弹而设计的。

正因为一切都准备好了，史莱克学院和唐门才会发起这次复仇。

千古迭廷脸色一阵青一阵白。他第一次感觉到，传灵塔要抵御不住了。

从比武招亲到战神殿，两次碰撞的大败，史莱克学院的实力提升得很快，达到了高端战力远超传灵塔的程度。

更重要的是，永恒天国令千古迭廷他们失去了来自联邦军方的绝对支持。

他们的连续失败，终于酿成了眼前的局面。

史莱克学院七大极限斗罗，再加上唐舞麟和阿如恒两大拥有极限战力的高手，这种实力，这种强悍的战斗力，在整个斗罗大陆的历史上，任何一个组织都没有过。

传灵塔固然强大，但总共也就只有五位极限斗罗，其他人的实力终究还是弱了一些。而史莱克学院和唐门的二线战斗力也不弱啊！史莱克七怪已经一次次地证明了他们的实力。

除非现在战神殿肯站在传灵塔这边，否则的话，他们根本没有任何机会。

唐舞麟再次举起黄金龙枪，史莱克学院和唐门这边亮起了大片的光芒，一套套瑰丽的斗铠纷纷出现在众位封号斗罗身上。

在这些魂师之中，一半以上的人竟然都穿着强大无比的四字斗铠。

千古迭廷的最后一丝希望也随着那些四字斗铠的出现而破灭了。

怎么会有如此之多的四字斗铠？唐舞麟的天锻能力竟然远超神匠震华吗？

可是，到了这个时候，无论他觉得多么不可思议，都没有任何意义了。

因为，他们将要面对的，是一场覆灭般的灾难。

千古迭廷一把拉住想要冲出去的千古清风，长叹一声："罢了，罢了。事已至此，千古家族认了。唐舞麟，你等一下。"

说到这里，这位准神缓缓飞了出来。

唐舞麟双眼微眯，到了这个时候，他也不怕对方会要什么花招。

千古迭廷脸色阴冷,千古东风、千古清风缓缓跟在他身边。

千古迭廷转向传灵塔一方众人,沉声道:"今天,我们千古家族认栽了。没错,我们是做了很多事,到了这时候,也没什么好否认的。但是,与圣灵教的合作只是我一家之事,与传灵塔其他人无关。"

说完这句话,他重新转向唐舞麟的方向:"你们史莱克学院不是一向都认为自己是公平公正的吗?那好,现在我们千古家族认栽,我们父子三人任由你们处置。但我有个要求,你们不能牵累到传灵塔其他人,同时,我重孙千古丈亭也没有参与到当初的事件之中,我只希望,给我们千古家族留下一条血脉。如果你们答应,我们父子三人束手就擒,否则的话,咱们就拼个鱼死网破。老夫相信,如果拼命的话,带几个人一起走问题应该不大。"

千古迭廷这番话一说出来,反而令唐舞麟有些为难了。

他们已经占了绝对的上风,但唐舞麟没想到千古迭廷会做出这样的选择。而且,千古迭廷说得没错,如果一位准神打算拼命的话,哪怕是同级别强者都不敢轻易硬抗。准神一旦燃烧了自己的生命火焰,在短时间内是可以触摸到神级层次的。

可是,就这么放过千古丈亭吗?于公于私,这都不是唐舞麟愿意看到的。

第一千六百四十八章 大陆危机

千古迭廷的话说成这样,唐舞麟此时就有些两难了。

唐舞麟答应过墨蓝,不迁怒他人,如果传灵塔其他强者不阻挠他们复仇就不轻易杀人。

此时的局面却变成了这样,传灵塔那边,以天凤斗罗冷遥茱为首的很多强者的眼神发生了变化。

"曾祖,我愿和你们同生共死。"千古丈亭猛地冲了出来。

可还没等他冲到千古迭廷身边,千古东风抬起脚,一脚将他踹飞了。

"滚蛋。"

古月娜在远处接住了千古丈亭。

当唐舞麟看到这一幕的时候,不禁心如刀割。

史莱克学院和唐门的强者谁也没有开口,在这个时候,只能有一个声音。无论唐舞麟怎么决定,都是两大组织共同的决定。

毫无疑问,只要拿下千古家族三大极限斗罗,千古家族在传灵塔内的地位就会一落千丈,想要重新崛起谈何容易?而且,就连传灵塔本身的实力也会大幅度下降,至少在千年内都不能威胁到史莱克学院和唐门了。

作为大陆魂师界重要的组织之一,传灵塔还是有存在的意义的,传灵塔是魂师们获取魂灵最重要的途径。

一时间,唐舞麟心中有两种声音在对抗。

正在这时，千古迭廷继续道："我们还愿意做出赔偿。我刚才所说的六十枚九级定装魂导炮弹给你们。同时，我们愿意赔一笔钱，足够史莱克新城建设的钱，只求留下丈亭一命。"

他很清楚，史莱克学院是不可能将整个传灵塔毁掉的，否则也不会这么正大光明而来，只需要调动永恒天国就行了。

毕竟，在外界没有人知道永恒天国已经落入唐舞麟他们手中了。

唐舞麟他们堂堂正正而来，就必须做到堂堂正正。所以，株连绝不是他们的做法。

唐舞麟深吸一口气，就在他要开口的时候，突然，一个声音从远处传来："等一下。"

众人都一愣，两股强大的气息自远处迅速而至。

能够让唐舞麟他们有这种感觉的，毫无疑问，唯有极限斗罗。

竟然又有两位极限斗罗赶了过来？

他们是哪一方的？

唐舞麟赶忙凝神看去，两道身影来得飞快，但他竟然都认识。看清来人后，他松了一口气，因为他知道，这两位绝不会站在对方那边。

飞在前面的来者是瀚海斗罗陈新杰，也就是现在史莱克学院的扫地工老陈。

无论出现怎样的变故，有光暗斗罗龙夜月在，扫地工老陈是绝不可能站在史莱克学院对立面的。

跟在陈新杰身边的那人让唐舞麟吃了一惊，这位他当然也认识，甚至还在人家手下当过兵。

正是血神军团军团长，明镜斗罗张幻云！

这位怎么来了？他不是应该在守卫深渊通道吗？身为血神军团的灵魂人物，除非有极特殊的情况，否则他绝对不会轻易离开那边啊！

"陈新杰，你要干什么？"看到扫地工老陈，光暗斗罗龙夜月一闪身就到了他面前，目光冷厉地看着他。

陈新杰的脸色本来异常严肃，但当他见到龙夜月的时候，顿时变得尴尬起来。

"月月，正事，我有正事，这件事情关系到大陆千千万万的生命。现在这个时候，魂师界不能自相残杀，一定要携手同心才行。"

龙夜月愣了一下。

她知道，陈新杰不是那种信口开河的人，他说是正事，一定非常重要。她并不认识张幻云，但既然是极限斗罗层次的强者，想来也就是那些人。

更何况，此时的张幻云还穿着上将军服，这就很能证明身份了。

陈新杰越过龙夜月，来到唐舞麟和千古迭廷中间，沉声道："出事了。你们都别打了。无论有多大的过节，现在这个时候，都不是动手的时机。"

唐舞麟疑惑地道："陈老，到底出了什么事？"

陈新杰扭头看向张幻云："幻云，你来说吧。"

唐舞麟这才注意到，此时的张幻云脸色异常难看。

他还从未见张幻云出现过这样的表情，哪怕面对深渊位面的深渊潮汐时这位也能指挥若定。

看到他的神色，唐舞麟顿时明白了，恐怕真的有大事发生了。

无情斗罗曹德智也飞了过来，他和张幻云搭档多年，知道自己这位老朋友一直都是乐天派，无论面对什么样的困难，都会用最好的心态去应对，他带领的血神军团如同一块铁板。而且，张幻云也算是史莱克学院的支持者，只不过血神军团责任重大，不能轻易调动而已。

"老张，怎么了？"曹德智面带疑惑地问道。

张幻云长出一口气："麻烦大了。"

"深渊潮汐？不对啊！如果又有深渊潮汐你根本不可能离开。到底怎么了？"曹德智有些迫不及待地追问道，一丝不好的预感随之出现在他心中。

"我们守护的深渊通道没有出问题，一切正常。但是，我刚刚接到消息，在大陆北方出现了深渊生物，而且数量之多甚至远远超过我们面对深渊潮汐的时候。"

"什么？"唐舞麟和曹德智无比震惊，异口同声地说道。

北方？

北方竟然出现了深渊生物？

一时间，他们都有种从脚心一直凉到头顶的感觉。

深渊生物是什么玩意儿？那是只知道杀戮与毁灭，吞噬一切生命能量的恐怖生物，是不死的生物。

除了被唐舞麟的黄金龙枪吞噬之外，任何深渊生物被杀死之后都会化为灰黑色气流返回深渊通道。

这是一种多么恐怖的生物啊！

而它们的目的，就是要吞噬整个斗罗大陆位面。

根据当初龙夜月对唐舞麟所说，深渊位面的层次甚至还要在斗罗大陆位面之上，在没有神界守护的情况下，一旦被深渊位面全面入侵，那整个大陆恐怕都将不复存在。

六千年前就出现过一次这样的险情，不知道牺牲了多少强者才将深渊通道封闭住了。

六千年后的今天，深渊生物居然在另一个地方出现了，这意味着什么？

"你能确定？真的是深渊生物？"曹德智失声问道。

张幻云道："能确定，已经有图像传过来了，连魅皇都有了，确认无疑是深渊生物。极北之地附近的几个村镇已经不复存在，所有生命体被吞噬得一干二净。这些可怕的东西所过之处，无论是魂兽还是植物，都成了它们的猎物。我们必须立刻组织人手赶过去，绝不能让它们肆虐蔓延，否则，大陆危矣！"

陈新杰苦笑道："正因为如此，我才让你们先住手。在这个时候，我们还怎能内耗？军部那边已经开始组织战略物资，并调动所有能够调动的兵力，向北方快速赶去。北方军团现在已经过去了，北海军团整装待发，中央军团最晚会在明天这个时候出发，南方军团的调动会慢一些，海神军团也大概会在明天出发……但是，无论多么强大的军队都需要统帅，需要强者作为统帅，也就是需要你们。我会重回海神军团，如果可以，你们也准备一下吧。大陆已到生死存亡之际，我代表军方，请求你们的帮助。"

唐舞麟毫不犹豫地道："守护大陆，责无旁贷。陈老您放心，史莱克学院与唐门，必将全力以赴。"

唐舞麟说得斩钉截铁。

陈新杰看向另一边的千古迭廷，略微停顿了一下，有些迟疑地说道："那你们之间的事……"

唐舞麟也看向千古一家，再看看己方这边的众位强者，深吸一口气："私仇暂且放下，大敌当前，先救大陆。"

如此短暂的一句话，他几乎是用尽全力才说出来的。

眼看大仇得报，在这个时候，他却要选择暂时放弃，于他而言，这何等艰难。

可是，如果在这个时候坚持要杀千古一家，恐怕传灵塔就会大乱，在对抗深渊生物的时候，将缺少一部分很重要的力量。

这个时候，不是他唐舞麟复仇的时候。

第一千六百四十九章 我们走

当唐舞麟说完这句话的时候，他的拳头都攥得紧紧的。说出这句话，并不容易啊！擎天斗罗、炽龙斗罗等全都是死在那场大灾难之下的啊！

可是，家仇与国恨哪一个重要？

他的选择无疑是正确的，可对于史莱克学院和唐门来说，如此选择需要他做出极大的让步！

曹德智一巴掌拍在唐舞麟的肩膀上，并重重握了一下，仿佛是要将自己的信念传递给他，以此来肯定他的决定。

唐舞麟扭头看向曹德智的时候，眼中已经有泪光闪现，他大喝一声："我们走！"说完，他当先飞身而起，朝着史莱克学院的方向而去。

他不敢再停留下去，他怕继续留在这里，依旧会忍不住去复仇。

可为了大陆，为了千千万万的民众，在这个时候，他只能做出这样的选择！

古月娜依旧站在失神的千古丈亭身边，她的目光却始终落在唐舞麟身上，她的眼眸之中此时更是充满深情。

隐藏在人群之中之前准备出手帮助传灵塔一方的黑发男子微微蹙眉，尤其是当他看到古月娜的眼神时，脸上浮现出了几分担忧。

陈新杰目送着史莱克学院和唐门的众多强者远去，叹息一声，转向千古迭廷："千古兄，上次欠你们的，这次还给你们了。但是，你也该表个态吧！"

千古迭廷自然明白他是什么意思，沉声道："陈兄救我一家性命，这份情，千古迭廷记住了。没错,我们是要维护大陆第一大组织的地位,我们也曾经为了打击史莱克学院不择手段,但是,无论什么时候,传灵塔都是大陆的一分子。你放心,我会立刻让东风组织所有能够调动的力量支援前线。我们会和西方军团、西北军团一起,马上行动!"

"好!未来如何,就看你们这次的行动了。"说完这句话,他眼含深意地看了千古迭廷一眼,这才和张幻云飞身而起,朝着史莱克学院而去。

千古东风的脸色一片惨白,表面看去是因为失去了右臂,可实际上,只有他最明白是因为什么。

他终于明白鬼帝在魂导通信中说的是什么意思了。这帮疯子,这帮浑蛋,他们竟然……竟然在极北之地打通了一条通往深渊位面的通道,将深渊生物引到大陆来了!

"父亲。"千古东风忍不住喊了一声。

"回去再说!"千古迭廷喝了一声,转身就走。

直到此刻,传灵塔的强者们才算是松了一口气,赶忙跟在他们后面,朝着传灵塔总部而去。

一场声势浩大的复仇,就这样结束了。

史莱克学院。

当陈新杰回到学院的时候,龙夜月已经站在操场上等他了。

陈新杰飘身而落,落在龙夜月身边。远处,曹德智朝着张幻云招了招手。

"月月,我……"陈新杰来到龙夜月背后,有些苦涩地说道。

龙夜月缓缓回过身来,看着他的目光有些复杂。

陈新杰看着她那不再冰冷的眼神,不禁愣了一下。

"月月,你怎么了?你是不是怪我阻止了你们的复仇?可是,我……"陈新杰想要解释。

龙夜月抬起手,捂住了他的嘴。

这样一个有些亲昵的动作顿时让陈新杰的身体一震,他都一百多岁了,可是,面对这样的情况,却有初恋时的那种心跳的感觉。

"这件事不怪你，换了是我，也会这样选择。没有什么比守护大陆更加重要。史莱克学院存在的目的之一，就是维护大陆和平。这是多少代史莱克人都在做的事情。真正艰难的是舞麟，为了今天的复仇，他付出了太多太多。他能做出那样的决定，说实话，我们都很欣慰。他终于长大了，我们也终于不用再担心什么了。"

陈新杰轻叹一声，道："是啊！你们史莱克学院总是能够拥有如此优秀的人才，坦白说，我真的很羡慕，甚至是有些嫉妒的。在这方面，没有任何一个组织能够和你们史莱克学院相比。"

龙夜月道："你又要到前线去了吧。还能做总指挥吗？"

陈新杰眉头微蹙："不知道，但我会尽力争取的。让别人指挥，我不放心。"

"嗯，那你去吧。"龙夜月点了点头。

陈新杰有些呆愣地看着她，他能够明显地感觉到，今天的龙夜月有些不一样了。

这和之前她总是对他横眉冷对的态度完全不一样，不知道为什么，看着面前有些温柔的她，他反而有种不太好的感觉。

"你，你肯原谅我了吗？"陈新杰试探着问道。

这是他在离开之前最想要知道的事情。

龙夜月轻叹一声："都已经过了那么久了，还有什么原谅不原谅的呢？我也不该那么执着。原谅就原谅吧！"

陈新杰有些急切地上前一步，抓住她的双臂："月月，你这是怎么了？你可别吓我啊！这不是你的性格。到底怎么了？"

龙夜月任由他握着自己的手臂，轻笑一声："都多大年纪了，还冲动得像年轻人一样。快松手，让别人看到像什么样子。"

陈新杰的心跳更加剧烈了："月月，你到底怎么了啊？"

龙夜月缓缓地说："那场大灾难来临时，云冥和那么多的学院老师用生命守住了学院，我却临阵脱逃了。因为那时候的我不甘心，还想着要报复你，所以在云冥的劝说下离开了。

"现在，这一代年轻人总算成长起来了，我也终于可以放松一些了。学院有舞麟带领，不会有任何偏差，只会更加繁盛。六千年前是付出了怎样巨大的代价才将深渊位面封锁住的？那情况你是清楚的。我都一百多岁了，也没多久可活了，现在是该发挥余热的时候了。"

陈新杰终于明白了，终于明白为什么此时龙夜月会变得豁达了，因为在这一刻，她什么都看开了，而且萌生了死志。在即将对抗深渊大军的战斗中，她一定会不惜一切来守护史莱克众人！

陈新杰的双眸瞬间变得湿润，他突然不顾一切地一把将龙夜月拥入自己怀中："不，不，我要你活着，我要你好好的，你一定要好好的。"

龙夜月没有挣扎，伸手搂住他的腰，将头靠在他那依旧宽厚的肩膀上，喃喃自语："这样的感觉，已经多久没有过了。我还清楚地记得你最后一次抱着我的时候。那一次之后，你就走了，再也没有回来过。"

陈新杰身体一僵，松开手："我错了，月月，我真的知道错了。"

在这一刻，这位一代准神竟然老泪纵横，控制不住自己的情绪。

龙夜月温柔地抬起手，为他抹掉脸上的泪珠："傻瓜，都多大年纪了还哭鼻子，你羞不羞？别哭了，这不是我喜欢的陈新杰。我喜欢的，是那在战场上指挥若定，作为万军统帅的陈新杰。我喜欢的，是一代战神，傲立于群雄之巅的陈新杰。无论怎么说，你都是我曾经的男人。去吧，回到你的军队中去，只有在那里，你才是我心目中的那个人。去做英雄吧，这或许就是我们最后一次并肩作战了。"

陈新杰深吸一口气，在这一刻，他的心情非常复杂。

在这一刻，他的身体仿佛变得高大起来，那睥睨天下的瀚海斗罗又回来了。

"好！月月，既然如此，那就让我们疯狂一把。不就是深渊位面的跳梁小丑吗？就让它们看看，我们虽然老了，却也还能绽放光华。在战场上，只要我还活着，就一定会守护在你身边。从这一刻开始，我永远都不会再离开你了。就算是死，我也要死在你身边。"

龙夜月看着他恢复了豪迈的样子，不禁一阵恍惚。

第一千六百五十章
传灵塔的应对

龙夜月还清楚地记得，那年他们刚认识的时候，都还只是初入魂师界的菜鸟。那时候的他，就曾经在她面前发下誓言——要成为当世最强者。

她正是因为喜欢他身上的豪迈气概，两人才最终走到了一起。时隔近百年，她仿佛又看到了曾经的那个他。

这种感觉难以名状，仿佛在这一瞬，他们又都变得年轻了。

"月月，我先走一步，咱们北方见。在见到我之前，你一定不能冒险。答应我。"陈新杰认真地说道。

龙夜月轻轻地点了点头："好，我们前线见。"

陈新杰深吸一口气，再次张开双臂用力地抱了抱她，然后猛地腾身而起，向空中飞去。

地面上的龙夜月下意识地向前跨出一步，高声道："陈新杰，如果这次我们不死，你还愿意回来做我的扫地工老陈，我就原谅你！"

半空中的陈新杰身体一僵，他没有回答，只是用力地点了下头，接着骤然加速，朝远方飞去。

看着他离开的背影，一直保持着微笑的龙夜月终于泪流满面。

或许，这真的是他们的最后一战了！

传灵塔。

"疯子,这些疯子。他们真的是疯了,他们竟然真的勾结深渊位面,做出这样的事。他们毕竟是人类啊!"千古东风气急败坏地说道。

房间之中,只有三人。

千古迭廷一脸的冷峻,丝毫没有刚刚从死亡线上回来的感觉。

千古清风冷笑一声:"早就跟你说过,和他们合作就是与虎谋皮。"

千古东风猛然回过身,看向千古清风:"那件事,我不后悔。如果让我再选择一次,我还是会将两枚十二级定装魂导炮弹扔到史莱克学院去。不炸平史莱克学院,我们什么时候才有出头之日?事实证明,我没有做错,唯一遗憾的就是,没能斩草除根。"

千古清风眼中寒光一闪,却没有再说什么。

千古迭廷冷冷地道:"圣灵教那些家伙早就不能被称为人类了。他们要的是死亡能量,而深渊位面要的则是生命能量。一切生命在死亡时都会释放出死亡能量,所以,他们双方的目的是不冲突的。他们的行为看上去极其疯狂,可实际上,他们都有着自己的打算。

"深渊位面要的是,吞噬我们整个斗罗大陆位面用来作为自己向神界进化的踏脚石,而圣灵教要的则是我们整个斗罗大陆位面所有生物在死亡时散发出的死亡能量,以帮助他们达到神级层次。我们早该想到的,深渊生物会是他们最好的合作者。只是没想到的是,深渊位面居然还有打通另外一条通道的能力。"

千古东风有些失神地站在那里:"那我们该怎么办?"

千古迭廷双眼一瞪:"你说呢?你这不是废话吗?除了共同对抗之外,还有什么办法?如果整个位面都不存在了,传灵塔还能存在?皮之不存,毛将焉附?"

千古东风迟疑道:"那我们真的要跟史莱克学院他们合作不成?"

千古迭廷怒道:"你是不是脑子坏掉了?当初让你继承我的位子,就是因为你有足够的思考能力,怎么现在遇到事情就慌乱至此?没了一条手臂算什么?有的是办法可以恢复。先渡过眼前的难关才是最重要的。我们要做的,不只是对抗深渊位面和圣灵教,同时,也要趁着这个机会,想办法在战斗中削弱史莱克学院与唐门。这场战斗,对我们来说,未必就是坏事。"

千古东风先是愣了一下，但很快就明白了父亲的意思，他用力地深吸一口气："我明白了，我立刻去安排。"

千古东风走了，房间之中只剩下千古迭廷和千古清风父子二人。

"我也走了。"千古清风站起身，就想要离开。

千古迭廷深深地看了他一眼，道："去吧，带着你老婆一起走吧，然后就不要再回来了。"

千古清风身体一僵，猛然转过身来："你什么意思？"

千古迭廷淡淡地道："我知道，你一直都在恨我。但是，我只能做出最正确的选择。东风的失败，不在于他的个人能力，而在于他遇到了被命运选中的人。哪怕让我再选很多次，我依旧会选择他。因为如果换成是你，肯定还不如他做得好。他做事果决、狠辣，而且还有一定的智慧。你欠缺的不是智慧，而是果决。当断则断，这是我送给你的最后一句话。

"千古家族不能就此覆灭，我们谁也不知道未来会如何。但是，全力保住大陆才是最重要的。你们找个地方，带着你那一脉的人隐姓埋名去吧。如果这一次能够最终击退深渊生物，史莱克学院和唐门依旧不会放过我们。无论是鱼死网破，还是他们胜利，都不会允许我们千古家族存在。如果我们侥幸得胜，你就回来，如果输了，就永远不用回来了，把家族血脉传承下去。东风承担了让家族变强大的责任，那么，你就为家族承担延续的责任吧！"

千古清风愣了愣，而后道："你要让我做个懦夫？"

千古迭廷道："这不是懦夫，很多时候，活着比死去更艰难。"

千古清风眉头紧蹙，沉声道："我不会走的。"

说完这句话，他猛地摔门而去。

在他离开的那一瞬，千古迭廷仿佛突然苍老了许多，缓缓地闭上双眼。

整个斗罗大陆都在短时间内迅速行动起来，但从表面看起来一切都很正常。

联邦在第一时间做出了最正确的选择——封锁消息。对一切媒体封锁消息，不让北方的有关情况泄露出来。

北方军团是大陆距离极北之地最近的防卫力量，已经在第一时间部署好了防御阵线。

北海军团第一时间开拔，战略物资已通过各种方式以最快的速度运向北方。

对于深渊生物，在六千年前就有记载，高层知道它们有多么恐怖。但现在的斗罗大陆已不是六千年前的斗罗大陆了，随着魂导科技的发展，现在已经有更多的武器可以对付那些深渊生物。

当然，他们面对的敌人还不只是深渊生物，还有圣灵教！

所以，联邦第一时间向史莱克学院、唐门、传灵塔等几大组织发布了动员令。

因为要驻守那边的深渊通道，所以血神军团还不能被调动，否则，一旦原本的深渊通道也有深渊生物冲出来，两面夹击的话，就更加麻烦了。

史莱克学院。

海神阁会议又一次召开了。

唐舞麟的眼睛还有些红，不是因为疯狂，而是因为心中的不甘与激动。

他好不容易才让自己的情绪平复下来。

眼看仇敌就在面前，他有能力复仇却不能复仇，可想而知他的内心有多么痛苦。

可是，他不得不面对这样的局面，现在对于史莱克学院和唐门来说，复仇不是最重要的事，最重要的事是如何配合军方守护大陆。

第一千六百五十一章 准备

"史莱克学院这边,我们会调动现在最强的战斗力出来。但也需要有人留守,以避免传灵塔那边发起不利于我们的行动,毕竟,他们什么都做得出来。"唐舞麟一边说着,一边看向史莱克学院这边的众人。

龙夜月淡淡地道:"你不用看我,这次战斗,我必然在前线。"

雅莉微微一笑:"有我在,能救活很多人。"

没错,谁都可以不去,这位大陆第一治疗系魂师是一定要去的,有她在,不知道有多少人会受益。

唐舞麟又看向原恩震天和原恩天宕父子。

原恩天宕冷冷地道:"我最恨异族。"

原恩震天道:"我们这边已经决定了,我们父子三人都会前往,家族其他的人留下守护史莱克学院。"

除了他和原恩天宕之外,还有一个自然是原恩天殇,同样拥有封号斗罗的战斗力。

舞长空看了唐舞麟一眼,他眼神中的坚决已经向唐舞麟透露出很多信息了。

唐舞麟最后看向蓝木子和唐音梦:"师兄、师姐,你们……"

蓝木子微微一笑,道:"舞麟,其实,在这个时候,你也不用担心传灵塔会有什么鬼心思。在这共抗大敌的时候,如果他们还敢有什么小动作,联邦也不会饶了他们。而且,我们有足够强大的魂导阵列防御系统,他们想要攻进来也没那么容易。所以，我认为我们在场的众人都要到前线去，除了学员们不去之外，老师们也要抽调一些精锐人手。"

唐舞麟深吸一口气，眼中突然光芒一闪："众位，我有个提议，如果让七圣渊的七位老魔暂时主持史莱克学院的话，你们认为……"

史莱克学院众人的表情瞬间都变得古怪起来。

七圣渊的七位老魔是不能远离七圣渊的，所以，他们显然不能到前线战场去。可是，如果暂时把史莱克学院交给七位老魔来管理，这学院会变成什么样子可就有点不好说了啊！

"好像也没有更好的办法了。"龙夜月道。

唐舞麟道："好，那我就去和七位前辈沟通。无情斗罗冕下，咱们唐门这边呢？"

无情斗罗曹德智沉声道："我已经让人去调配资源了，能用上的都会调配出来。我们唐门这边可以组织一支两千人左右的精锐军团。虽然人数不多，但战斗力绝对有保证。就和你们一起走，也包括我们俩。大家联手，行动起来。我和深渊生物打交道的次数最多，舞麟，你记住了，从现在开始，你身边绝不能少于四位极限斗罗。我提醒大家一下，无论这场战斗我们能否获胜，很重要的一点就是要保护好舞麟。"

多情斗罗臧鑫接口道："深渊生物最麻烦的地方就是不死，死去的深渊生物会重新回到深渊位面重生。唯有舞麟的黄金龙枪能够在真正意义上杀死它们。所以，我们可以肯定，深渊生物最想要杀的就是舞麟。深渊位面一百零八层，强者如云，我们只要保护好舞麟，就有逐步消灭深渊生物的机会。"

此言一出，其他人都不由得露出惊讶之色。

因为哪怕是史莱克七怪的其他六人也并不知道深渊生物的具体情况，原来这深渊生物竟然如此难对付。

唐舞麟点了点头，道："我自己也会小心的。当务之急就是尽一切所能先把深渊生物压回去。不能让它们继续前进，荼毒生灵。只是不知道现在那边是什么情况，我会向军方调取资料，我们过去之后就立刻展开行动。"

无情斗罗曹德智点了点头，道："那就这样吧，大家分头行动起来，尽快准备好，我们要早点动身。"

众人纷纷起身。

每个人的心情都是沉重的，他们都知道，面对深渊生物的这一战，有太多未知情况，大家这一去就未必回得来了。

史莱克学院这边相对简单，只是人员安排问题，唐门那边就复杂得多了。时间紧迫，整个唐门在最短时间内都调动起来了。

为了对抗深渊生物，这一次，谁也顾不上再隐藏什么，有多少家底在这个时候都要拿出来才行。

一时间，联邦八大军团也全部开始调动了。除了人员之外，联邦还调集了各种军用物资，第一时间运往前线。

说起来还算庆幸，之前为了侵略星罗、天斗两国，联邦准备了充足的远征物资，所以，这次针对深渊生物的时候进行物资的调配就容易得多了。

由于信息的封锁，普通民众并不知道现在大陆已经到了生死存亡的阶段。他们依旧平静地生活着。但如果他们特别留意的话，就会发现，在一些高速公路上，经常会看到一辆辆飞驰的军车朝着北方而去。

北方军团指挥部。

"什么？你再说一遍？"身穿军服，肩膀上挂着两颗将星的中年男子暴怒地朝着自己手中的军用通信器怒吼着。

"将军，第……第三道防线失守了。我们挡不住了，请求增援！请求增援啊！太可怕了，这些东西太疯狂了。我们……我们根本挡不住。它们不顾生死地疯狂冲击，而且仿佛海水一样无穷无尽。援兵！请求援兵！"

"你们给我顶住，无论如何都要给我顶住！"将军挂断魂导通信，脸上的神色变得无比冷峻。

身为北方军团军团长，郭镇峰绝对算得上是军方年轻有为的新星了。他和沈月一样，都是军方大佬，同时也是各自家族的接班人。

郭镇峰才四十五岁，已经获得中将军衔，或许这与家族的帮助有一定关系，但也足以证明他自身的能力。

八大军团军团长之一，绝对是军方坐镇一方的真正的大佬。

相对来说，北方军团是八大军团中最弱小的，因为他们有可能面对的敌人是最弱的。

镇守北方，其实就是防御极北冰原。极北冰原没有任何可开发的地方，但有一些上古留下来的冰属性魂兽。这些魂兽十分团结，偶尔会组团外出猎食，北方军团主要就是要防备它们，所以，无论是在兵力还是在战斗力方面，北方军团相对来说都要弱一些。

尽管如此，整个北方军团也有六个师团的兵力。战斗人员加上辅助人员总数超过十万，是当之无愧的军团级建制。

事实上，北方军团是最先遭遇深渊生物的袭击的。不过，当他们接到北方一些边镇的报告时，郭镇峰的第一反应就是觉得不可能。

边镇报告是说有魂兽大举进攻，郭镇峰却很清楚，极北冰原之上虽然有一些魂兽，但绝对不算多。除非它们疯了，否则怎么可能向人类发动进攻呢？

高等级魂兽是有智慧的，它们很清楚现在和人类这边的差距有多大，大举发动兽潮简直就是找死的行为，任何有智慧的魂兽都不会选择这样做。

但谨慎的他还是第一时间调派了一个机甲师团的兵力前往支援，震慑魂兽。

第一千六百五十二章 和兄弟们在一起

在郭镇峰看来，一个机甲师团的兵力足以震慑住魂兽了。要知道，一个机甲师团中包括一千台机甲，还有大量的辅助、进攻型魂导器。这些大型魂导器的威慑力，足以让那些魂兽知难而退。

调派这么多兵力，在他看来已经完全是出于谨慎来考虑了。

可是，他万万想不到的是，机甲师团派出去不到半天时间，就传来了噩耗。

在机甲师团前往指定地点的过程中，突然遭遇了山呼海啸一般的恐怖袭击。无数的敌人从四面八方出现，然后在极短的时间内将整个机甲师团吞没了。

就算北方军团的机甲师团战斗力有限，可是，那也是一个标准的机甲师团啊！这样的情况简直让郭镇峰大跌眼镜，而且，如此重大的损失也是他承受不起的！他怎么向军部交代？

不过，当时的他很快就冷静下来，迅速做出了安排。首先，他第一时间向军部求援，并且将得到的资料迅速传给军部。其次，他命令剩余的五个师团布置了五道防线，设在极北之地通往内陆的方向。他要做的，就是将所有能够调动的资源都调动起来，用来防御敌人的大举入侵。

在给上面的报告中，郭镇峰首先说明的就是，他们面对的绝不是极北冰原的魂兽，而是一种特殊的生物。

深渊生物的外表和极北之地的魂兽相差太远了，郭镇峰也是封号斗罗层次的强者，系统学习过有关魂兽的知识，但这次出现的深渊生物完全超出了他对魂兽的认知。同时，他也将这次入侵的情况说得非常严重。

正是他第一时间向上层汇报，没有半分拖延，才给联邦争取到了更多的时间。

可是，让郭镇峰万万没想到的是，他派遣重兵构筑的五道防线在这么短的时间内就被攻破了三道，要知道，那些防线都配备了大型的防御魂导器啊！

三道防线被破意味着什么？

意味着整个北方军团一半以上的兵力没了。

这也太快了！

一天，仅仅一天的时间啊！

一个军团的魂导器不计其数，再加上定装魂导炮弹……

北方军团配备的三枚九级定装魂导炮弹已经全部投入战场了。可是，每一次轰击都只能够略微延缓对方的攻势。下一刻，这些恐怖的生物又山呼海啸一般冲上来，再次冲击防线。

刚刚打来魂导通信的就是北方军团的副军团长，他亲自坐镇前线指挥，时刻处在战斗的前线。

对于老搭档，郭镇峰再了解不过了，那是一位铁血军人啊！如果不是实在抵挡不住了，他是绝不会如此求援的。

"传我命令，第五道防线的所有兵力向第四道防线靠拢，全面加固第四道防线。把我的原话传过去，让每一位兄弟都能听到。"郭镇峰必须先鼓舞士气。

"兄弟们，我是郭镇峰。现在，我们北方军团正遭遇史无前例的恐怖袭击。但是，请你们记住，在我们的背后，就是一马平川的斗罗大陆，是千千万万的联邦民众，是我们繁华的都市，那里有我们的亲人和朋友。我们肩负的，是通往大陆的最后一道防线。一旦失守，必将生灵涂炭。我马上就到前线，我会在前线和大家一起战斗，这最后一道防线，也是我们亲人和朋友的生命线。我们能做的，唯有用自己的生命守护住它。别的不说了，兄弟们，现在我不是什么军团长，从这一刻开始，我们都是生死与共的好兄弟，只要还有一口气在，我郭镇峰，绝不在前线后退半步。我与北方防线同在！为了联邦，为了我们的家人，干掉那群可恶的家伙！"

郭镇峰慷慨激昂地说完这番话，然后，他立刻转过身，向自己的参谋道："所有战斗人员立刻跟我上前线。我的警卫营呢？走！一刻都不能耽搁！"

"军团长，您不能去，这里还需要您坐镇调派啊！还有，军部那边如果有命令怎么办？"参谋顿时急了。

郭镇峰冷冷地道："我们这边的情况已经悉数向军部汇报了，汇报的责任我已经尽到。你跟了我这么多年，我平时如何指挥你看得多了，而且，现在也没什么好指挥的了。你留在这儿，随时将前线的情况汇报给军部。我们能否活下来，就看军部的援军什么时候能到。身为北方军团的军团长，在这个时候，我必须和我的兄弟们在一起。身为联邦军官，什么时候也不能龟缩在后！"

"军团长！"参谋顿时红了眼睛，"我也跟您去，我也要跟兄弟们在一起。"

"住口！你留在这里作用更大。就你那点三脚猫本事，上前线能干什么？别废话，留在这儿！出发！"说完这句话，他大踏步地向外走去。

他刚走出去没几步，突然停下脚步，转过身，看向参谋，略微犹豫了一下，道："如果我战死了，帮我转告沈月，老子这么拼命，就是为了有一天能配得上她。"

说完这句话，郭镇峰正了正自己的军帽，向参谋行了个军礼。

参谋以及周围所有的北方军团军人全部立正，向郭镇峰行军礼。

"誓与防线共存亡！"

郭镇峰的通令就像是一针强心剂，瞬间鼓舞了整个北方军团的士兵。

十二小时后，北方前线。

"轰轰轰——"无数炮弹在战场上飞射。

整个前线设置了一个个火力点。所有的山坡上都有重火力，并且有重兵防御，在这片丘陵地带形成了非常强的防御网。

北方多冰川，也多险峰。

想要从极北之地进入内陆，首先就需要穿越冰川和险峰。这里是必经之地。因为只有这么一条咽喉要道，剩余的都是温度极低的冰海，冰海之中还生活着一些特殊的海魂兽。

此时，就在这前线战场上，一望无际的深渊生物正如同潮水一般冲击着北方军团的最后一道防线。

前线交锋的地方，持续不断的灰黑色气流向远方飘荡，那是被击杀的深渊生物所化的。

郭镇峰从未经历过这样的战斗，从未遇到过如此不知疲倦的对手。

正常的战斗中，双方交手一定时间之后都会有所停顿，稍作休整，然后再战。毕竟，大家的体力都是有限的。

这些深渊生物却并非如此！

从开始到现在，它们的进攻竟然没有半分停顿！

这实在是太可怕了。它们持续不断进攻，数量源源不绝，攻势宛如惊涛骇浪。

第一千六百五十三章
破灭绝山斧

在一些特别强大的深渊生物的统率下，这些恐怖的深渊生物释放出了极其冰冷的气息。它们不知道惧怕，不知道疼痛，一往无前，然后纷纷在炮火中化为灰黑色气流飘荡而回。

当郭镇峰来到前线，见到这些深渊生物之后，他才真正明白为什么前面的防线会抵挡不住它们。

这些深渊生物实在太疯狂了，它们彼此之间也没有什么配合，就是疯狂地冲击，不计一切代价地冲击。

郭镇峰站在一座山峰上，脸色有些苍白。在他身边不远处，是一台正在进行自我修复的残破的红色机甲。

他已经出击好几次了，每次都会专门去击杀对面的深渊生物首领，起到了一定的拖延对手行动的作用。

他的红色机甲是整个北方军团的将士都认识的，因为那是实打实的北方军团第一机甲——青峰战神。

所以，每当他出现在战场上的时候，北方军团都会士气大振，一次次地将敌人击退。

可是，战斗时间实在太长了，从开始到现在已经持续了两天。人不是机器，总是需要休息的，但是，前面的三道防线已经失守，现在他们根本就不能休息啊！谁有半秒的停顿，就很可能会遭遇毁灭性的攻击。

大家都已经非常疲惫了，第四道防线已经出现了缺口，继续这样下去的话，恐怕这道防线也顶不住三个小时。

"援军呢？援军怎么还没到？"郭镇峰朝手中的军用通信器怒吼着。

"军团长，援军已经在路上了，但由于路途遥远，根据计算，第一批援军恐怕还要四个多小时才能抵达。"

郭镇峰深吸一口气，平复了一下自己的心情，沉声道："好，我知道了。"

他很清楚，再怎么愤怒也改变不了现状。极北之地太远了，联邦能够在这么短的时间内调遣援军过来，已经竭尽所能了。

四个多小时吗？

一抹苦笑浮现在郭镇峰的嘴角处，他现在只希望援军足够强大，能够守护住后面的防线。

现在，他要做的，他能做的，就是尽一切努力，哪怕让整个北方军团都交待在这里，也要为援军争取更多的时间。

郭镇峰回到自己的机甲旁边，轻轻地拍了拍这台跟随了他多年的青峰战神，这是他的家族在他晋升为少将时花费了重金为他制作的。

"老伙计，你好好休息吧。我去了。"说完这句话，他双眸之中光芒闪耀，强大的气势从他身上迸发而出。

他抬起右手，一柄大斧顿时出现在他的手中。

这是一柄长柄大斧，长超过六米，前面的斧刃呈半圆形，就像半个车轮一样，直径至少有一米五，沉重无比。

破灭绝山斧，强大的器武魂！

郭镇峰大喝一声，腾空而起，直奔刚刚被冲开的缺口而去。在他身后，上百台机甲跟着他飞出，这些机甲都是紫色或紫色以上级别的。这是他的警卫营，机甲里面都是军团中最精锐的机甲师。

深渊生物中，数量最庞大的是如同蟑螂、蚂蚁之类的生物，还有一些类似于螳螂的生物，它们的攻击力很强。

通过观察，郭镇峰发现，越类似于人形的深渊生物，战斗力就越强。

所以，他一眼就看到了一只身躯硕大，宛如一座小山的深渊生物。

他手中的破灭绝山斧上光芒一闪，刹那间，巨大的斧头呼啸着从天而降。

"破灭斩！"这是郭镇峰的第一魂技。

虽然这只是第一魂技，但是，它也是郭镇峰这破灭绝山斧的核心魂技。

和大多数武魂不一样的是，破灭绝山斧的攻击类魂技其实只有三个，剩下的所有魂技都是附加在这三个魂技上，增强其攻击力的。

这是典型的军人的战斗方法。因为在战场上并不需要种类繁多的魂技，只需要用最简单直接的手段去杀敌。

破灭斩就是这样的强大的攻击类魂技，有劈山之能。

此时，那壮硕的深渊生物猛地抬起了头，全身肥肉颤动，散发出大股大股的恶臭气息。它朝着郭镇峰发出了一声怒吼，两条粗壮的手臂向他拍击过来。

"噗！"下一刻，这只深渊生物的手臂断了，郭镇峰的车轮大斧几乎瞬间就将这只深渊生物一分为二了，它随即化为了浓郁的灰黑色气流，升空而起。紧接着，他挥舞着手中的大斧左右横扫，一大片深渊生物都在这恐怖的光芒之中化为了灰黑色气流，彻底消散了，一时间这边的压力陡降。

"给我顶住！把缺口堵上！"说着，郭镇峰一马当先，挥舞着手中的破灭绝山斧，一边大步向前，一边不断地披荆斩棘！

这个缺口所在处是一座重要的山峰，山峰大约有三百米高，在这个位置能够俯瞰全场，与周围的几座山峰守望相助。

而且上面还有重要的防御和探测魂导器，失去了这个点，第四道防线就像失去了眼睛和前哨。所以，想坚持更长的时间的话，无论如何都要将这个点夺回来。

所以，在这个时候，郭镇峰不能停顿，他必须带着人冲上去，为援军争取时间。

就在这时，他身后传来一道破碎声。

郭镇峰猛然回头，顿时看到一道虚幻的身影掠过，在那破碎声之后，就见一团火光炸开，一台紫色机甲爆炸了。

"浑蛋！"郭镇峰一眼就认出，那台爆炸的紫色机甲正是一个自己十分看好的年轻人驾驶的，那是他警卫营中的一员啊，是他平时每天都能看到的人！

郭镇峰眼睛都红了，他挥动手中的破灭绝山斧，带出大片的光刃，向那片区域覆盖过去。

上百只深渊生物在光刃之中化为了灰黑色气流，但就在这时，他只觉得自己身体侧面传来了一阵寒意。

郭镇峰下意识地一闪身，努力地让自己避开其正面，但对方来得极快，还是擦破了他的衣服。

一道身影也随之显现出来。

那道身影看上去像一个身材非常丰满的女性，只是其明显和人类女性有一些不同的特征。

还没等他看清楚，那身影就已经消失。

郭镇峰手中的破灭绝山斧横向挥去，却落在了空处。

如果唐舞麟在这里，一定会认出，刚刚攻击郭镇峰的，正是深渊生物中的魅皇———一种非常强大，擅长隐身和魅惑刺杀的高等深渊生物。

就在这时，一声声尖啸响起。山顶方向的防线被攻破，大片的火光亮起，攻上山顶的深渊生物顿时在那大爆炸之中消失了。

"浑蛋！"郭镇峰怒骂一声，眼圈都红了。

他知道，那是北方军团的将士们明知不敌，故而引爆了所有的装备，选择了与敌同亡啊！他们还是没能支撑到自己冲上去。

"撤！"郭镇峰大喝一声，破灭绝山斧随之转向，所过之处，依旧所向披靡，很多机甲跟着他向前杀去。

他没有飞起来，因为那样一来他会成为众矢之的，而且，他希望自己能够杀伤更多的深渊生物，为自己的将士们争取更多的时间。

拥有魂核的封号斗罗，在持续战斗力方面要比普通人强大太多了。

就在这时，突然，一个有些诡异的笑声响起。

第一千六百五十四章
大战黑暗铃铛

"丁零丁零!"突如其来的铃铛声令郭镇峰胸中的怒火消散了一些,精神也出现了片刻的恍惚。

一道身影就在这时从众多深渊生物中钻出,奇快无比地到了他面前,一掌按向他的胸口。

要说在战场上,郭镇峰绝对是一员猛将,他的破灭绝山斧所向披靡。可是,要说在魂师的世界中,他的战斗力虽强,可他更擅长的是眼前这种军队作战,而不是和另一个魂师一对一的复杂战斗。

漆黑如墨的斗铠在对方的手掌到来前的一瞬间浮现而出,挡住了对方的攻击。

郭镇峰只觉得胸前一震,一股冰冷的气息瞬间涌入体内。他脚下的一个黑色光环骤然炸开,化为强大的气浪将对方冲飞,他自己也在飞速后退。

他此时才看清,不远处是一名笑盈盈,看上去不过十几岁的姑娘。他完全可以肯定,这绝对是一个人类。

可是,周围的深渊生物都对她视若无睹,在众多狰狞的深渊生物之中多了这么一个相貌绝美的姑娘,看上去十分诡异。

巨大的铃铛浮现在她身后,那铃铛轻轻地晃动了一下,又发出"丁零"一声脆鸣。

恍惚感又一次出现,郭镇峰又惊又怒地道:"圣灵教的人!这些生物的出现和你们有关？"此时他怎么可能还猜不到，眼前这看上去一副少女模样的人是圣灵教的强者呢？

没错，出现在他面前的不是别人，正是圣灵教四大黑暗天王之一，和唐舞麟打过不少交道的黑暗铃铛。

"嘻嘻，是呀，是不是很有意思？你们不要盲目抵抗了，没用的。深渊大军的进攻，这才刚刚开始哟。惊不惊喜？意不意外？"

黑暗铃铛嘴里说着话，右手朝着郭镇峰一指，她背后的巨大铃铛顿时高速旋转着朝他飞了过去。

郭镇峰的战斗经验还是非常丰富的，他很清楚，这时绝不能被对方缠住，否则很可能就再也无法脱身了。他已经看到了几只巨大的巴安正摇摇晃晃地朝着这边聚拢过来。

他此时已经明白，这次的大灾难必定和潜伏多时的圣灵教有关，这样一来也终于解释得通，为什么这些家伙会销声匿迹那么久了，他们竟然带来了如此多的恐怖生物。

郭镇峰手中的破灭绝山斧上亮起一层夺目的白色光芒，他握着它缓缓向前斩去。

当这一斧斩出的时候，他整个人突然变得无比严肃，身上的第七、第九两个魂环光芒大放。

从胸口开始，他的斗铠发出了白色光芒，与破灭绝山斧融合在一起。当这恐怖的能量开始向外释放的时候，竟然给人一种仿佛整个世界都要崩塌了的感觉。

黑暗铃铛眼中流露出一丝惊讶，飞射而出的巨大铃铛重新回到了她身后。接着，她一闪身，没入铃铛之中消失了。

而就在下一瞬，一道白色的光芒出现在了战场上。

这道白色的光芒就出现在正前方，宽度超过三十米，所有想挡住它的深渊生物尽数消散！更可怕的是，它直接轰在了对面刚刚被对方占领的山峰之上。

一道白光掠过，山峰正中间顿时光芒闪烁，紧接着，一阵恐怖的爆炸声响起，这高达数百米的山峰轰然炸开，大片的碎石向四周飞射，击倒了大量的深渊生物。

更重要的是，这座先前作为前哨阵地，现在已经成了深渊生物遮挡屏障的山峰，竟然被郭镇峰以一击之力直接毁掉了，让前方再无障碍。

这才是他真正的目的——一斧逼退黑暗铃铛，再开山破除屏障，震慑全场，更让北方军团的气势再次提升。

郭镇峰毫不犹豫地斩出一斧之后立刻掉头就走。

空中那大量的四爪蝙蝠和六爪蝙蝠根本就不敢冲过来。

当初，唐舞麟杀掉了深渊位面第九十七层的六爪魔皇和第七十六层的蚁皇，导致那两层崩溃，第九十七层的四爪蝙蝠和六爪蝙蝠也近乎灭绝了。

但为了维持整个深渊位面的平稳，深渊圣君又重新把那两层建立了起来，让深渊位面恢复了原状，当时消耗的能量是相当庞大的。

所以，四爪蝙蝠和六爪蝙蝠对于人类的仇恨也是最强烈的。此时眼看郭镇峰飞了起来，它们顿时铺天盖地地朝他这边冲来。

北方军团的炮火形成了强大的交叉火力，掩护郭镇峰，空中顿时出现了剧烈的碰撞。

"想走吗？那可不行呀。人家舍不得你呢。"嬉笑的声音再次出现，紧接着又是一声清脆的铃铛响。

郭镇峰心头一紧，手中的破灭绝山斧闪电般挥出，化为大片的光影。

但是，就在这时，在他的左侧，一台黑色机甲轰然爆炸。

"雅泽！"郭镇峰痛吼一声。那是他的警卫营营长啊，跟了他超过十年。经过这十几年的时间，他们早已不仅仅是上下级关系，更是亲如兄弟啊！

眼看着好兄弟就这么死在了对方手中，郭镇峰怎能不悲痛？

"一个都别想走哟。"

"丁零丁零！"

伴随着铃铛的脆鸣声，守护在郭镇峰周围的一台台机甲都出现了不同程度的晃动。像这样的音波冲击和精神冲击，这些修为并不算太高的北方军团的精英仅仅凭借机甲自身的防御是根本就抵挡不住的。

超级斗罗，对方至少是一名超级斗罗层次的强者。

郭镇峰第一时间就在心中判断出了对方的实力，同时，他不禁一阵气馁。他知道,在这样的强者面前,他根本做不了什么。

北方军团是八大军团之中最弱的,哪怕是身为军团长的他都没有达到超级斗罗层次。面对这样的强者,他根本没有任何办法。

如果是在战阵之中,他还能够调遣魂导武器来应对,可现在他自己就在战场之上,要如何调派?

很显然,对方早就盯上自己了,所以才会在第一时间派出这种强者来针对自己。

拼了!

郭镇峰咬紧牙关,释放出精神力,寻找着黑暗铃铛的身影。

但黑暗铃铛非常狡猾,凭借着一台台巨大机甲的遮掩,她在空中不断地变换位置,就是不现身。

相比于郭镇峰,她的战斗经验无疑更加丰富,她很清楚在这个时候应该如何打击对方,不给对方一丁点的机会。

郭镇峰最擅长的就是正面攻击,那为什么要和他正面硬碰呢?

而就在这时,北方军团的防线终于要顶不住了。

超过三十只身躯庞大的巴安发起了冲锋,凭借着自身强大的防御力,冲上了第二座山峰。这同样是一座位置非常重要的山峰,一旦被攻占,那么,北方军团的各个小队就将陷入独立作战的窘境。

四个多小时?别说四个多小时了,恐怕接下来的一个小时他们都要坚持不住了啊!

周围一台台机甲坠落,眼看着一个个伙伴战死,郭镇峰眼睛都红了。

终于,他不顾一切地疯狂大叫一声,不再去追黑暗铃铛,而是从天而降,直接扑向了深渊生物最密集的地方。哪怕是死,他也要多拉上一些垫背的。

第一千六百五十五章
绝境

黑暗铃铛在空中嘻嘻一笑,根本就没有去追郭镇峰。在她眼中,深渊生物的生命又算什么呢?磨死了这么一位强者,她便能省下不少力气,也不用承担任何风险,还有什么比这更让人愉快的事情呢?

北方军团的将士们都知道此时已经到了生死存亡的重要关头,所有人都强打精神,哪怕手中的魂导武器随时都有因超负荷而爆炸的可能,他们的攻击也依旧未停。

郭镇峰把自己强大的攻击力展现得淋漓尽致,所向披靡。

哪怕是巴安也无法阻挡他的全力一击,一时间,他纵横战场,大量的深渊生物在他的破灭绝山斧面前消散了。

可就算是这样,他也还是要面对更多的深渊生物。这些家伙仿佛无穷无尽一般,不断地涌出。

对于低等深渊生物的死亡,深渊位面根本不会在意,因为它们都会化为气流回归。越是低等的深渊生物,重生的速度就越快,几乎只是须臾之间就能重新出现。

对于它们来说,最重要的就是趁机吞噬斗罗大陆的生命能量。

一旦吞噬了整个像斗罗大陆位面这样的主位面,深渊位面就能直接进化成神界,甚至不逊色于原本的斗罗大陆的神界。

到了那时候,它们就会具有脱离原本的地域限制,在宇宙中猎食的能力,可以不断地吞噬宇宙中的生命能量来壮大自身。这就是深渊圣君的目标。

而对于圣灵教来说，他们要的是死亡能量，这一点和深渊位面毫不冲突。所以，哪怕双方最终都成了神级，深渊位面对他们也没有半点兴趣，绝对能够做到友好相处。

所以，圣灵教在和深渊位面多次接触之后，才谋划了这场巨大的阴谋。

他们要以毁灭整个斗罗星为代价，换取圣灵教自创神界的契机。

一个星球有多么庞大的生命能量啊，当这些生命消逝的时候就会产生极其庞大的死亡能量，所以圣灵教和深渊位面是各取所需。

更多更强大的深渊生物还在后面。通道已经开启，但就像血神军团守护的那个地方的深渊通道一样，这条通道也受到了斗罗大陆位面的压制。想开启这样一条通道谈何容易？越是强大的深渊生物，受到位面压制的情况就越严重，自然也就需要更多更庞大的能量来维持这条通道。

所以，现在无论是圣灵教还是深渊位面，都将更多的精力用在了维护通道上。而一旦通道稳定了，等所有深渊生物都来到斗罗大陆位面，圣灵教可以肯定，斗罗大陆位面根本不可能抵挡。

要知道，深渊圣君可是真正的神祇，而且是媲美曾经的神界一级神祇的存在啊！

当初，斗罗大陆有神界守护的时候，深渊圣君绝不敢有半点放肆，甚至都不敢流露出自身的气息。毕竟，像深渊圣君这样的存在，是其他有智慧的生命体都最为忌讳的。曾经守护斗罗大陆的神界的众神一旦发现深渊圣君，一定会在第一时间将其毁灭，不会有任何犹豫。

深渊生物隐忍了这么多年，终于，守护斗罗大陆的神界消失了，它们这才按捺不住，开始尝试连通斗罗大陆位面，并且在第一次入侵的时候就获得了极大的好处。对于这个富饶的星球，它们早就垂涎欲滴了。

这次，第二条通道开启，深渊圣君做了充分的准备，为的就是将整个斗罗星彻底吞噬，使其成为自己身体的一部分。

黑暗铃铛是打先锋的，对于死亡能量，她能吸收多少就吸收多少。而深渊生物的数量极其庞大，它们想先占据有利位置，再制造混乱，消耗斗罗大陆日月联邦方面更多的精力。

所以，眼前这道防线是它们现在必须尽快突破的，它们要尽快冲到大陆更深处。

斗罗大陆地大物博，而一旦深渊生物全部入侵，它们就能够轻易击败普通人类，到了那时候，不但会出现更多死亡能量，生命能量也会进一步被深渊生物吞噬，这都会影响到整个斗罗大陆位面。

斗罗大陆位面越弱，对深渊生物的压制力就会越弱，此消彼长之下，它们吞噬斗罗星就会变得越来越容易。

所以，斗罗大陆一方必须在第一时间就控制住局面，否则，一旦松懈，后面就会无法收拾，最终斗罗大陆就会被深渊生物毁灭。对于斗罗大陆来说，此时出现的深渊生物入侵，就像一场最恐怖的瘟疫。

郭镇峰从小受到的家庭教育就是遭遇强敌要身先士卒、浴血奋战，身为将领，不能莽撞但更不能退缩。

可斗罗大陆本身是一个和平的世界，除了军事演习之外，他几乎没有战斗的机会，直到今天，直到此时此刻，他才明白什么是真正的浴血奋战。

他体内的魂核在他不断的挤压之下喷涌着魂力，那些魂力全部被投入了战斗中。北方军团作为八大军团中最弱的，强者实在太少了。一道道防线的失守，已经让大多数人殒命，眼看着强敌依旧在铺天盖地地袭来，此时这位军团长也只能凭借着自己的勇气来抵挡面前的一切。

杀杀杀！

在他眼中，此时每杀死一只深渊生物，或许就能拖住这些可怕的生物一秒钟。能够做到什么程度对现在的他来说似乎已经不重要了，他知道自己今天已经不可能幸免于难，在这种情况下，他只希望做到自己所能做到的最好程度。

"轰——"破灭绝山斧将面前的一只巴安斩碎了，眼看着对方化为了灰黑色气流升入空中，这位封号斗罗终于出现了力竭的感觉。

封号斗罗的持续战斗能力再强，也还是有限的，不可能无休止地战斗下去。

就算是唐舞麟那样的强者，体力同样有极限，在长时间天锻之后也会感到疲惫。

就在这时,仿佛催命一般的铃声再次响起。

身体的疲惫令精神反应慢了一拍,郭镇峰只觉得眼前一片苍茫,周围的一切似乎都变得安静下来,唯有那悦耳的铃声在自己脑海中回荡。

巨大的铃铛就在这个时候从后方飞至,锋利的边缘狠狠地撞在了郭镇峰的三字斗铠上。

伴随着刺耳的摩擦声和骤然急促的铃声,郭镇峰被抛飞而出,坚韧的三字斗铠的背后被割出一道巨大的裂痕,斗铠的光芒顿时暗淡了许多。

大量的深渊生物趁此机会蜂拥而上,疯狂地向郭镇峰发起了冲击,无数的攻击技能在短时间内全都作用在了这位北方军团军团长身上。

黑暗铃铛浮现在天空中,看着被深渊生物淹没的郭镇峰,她转身看向北方军团最后的防线,脸上露出了一丝得意的微笑。这道防线终究还是要被攻破了,接下来就是海阔天空。分散的深渊生物会带来多么庞大的死亡能量呢?对于她和圣灵教的其他人来说,这是他们最为期待的事情。

可是,她脸上的微笑只出现了一瞬间,表情就骤然变得僵硬了。

第一千六百五十六章 援军终至

此时的北方军团只剩下最后五六个山头上还有兵力在固守了，防线随时都有崩溃的可能。但就在这个时候，正在进攻的深渊生物突然大片大片地停了下来，感觉就像被施了定身术一般无法移动。

天空中，一道金光一闪而过，仿佛那黑夜中的一抹闪电，在顷刻之间将黑夜照亮了。

"噗！"这道金光就落在距离黑暗铃铛不远处，也正是先前被深渊生物淹没的北方军团军团长郭镇峰所在的地方。

在它落地的那一瞬间，一股无法形容的巨大威压伴随着震耳欲聋的龙吟声爆发，一条条金色巨龙张牙舞爪地发出咆哮，直径百米范围内的所有深渊生物瞬间便被一扫而空了。

更可怕的是，这次当这些深渊生物化为灰黑色气流之后，并没有飞散到空中，而是犹如百川归海一般，全都向那一道金光的所在处汇聚了过去。

当黑暗铃铛看清楚那一道金光之后，立刻毫不犹豫地转身就跑，瞬间化为了一道光芒，朝着远处飞去，钻入深渊生物群中消失了。

她心中大惊，心想，是他，是他来了，可是，他怎么会来得如此之快？

那落下的金光终于变得清晰，赫然是一柄长枪，金色的枪身熠熠生辉，上面龙纹隐现，散发着一种难以形容的气息。

不仅仅是刚刚被击杀的大量深渊生物所化的灰黑色气流，天空中，就连在刚刚和北方军团的战斗中被杀死的深渊生物所化的灰黑色气流，都像是被什么东西牵引着一般朝着这边飞射而来，只是一会儿的工夫，就形成了一个类似于漏斗的旋涡，飞速涌入那金色长枪之中。

一道身影从天而降，落在了斗铠上已经有了多处破损之处的郭镇峰身边，用一只手将他从地面上搀扶起来，另一只手则握在了那柄长枪的中央。

顿时，一道金色流光瞬间从那长枪之上注入了他体内，令他整个人都蒙上了一层金色光辉，浓烈的生命气息自然而然地升腾而起，将他衬托得宛如天神下凡一般。

郭镇峰大口大口地喘息着，他此时几乎陷入了虚脱状态。

从先前的全力以赴，到受到黑暗铃铛的狠狠打击，再到被大量深渊生物围攻，郭镇峰的消耗非常大，尤其是他的三字斗铠遭受的黑暗铃铛的那一下击打十分严重，以至于他被深渊生物找到了突破口，难以支撑。

如果唐舞麟再晚来一步，恐怕这位北方军团军团长就真的要作古了。

"你是……"郭镇峰将目光落在面前之人身上。

只见此人年轻、英俊，身姿挺拔，手持长枪，巍峨如山，沉稳如岳，在万千深渊生物之中，他却威慑群伦。

"我是史莱克学院的唐舞麟。您是郭镇峰军团长吧？抱歉，我们来晚了。"唐舞麟看着眼前连身上的斗铠都已经残破的郭镇峰，心中不禁充满了敬佩之情。身为军团长，他身先士卒，战斗到了最后一刻，无愧于联邦军人这个身份。

虽然唐舞麟曾经对联邦军方有着非常恶劣的印象，但也不得不承认，北方军团已经做到了他们所能做到的最好。

在骤然遭受深渊生物攻击的情况下，他们能够设下一道道防线，硬抗这根本不知疲倦、不怕死亡的恐怖生物这么长时间，在没有足够多的强者的情况下，他们也没有让深渊生物冲到内陆，没有让北方失守，这是付出了何等巨大的代价啊！此时的北方军团已经不成建制了，正是他们的牺牲，才保住了斗罗大陆的最后一道防线。

"援军……援军到了吗？"郭镇峰的声音有些虚弱，却充满了希冀。

"是的，援军已经到了。郭军团长，您放心吧，后面的就交给我们了。"唐舞麟一边说着，一边单手搀扶在他腋下，一闪身朝着北方军团镇守的最近的一座山峰飞去。

"唐阁主，援军来了多少人？这些可怕的生物简直就杀不完，根本不知道还有多少。"郭镇峰有些担忧地问道。

"为了能够更早地过来支援，我们先来了五个人。后续援军会在五个小时以内抵达，构筑防御工事。"唐舞麟说道。

"什么？只有五个人？"郭镇峰刚刚生出希望的内心骤然变得一片冰冷。

他不禁情绪激动地道："五个人？五个人能管什么用？就算是五名封号斗罗，也挡不住所有的深渊生物啊！你可知道，一旦让这些深渊生物冲入大陆，会造成怎样的后果？它们比蝗虫还要可怕，所过之处，所有生物都会在它们面前丧命，森林会变成荒地，甚至连冰雪都会被污染。绝不能让它们侵入大陆内部啊！那将是不可想象的灾难！"

"郭军团长，您放心，在援军的大部队到来之前，它们别想再前进一步。"唐舞麟当然能够理解他的心情，多少年了，北方军团一直都在为这样的守护而默默付出啊！

说着，他已经带着郭镇峰落在了山顶上。他指向远处，道："郭军团长，您看。"

郭镇峰顺着他手指的方向看去。只见天空之中，一片柔和的乳白色光芒从天而降，化为了五道巨大的光柱，分别笼罩在了包括他们所在的山峰在内的北方军团仅存的五个防御阵地之上。

包括郭镇峰在内，所有人都沐浴在了这乳白色的光芒之中。

原本已经疲倦到极致的将士们都觉得全身升起了一股暖洋洋的气息，就连精神上的疲惫都在瞬间消除了。

而正在进攻的深渊生物一进入这乳白色光芒覆盖的范围之中，就会立刻像冰雪消融一般消失不见。

不仅如此，还有两道高大的身影从天而降。

那两道身影看上去宛如巨猿，身躯之庞大，竟比他们所在的山峰还要高大。

当那两道数百米高的高大身影降落在地面上的一瞬间，恐怖的气浪翻卷而起，令周围大片的深渊生物化为了灰黑色气流。

其中一道身影仰天长啸一声，身体猛然向前弯曲，巨大的拳头重重地捶击在地面上。

以他的双拳为起点，恐怖的冲击波向前方喷射，千米范围内，所过之处，再也没有任何深渊生物幸存。

这、这是……

郭镇峰都已经看傻眼了。

他自己也是封号斗罗级别的强者，他当然知道顶尖魂师能够在战场上做到怎样的程度，可是像眼前这样爆发出如此恐怖的战斗力的情况，他还是第一次见到。

这绝不是普通的封号斗罗啊！

"或许五位封号斗罗不够，但五位极限斗罗，应该够了。"唐舞麟的声音适时地在他耳边响起。

一个全身散发着五色光晕的魂师此时已经落在唐舞麟身后，虽然那人什么都没做，但只是落在那里，就给人一种威震天下的感觉——正是麒麟斗罗桐宇。

没错，来的正是包括唐舞麟在内的五大强者。虽然唐舞麟的修为还没达到极限斗罗层次，可他在一击重创千古东风之后，已经被誉为了这个层次的强者，说他是极限斗罗也不为过。

第一千六百五十七章
剩下的事情交给我们

曹德智、臧鑫和龙夜月他们都要统御唐门和史莱克学院的强者,为了能够在第一时间赶过来,唐舞麟在和他们商量之后,就带领着麒麟斗罗桐宇、圣灵斗罗雅莉以及泰坦巨猿家族的两大极限斗罗用最快的速度一路疾飞,赶来前线了,这才终于在关键时刻救下了郭镇峰。

"郭军团长,您先休息一下,剩下的事情就交给我们吧。"说完这句话,唐舞麟便手持黄金龙枪腾身而起。

在整个战场上,最重要的人就是他,因为只有他才能在真正意义上杀死深渊生物。

唐舞麟飞到半空中后,并没有直接加入战斗,而是高举手中的黄金龙枪,将魂力注入其中。那已经死亡的大量的深渊生物所化的灰黑色气流顿时如同百川归海一般向他汇聚而来。

浓郁的生命气息向他体内蜂拥而入,以唐舞麟的修为,他都有种狂风扑面以至于几乎要无法呼吸的感觉。

幸好他已经不是当初在血神军团面对深渊生物时的唐舞麟了,面对如此浓郁的生命气息,他迅速调动自身的魂核、龙核对其进行吸收转化,并且将其中很大一部分直接通过生命之种传送给了远方的生命古树。

一下吸收太多生命能量的话,他会需要很长的时间来消化吸收,当他的身体达到饱和之后,他就没办法继续吸收了。

当初在血神军团的时候，他就遇到过这样的情况，而且吸收的生命能量太多，还会有影响到金龙王封印的危险。更重要的是，那样一来，他就没办法继续吸收更多的生命能量了。

而他将大部分能量都传送给生命古树的话就不一样了，生命古树需要的生命能量近乎无穷无尽，他根本不需要担心生命古树会出现达到饱和的情况，那是一个再好不过的能量宣泄口。有了这个宣泄口，他再怎么吸收生命能量都不需要担心了。

现在的唐舞麟已经相当于极限斗罗层次的强者了，固然，此时他所面对的深渊生物，数量是他以前见过的十倍、百倍，但这不影响他吸收这些深渊生物的能量。

后面的深渊生物依旧如同潮水一般奔涌而来，但在雅莉、原恩震天和原恩天宕三大极限斗罗的阻挡之下，它们只能纷纷化为气流。

黑暗铃铛早就消失了。

唐舞麟坐镇空中，丝毫不敢大意，桐宇一直留在他身边。深渊位面中真正的强者还没有出现，但这并不意味着在这周围就没有强者。唐舞麟对于深渊生物的打击力度之大可想而知，有他在，深渊位面就会受到相当程度的压制，所以他必定是深渊位面欲除之而后快的存在。

双方的碰撞并没有持续太长时间，过了不到十分钟，在深渊位面损失了数万只深渊生物之后，那源源不绝的深渊大军终于退却了。

几位极限斗罗也没有追击，逼退了深渊生物之后，他们便都退回到了唐舞麟身边。

他们如果继续深入的话，随时都有可能落入对方的圈套之中，当务之急是要尽快重新布置好防线，绝对不能让对方入侵。

郭镇峰直到此时才算真正地松了一口气，一屁股坐在地上，收起了自己的三字斗铠。

他的眼神有些茫然，并没有因为强敌的退去而流露出半点欣喜之色。对他来说，这几天如同做梦一般，在短短几天的时间内，他身边的战友相继死去，原本有十万人的北方军团，现在剩下的不到五分之一，而且绝大多数人还都负了伤。

如果不是刚刚圣灵斗罗雅莉施展了那一下群体治疗技能，恐怕这之中还有很大一部分人会因为生命力衰竭而死。

几天时间内，北方军团就承受了如此巨大的打击，哪怕是以他的心性，都有些承受不住了。

身为军团长，眼看着自己的弟兄们战死却无能为力，这种痛苦可想而知。在军队之中，战损超过三分之二的话，那是连建制都要被取消的啊！

唐舞麟眉头紧蹙，心中叹息。他能明白郭镇峰心中所承受的痛苦。

三大极限斗罗回到唐舞麟身边后，都很自然地站在了他的身边，守护在他周围。

"怎么样？"雅莉向唐舞麟问道。

唐舞麟道："和之前预料的一样，黄金龙枪确实能够吞噬深渊生物的生命能量，我已经将其中大部分都传送给了生命古树。麻烦诸位帮我护法，我要和它进行一下沟通。"

说着，唐舞麟在原地盘膝坐下，闭上双眸，默默地尝试着和远方的生命古树进行联系。

淡淡的绿金色光芒围绕在唐舞麟身体周围，此时此刻，他身边站着的可是四大极限斗罗啊！别说是普通的北方军团将士了，就算是身为军团长的郭镇峰，此时心中也充满了震撼。

他对唐舞麟只是有所耳闻，知道史莱克学院出了一位新的领袖，并且实力卓绝，成长迅速，可还是第一次真正见到唐舞麟。

唐舞麟比他想象中的更加年轻，不只是年轻，更有着强大无比的实力，更是他的救命恩人。

唐舞麟身边的四大极限斗罗，郭镇峰能够认出来的也就只有雅莉一个人而已。

此时，在四大极限斗罗的环绕守护之下，唐舞麟沉浸在了冥想之中。那奇异的绿金色光芒充满了勃勃生机，以至于先前受到深渊生物的攻击后变得死气沉沉的山峰都仿佛重新焕发出了生机。

包括郭镇峰在内，所有看到他身上这绿金色光芒的北方军团的将士，无一不感到十分舒爽。

唐舞麟沉浸在自己的感知之中，在第一时间就完成了和生命古树之间的沟通。

他首先感受到的就是一种欢欣雀跃的心情，那欣欣向荣的生命力向他释放出了带着强烈期待的气息，就像当初他吸收了恶魔军团带来生命能量时的感觉一样。

唐舞麟能够明显感觉到生命古树蕴含的庞大的生命能量。

自从吸收了恶魔军团的生命能量之后，生命古树便彻底焕发出了活力，但从那之后，就再也没有足够庞大的生命能量为它进行补充了。唐舞麟曾经试图进入星斗大森林去寻觅生命能量，却遇到了兽神帝天，险些被困在那里永远都回不来。

后来唐舞麟就再也不敢去星斗大森林了，毕竟，凶兽太强大，确实不是一般的魂兽能够与之相比的。

而刚刚唐舞麟在短时间内吸收了数万只深渊生物的生命能量后，生命古树又一次得到了充沛的生命能量的滋养，虽然还远不如上次打败恶魔军团时所获得的生命能量，但这边的深渊生物数量之庞大，近乎无穷无尽。在如今唐舞麟的修为远超以前的情况下，这是灾难，但同时也是机遇。

深渊大军宛如潮水般退去。

第一千六百五十八章 为了联邦

虽然北方的山大多是贫瘠的,但也有一些针叶林,可当深渊生物离去之后,先前被它们占领过的地方都变得寸草无存,就连大地都变成了一片死灰色,似乎连生活在地下的一些昆虫都被它们吞噬了,没有留下半点生命能量。

这是一个多么可怕的种群啊!

唐舞麟下意识地攥紧了拳头,这样的一个种群,无论如何都不能让它们侵入内陆,否则,那必将是整个世界的灾难。

"郭军团长,请您振作一下,北方军团还需要您的指挥。"唐舞麟声音柔和地向郭镇峰说道。

郭镇峰毕竟是中将,在短暂的失神之后便恢复了几分理智,他站起身,骤然立正,向唐舞麟和四大极限斗罗行了个军礼。

"我代表北方军团感谢各位冕下的及时相助,再晚一会儿,恐怕整个北方军团就……"说到这里,一抹痛苦之色从他眼底一闪而过,但他很快又变得一脸坚毅,"各位冕下有何指示?"

唐舞麟道:"麻烦您整军就好。我们没法代表联邦,但可以代表史莱克学院和唐门,感谢北方军团为了大陆付出的一切。你们坚守防线,没有让深渊生物入侵到大陆内部,避免了生灵涂炭,你们已经做到了最好。"

郭镇峰双拳紧握,坚定地道:"为了联邦!"

唐舞麟向他行了个军礼:"为了联邦!"

郭镇峰下去整军了。残存的北方军团士兵需要重新安排，然后重新构筑防线，虽然人手和装备都不足，但至少也要在援军到来前将之前的防线雏形重新构筑好。

没有人比北方军团的人更了解这边的地形，他们先做好前期工作，等援军到来之后，也好进一步构筑完整防线。

唐舞麟他们来到了最高的一座山峰上眺望远方。

极北之地的天气确实非常寒冷，到处弥漫着白雾，令人的视野变得十分有限，哪怕唐舞麟施展紫极魔瞳，也会受到影响。

但是，当他们极目远眺时，依旧能够看到远方那黑压压的一片。从这里还看不到深渊通道的出口究竟在什么地方，但这里出现的深渊生物的数量，已经远远超过了当初唐舞麟在血神军团的时候见到的。

毕竟，在血神军团时，他们还是始终都将深渊生物压制在深渊通道之中的，而这次深渊生物全都冲出来了，中低等的深渊生物源源不断地涌出。它们的数量只会不断增加。

"诸位冕下，我想去探察一下这边的深渊通道的位置。"唐舞麟沉声说道。

"不行。"还没等其他三位极限斗罗开口，雅莉已经断然说道。

唐舞麟有些无奈地道："干妈，我们需要先确认深渊通道的具体位置，等大军到来之后，才好用大型的杀伤性武器进行攻击啊！"

深渊生物这六千年来有了什么发展，唐舞麟不清楚，但在这六千年的时间里，人类的魂导科技绝对得到了高速发展。此时，许多杀伤性武器正在被飞速运送过来，只要有人能指明方向，就可以对深渊生物进行全面轰炸。

雅莉斥责道："你肩负重任，是我们的核心。你忘了临走之前，无情斗罗、多情斗罗两位冕下是怎么叮嘱你的了？你的安全是这次战役能否获得胜利的重中之重，所以，无论什么时候，你都绝对不能冒险，明白吗？"

唐舞麟苦笑着道："干妈，我真的没有冒险，只要不是深渊圣君亲自出手，这里的深渊生物想留下我几乎是不可能的。"先不说他自身实力已经达到了半神层次，他还有和生命古树之间的联系，拥有随时都能脱离战场的能力。

除非是神级的深渊圣君降临，否则，想留下他绝不是一件容易的事情。

"阁主，还是不要大意的好。一切小心为上，安全第一。"老成持重的原恩震天也赞同雅莉的话。

唐舞麟有些无奈，但也不好反驳几位极限斗罗，只好道："那好吧。"

就在这时，突然间，他有种心念被触动的感觉，同时，他身上那一个绿金色光环已经亮了起来。

几位极限斗罗下意识地看向了唐舞麟，还没等他做什么，一团绿金色光芒已经从他身上飞了出来，就那样落在了他面前的地面上。

那是一小团晶莹剔透的绿金色光芒，在这团绿金色光芒之中，似乎有一颗种子。

那绿金色光芒悄无声息地钻入了唐舞麟面前的地面之中，很快，周围的大地就变成了绿金色。

不一会儿，那绿金色的光芒就开始从地面下涌出，化为一株小小的树苗，然后它就在那绿金色光芒的支持下迅速生长了起来。不过几分钟的时间，它就长成了足有十几米高的缩小版生命古树的模样。

这是……

众人的目光不约而同地落在了这株缩小版生命古树上，眼中都流露出了诧异之色。

这究竟是怎么回事？

唯有唐舞麟闭着双眸，感受着面前那浓郁无比的生命能量。片刻之后，他脸上露出了惊喜之色，因为他已经明白这是什么了。

他的脸上露出了一丝淡淡的微笑："现在，大家更不需要担心我的安危了。这是生命古树给我的回馈。

"生命古树将我刚刚传送给它的生命能量吸收转化之后，使其化为了最纯粹的斗罗大陆的生命能量，并且让它的一颗种子在这里生根发芽了。我是自然之子，与它息息相关，所以，无论我现在在什么地方，都能够传送回生命古树那里，也能够传送到这边。而且，有了这棵生命子树，我再向生命古树传送生命能量就会变得更加容易，更快。简单来说，它就像是生命古树的前哨站。"

就像几位极限斗罗都在守护着唐舞麟一样，生命古树同样在守护着他，毕竟，只有他才能够带给生命古树更多的生命能量，帮助生命古树加速成长。

几位极限斗罗不禁啧啧称奇，这样的神奇景象他们还是第一次见到。

生命古树的生命能量无疑是整个斗罗大陆上最为纯粹的，它本身就是斗罗大陆的生命本源，在生命层次上是最高的。

但也正因如此，在大陆的生命力日渐枯竭的今日，生命古树别说是分裂出一棵生命子树了，就连自身生存都有问题。这次它也是因为感受到了深渊生物有可能为它提供更多的生命能量，这才不惜代价地为唐舞麟分裂出了一棵生命子树，在保护他的同时，也能更好地接收这边的生命能量。

生命本源越强，对于大陆的回馈自然也就越多，现在的生命古树还没有恢复到当初的黄金古树的程度，就是因为生命能量不够。这次对于生命古树来说，也是不可多得的好机会。

刚刚生长出来的生命子树上开始长出一片片翠绿色的树叶，淡淡的绿金色光芒也开始迅速地向周围扩散开来。只见那绿金色光芒所过之处，先前已经变成一片死灰色的土地重新焕发了生机，开始有许多植物生根发芽、破土而出，虽然只局限在这一座山峰之上，但总算是让这极北荒原又有了一些充满生命气息的绿色。

第一千六百五十九章
生命子树的吸引力

而就在这时,唐舞麟的脸色微微一变,因为他清楚地感受到,远处传来了强烈的渴望气息。

这是……

他下意识地抬头看去,只见远处,大片的深渊生物又行动了起来,宛如潮水一般朝着他们这边蜂拥而来。

唐舞麟的嘴角不禁抽搐了一下,暗想,生命古树啊生命古树,你这弄一棵生命子树过来,还真是替我们找麻烦啊!

深渊生物的天性就是吞噬一切生命能量,无论是什么形态的生命能量,都是它们可口的食物。

低等的深渊生物并没有什么智慧,它们只有生存本能而已。而生命子树的气息是一个位面的生命本源的气息,那是何等纯粹?当深渊生物近距离地感受到它的气息时,哪里还按捺得住?

它们根本不需要接受命令,都在第一时间就朝着这边发起了疯狂的冲击。

也就是说,现在的生命子树除了守护唐舞麟之外,还多了一个诱饵的作用……

成千上万的深渊生物疯狂地冲击而来,那强大的气势还是充满了压迫力的。

幸好唐舞麟他们此时所在的山峰是这边最高的一座山峰,也是距离深渊大军最近的一座。

几位极限斗罗看着唐舞麟的眼神都不禁变得有些古怪，唐舞麟也不禁苦笑，道："不是我弄的。但既然它们来了，那就收拾掉吧。"

雅莉道："舞麟，你在这里守着生命子树，其他事情交给我们，不要轻易离开这里。在援军到来之前，你可不许再动手了。"

唐舞麟张了张嘴，想反驳，可他也知道自己说不过干妈，索性就没提出反对意见了。他召唤出了自己的黄金龙枪，同时甩出了一团暗金色的光芒。

自己不战斗可以，但让魂灵去战斗总没问题吧？

只见那暗金色的光芒在空中迅速变大，只是一会儿的工夫，就化为了身高超过百米的庞然大物。

它张开了背后那一对巨大的龙翼，在即将降落到地面之时做出了一个向前滑行的动作，硬生生地在空中停顿了一下，这才落在地面上。

一口暗金色气息从它嘴中喷吐而出，瞬间覆盖了前方大片区域，气息所过之处，深渊生物无不化为灰黑色气流升空而起。

另一边，山顶之上的唐舞麟早已高举起黄金龙枪。他身前的生命子树将一股强大的生命能量注入了他的身体中，令他的黄金龙枪的光芒变得越发璀璨起来，一个绿金色旋涡也随之出现在半空之中，迸发出了强大的吸引力。

四位极限斗罗并没有都出手，麒麟斗罗桐宇依旧留在唐舞麟身边保护他，圣灵斗罗雅莉负责监控全场。

两位泰坦巨猿家族的极限斗罗和唐舞麟的霸王龙一起投入了战斗。

远处，北方军团的将士们看到深渊大军在如此短暂的时间后竟然又发起了攻击，都吓了一跳，但他们很快就发现，己方展现出的实力更加恐怖。

泰坦巨猿乃强攻系武魂中最恐怖的武魂之一，更何况在这里的是两位拥有泰坦巨猿武魂的极限斗罗。

即使泰坦巨猿之王二明在这里也不过如此。他们用的战斗方式是重力控制、震荡、粉碎，将这些最简单直接的技能用在深渊生物身上再合适不过了。

深渊通道打开的时间毕竟还比较短暂，强大的深渊生物还没有出现，这些中低等的深渊生物又怎么挡得住极限斗罗的攻击呢？

一声声尖锐的厉啸不断从远方响起，令正疯狂往前冲的深渊生物出现了迟疑和退缩。

可是，当它们感受到山顶上的生命子树散发出的浓郁的生命气息时，又立刻开始红着眼睛不顾一切地向前冲。这是它们的本能，越是低等的深渊生物就越是抵御不了这份诱惑。

唐舞麟的脸上露出了一丝淡淡的微笑。看着大量的生命能量被吞噬，绝对是十分美妙的事情。

尤其是有了生命子树之后，他的黄金龙枪就只需要做一个"中转站"了，随后生命能量便会自然而然地被生命子树吸收走，都不需要经过他的身体，他也就不用担心体内能量饱和的问题了。

然后，生命子树会每隔一会儿就回馈他一些生命能量，虽然很少，但是这份回馈极其珍贵，因为这是位面层次的生命能量啊！这种能量层次极高，有了它，唐舞麟清楚地感受到自己的生命层次在迅速提升，而他的魂力也得到了一些提升。

唐舞麟本身已经是九十八级超级斗罗了，而从九十八级到九十九级，对于超级斗罗来说一向是一步登天的提升，但也是最为艰难的突破。

从超级斗罗层次开始，每提升一级都是一种升华，所以，高一级的超级斗罗，生命层次都会不一样。而从九十八级突破到九十九级，那是质的飞跃，是脱离凡人身体的过程。

在远古时代，极限斗罗境界本身就是为了最终突破成神做准备的，极限斗罗只需要有个神祇之位就能够顺利成神，可想而知这个层次的重要性。

而要完成质变，从超级斗罗突破到极限斗罗，这个过程是极其艰难的。

简单来说，魂师修炼到九十八级后，就已经很难通过修炼来提升自己的魂力了，需要不断地感悟天地，令自身的一切升华、蜕变，从而实现一种自然演变的提升。

这种提升神乎其神，每个人的提升方式都不一样，所以，到了这个层次之后，甚至没有人能够教导你应该如何去做。

悟性、天赋缺一不可，还要有一定的运气，才有可能最终成为极限斗罗。

哪一位超级斗罗不是用了极其漫长的时间才跨出这最后一步啊！

而此时此刻，唐舞麟身上出现的情况确实和任何一位超级斗罗突破时的情况都不一样，因为他已经在进行蜕变和升华了。这个速度虽然很慢，却与正常的九十八级超级斗罗难以提升魂力的情况截然不同。

也就是说，他为生命古树提供了庞大的生命能量，生命古树回馈他的本源生命能量则在直接帮他完成这个蜕变的过程。只要有足够的生命能量，他就这样直接提升到极限斗罗层次也不是不可能的，而且这种提升绝对毫无瑕疵，是和阿如恒的无漏金身同等层次的提升啊！

唐舞麟心中暗叹，这难道就是传说中的"不劳而获"？

可是，这"不劳而获"的感觉真爽啊……

真的是不劳而获吗？当然不是。为了这一天，他付出了多大的努力啊！准确地说，此时可以算是他收获的季节，而且，这种收获还不是那么容易得到的，真正强大的深渊生物以及圣灵教的强者们还没有到来！

伴随着远方的厉啸声变得越来越密集，终于，中等层次的深渊生物开始缓缓退却了。它们后退的速度十分缓慢，显然还是不太愿意舍弃生命子树散发出的生命气息。而低等层次的深渊生物依旧在不要命地往前冲，然后化为生命子树的养分。

只是可惜的是，这些低等的深渊生物能够带来的生命能量的层次很低，而且有点少，它们的数量再多，也没有很大作用。

第一千六百六十章
中央军团邵立峰

战斗持续了不到半个小时,深渊大军在损失了大量低端战力之后终于再次退走了,而且这次退到了更远的地方,显然是因为怕受到生命子树的影响。这算是一次来自人类的反攻。

北方军团欢声雷动,而唐舞麟却开心不起来。

毫无疑问,深渊生物已经发现了生命子树的存在,这是它们必然想得到的存在,接下来会有多么强大的深渊生物出现,就很难说了。

幸好,他们没有等待太长的时间,第一批援军就到了。

当远处的天空响起阵阵雷鸣一般的声音时,令人震撼的一幕出现了。

只见三百多架大型魂导运输机出现在了天空之中。

一道道身影从天而降,缓慢地落向了北方军团的阵地。

这从天而降的不仅有士兵、机甲,还有许多高端的大型魂导器。

三百多架大型魂导运输机运送来了超过三万名精锐士兵、两个机甲师团,还有大量的珍贵物资。

这是来自中央军团的援军。

中央军团是最强大的军团,直属于联邦议会,也是联邦议会能够在第一时间直接调动的军队。

在调集了物资和两个精锐机甲师团之后,这第一批的援军便直接飞过来了,只比唐舞麟他们慢了几个小时。这已经是联邦所能达到的最高效率了。

无论以前鸽派和鹰派之间有什么矛盾,在大是大非面前,他们谁都不敢懈怠。深渊生物是他们共同的敌人,为了大陆的安全,在这个时候,联邦议会绝对是全力以赴。

中央军团不愧是联邦的精锐之师,降落之后,他们便立刻和北方军团方面进行交接,在北方军团的指引下布置大型魂导装备,重新建立防线。

两个机甲师团也迅速抵达了指定位置,布置好了一道防线。

生命子树自然吸引了中央军团方面的注意,在和北方军团进行了交接之后,中央军团中负责这次带队的军官,就在北方军团军团长郭镇峰的带领下来到了这边的山顶之上,拜访唐舞麟和四位极限斗罗。

来的是一名年轻军官,看上去也就三十多岁的样子,却已经挂上了少将军衔。毫无疑问,他是军方的后起之秀。

但当他看到比自己还要年轻的唐舞麟时,眼中顿时流露出了一丝惊讶之色,他不敢怠慢,赶忙上前行了个军礼。

"中央军团第三军军长邵立峰,见过诸位冕下。"

唐舞麟微笑着道:"邵军长不用客气。感谢你们的及时到来,后续援军也会陆续抵达。"

邵立峰点了点头,下意识地看了一眼不远处的生命子树,顿时十分惊讶。不仅仅是他,郭镇峰同样能够感受到那生命子树之中蕴含的庞大的生命能量。

这庞大的生命能量对于他们这些魂师来说同样有着巨大的好处啊!两人沐浴在这浓郁的生命气息之中,浑身的疲惫感正在迅速消失。

这种感觉实在太美妙了,他们真想一直都留在这里。

唐舞麟微微一笑,右手一挥,让两道绿金色光芒落在两位将军身上。顿时,两人有了一种仿佛全身的毛孔都张开了的畅爽感,尤其是先前经历过一场大战的郭镇峰,感觉更为明显。

疲惫感在这一瞬间一扫而空,他感觉到自己精力充沛,哪怕立刻要他再大战一场也毫无问题。

"这、这是……"郭镇峰忍不住道。

唐舞麟微微一笑,道:"这是我们史莱克学院的生命古树分裂出来的生命子树。不瞒二位，刚刚深渊生物再次发起攻击，就是因为感受到了我们这棵生命子树的气息。深渊生物最喜欢的就是吞噬一切生命能量，而生命子树的生命能量是位面层次的，甚至可以说是代表咱们斗罗大陆的，它在这里，对于深渊生物来说就是最大的诱饵。所以，恐怕要麻烦二位在接下来布置防线的时候，要特别注意对这边的防护。有生命子树在，我们也能够救助更多的战士，巩固防线。"

邵立峰严肃地道："没问题，我立刻就去布置。这个太重要了，感谢各位冕下对我们的大力支持。"

亲身感受到生命子树的效果后，他心中是无比震惊的。他也有封号斗罗层次的修为，到了这个境界，对于生命能量的渴望是最强烈的，因为只有在自己的生命层次升华之后，才能更好地提升自己的修为啊！没有足够强大的身体，如何承受庞大的能量？

他知道，如果能够在这生命子树旁边长时间修炼的话，那么，不仅自己的修为提升速度会加快，恐怕就连寿命都会延长。这真是稀世珍宝一般的存在。

史莱克学院能够成为大陆第一学院，果然底蕴深厚啊！

邵立峰已经下定决心，无论如何都要和史莱克学院搞好关系。

邵立峰当然认出了面前这几位是谁，尤其是唐舞麟，那可是一击就打败了传灵塔塔主的男人。在他面前，连千古东风这样的老牌强者都无法承受他的一击之力。他还这么年轻，未来绝对会成为魂师界的领袖。

更何况，他身边还有圣灵斗罗在。

在战场上，任何一位极限斗罗都没有圣灵斗罗作用大。

其他极限斗罗上阵杀敌不在话下，而圣灵斗罗却能够拯救千万人啊！她绝对是战场上的核心人物，有她在，想死都不是一件容易的事情。

他已经听郭镇峰说了，这次史莱克学院和唐门直接派来了唐舞麟和四大极限斗罗，如果不是他们及时赶到，防线早就守不住了。而现在，他们这第一批援军虽然来了，但力量还是有些薄弱，想守住防线，在很大程度上还是要依靠面前这几位，他当然要跟他们搞好关系才行。

两位将军离开的时候都有些依依不舍，生命子树的气息对他们来说又何尝不是有着巨大的吸引力呢。

空中的灰黑色气流已经全部被吸收完毕了，唐舞麟能够清楚地感受到生命古树通过生命子树传递给自己的渴望。

刚刚这些生命能量虽好，但和真正的高层次的生命能量相比还有不小的差距。只有更加强大的深渊生物，才能提供更加庞大的高层次的生命能量，而这才是生命古树最为需要的啊！

现在唐舞麟要做的就是等待，等待更强的深渊生物出现。他不敢冒险，或许现在强大的深渊生物还没有钻出通道，但圣灵教的强者正在虎视眈眈。圣灵教那个未知的皇者才是最可怕的。

一皇二帝四大黑暗天王中，二帝都已经是准神层次的强者了，那一皇又会是什么境界的？

而那一皇，也是圣灵教中最为神秘的存在。

第一千六百六十一章
遮天蔽日

史莱克学院和唐门这次前来，是为了对抗深渊生物，又何尝不是为了找圣灵教报那血海深仇呢。

史莱克学院和唐门被毁，传灵塔是帮凶，圣灵教才是真正的罪魁祸首。

唯有将他们全部击杀，才能告慰史莱克学院和唐门逝去的众多生命的在天之灵。

目前来看，深渊位面方面还是相当谨慎的，毫无疑问，它们很珍惜这次机会。而在明知道唐舞麟就在这边的情况下，圣灵教也没有在第一时间发动攻击。

他们在等，等更多的深渊强者出现，同时也在等更多援军到来。

唐舞麟连续打了几通魂导通信，和后面的援军指挥者沟通了一下情况。

目前，北海军团已经到了附近海域，大约还需要一天的时间才能抵达北洋附近。

东海军团紧随其后，还需要大约两天的时间抵达。他们会在第一时间封锁海面，并且从海面上对深渊生物进行精确打击。

海神军团在较为靠南的地方，先前的战斗没有发动起来，之后他们就退回去了，过来需要更久的时间，要五天后才能抵达。

而南方军团、西方军团、西北军团则需要更长的时间，毕竟，从地理位置上来看，这也是没办法的事情。

全大陆的军队都已经调动起来，上面已经下达了死命令，要不惜一切代价将深渊生物堵在极北之地。

平静大概持续了一天的时间，几乎就在北海军团刚刚抵达北洋之际，深渊大军再一次展开了行动。

远处，伴随着低沉的咆哮声，整片天空似乎都变得灰暗了。那当然不是天空真的变色了，而是大量飞行类的深渊生物遍布在空中，犹如一片片乌云，遮天蔽日。

地面上，更多的深渊生物出现了，其中包括一些体形庞大的深渊生物。

一种唐舞麟先前在血神军团时没有见过的深渊生物走在最前面。

这种深渊生物看上去就是甲壳虫，但不知道比平常见到的甲壳虫大了多少倍，光身体直径就超过了百米，身下有十二条粗壮的长腿。别看它体形这么大，速度却是一点都不慢。

深渊大军中一共有三四十只这样的深渊生物，每一只这样的深渊生物背上都站着其他深渊生物，其中还有一些人类。毫无疑问，那些正是来自圣灵教的强者。

最前方的一只巨型甲壳虫之上，傲然站立着一名女子。她的身材妖娆动人，全身却覆盖着一层黑色的鳞甲，唯有双眸从面具上露了出来。她在最前面，强大的气息压制得空气都轻微地扭曲了。

在她两侧的两只巨型甲壳虫背上各自站立着一个人类，左侧之人是曾经多次试图击杀唐舞麟的准神级强者——冥王斗罗哈洛萨。

而当史莱克学院的众人看到右边那人后更是分外眼红。只见一个个巨大的绿色骷髅头环绕在他身体周围，那丑陋的面容、绿光闪烁的眼眸、瘦小的身材，可不正是圣灵教两大帝君之中的鬼帝吗？和哈洛萨一样，他也是一名准神层次的强者。

唐舞麟站在山峰之上，看着远处的众多强者，他其实一眼就认出了坐镇于正中间的那人。

当初，在血神军团那边的深渊通道中，他就和这人打过交道。照曹德智所说，这人便是深渊位面一百零八层中第九层的帝君——黑帝！

只有前十层的领主才能够被称为帝君。帝君意味着什么？意味着是准神层次的深渊生物。

再次见到黑帝，唐舞麟明显感觉到她的气息比之前强大了许多。他明白，当初黑帝是因为受到了深渊通道之中的大量法阵的压制才没能发挥出全部实力，此时的黑帝才是最强的。

她不只是自身实力强大，她所统御的黑皇一族也是深渊位面之中极其强悍的。

此时，在深渊大军之中，就能看到一些黑皇的身影。

深渊大军正在前进着，看到它们，唐舞麟不禁心头沉重。

在这么短的时间内，竟然连黑帝都从深渊通道之中出来了，那么之后呢？深渊圣君什么时候会出现？

唐舞麟很清楚，在这个世界上根本没有谁能抵挡住深渊圣君。当初就算他和古月娜联手，所面对的也只是深渊圣君的一只手而已。若非有整个位面的压制，恐怕他早就已经死在那场战斗之中了。

这次圣灵教与深渊位面联手开辟了一条新的深渊通道，这显然是他们蓄谋已久的。

只是此时放眼望去，还看不出究竟有多少深渊位面领主级别的强者出来了。

就像人类这边正竭尽全力要阻拦它们一样，深渊位面方面分明是想趁着人类的援军还没有完全抵达，要冲破防线，冲到大陆内部去。

唐舞麟只有一个，黄金龙枪也只有一柄，一旦深渊大军在进入内陆后分散开来，一定会使斗罗大陆生灵涂炭。

而现在，他们这边只有不到六万兵力，再加上唐舞麟和四大极限斗罗，以及海上的北海军团。

现在却不是考虑能不能抵挡得住的时候，因为就算是死，他们也必须撑住。

唐舞麟站在生命子树前方，两侧是四大极限斗罗，北方军团和中央军团的将士们已经做好了准备，大战一触即发。

"唐舞麟！"一个有些怪异的声音远远传来。听起来是个女声，但声音明显有些生涩。

唐舞麟愣了一下，他很快就看到了对方——说话的正是黑帝。

虽然他们相隔万米，却丝毫没有影响他们目光的交会。

黑帝双眸深邃，就像两个黑色旋涡一般，她目光灼灼地看着山峰上的唐舞麟。

"投降吧。加入我们。圣君答应，将深渊位面前三层中的一层赏赐给你，让你成为在他之下的深渊王者，甚至是深渊执法者。"

她说着，目光落在了唐舞麟手中的黄金龙枪之上，眼神之中流露出深深的忌惮。

这些深渊王者都无法忘却，当初，正是唐舞麟凭借着黄金龙枪彻底杀死了三名深渊王者，那可是三大帝君级的存在。以至于深渊位面一百零八层之中有三层崩溃，动摇了本源。

在深渊位面彻底成形之后，还是第一次出现那种情况，所以深渊圣君不惜一切代价也要隔空出手，誓要击杀唐舞麟。

而当初的失败，也造就了现在的唐舞麟，一个彻底成长起来的唐舞麟。

深渊位面前三层、深渊执法者。毫无疑问，由拥有黄金龙枪的唐舞麟来做深渊执法者当然是再合适不过的了。

黑帝继续道："只要吞噬了斗罗大陆，我们就一定能够创造神界，独一无二的神界。在庞大的宇宙之中，我们将具有最快成长的潜能。未来，吞噬其他位面将会令我们加速成长，到了最后，我们要吞噬整个宇宙，将宇宙变为我们自身。这是圣君的伟大目标，而只要你肯加入我们，就将和我一起，成为这伟大一幕的见证者。"

第一千六百六十二章
万众一心

黑帝的人类语言说得越来越流畅，到了最后，甚至带上了几分慷慨激昂的味道。

一抹冷笑浮现在唐舞麟的脸上，他的嘴角更是带着一丝不屑。

"说完了吗？"他的声音不大，却足以传遍全场。

黑帝道："说完了。这是你最后的机会，不愿意成为我们中间的一分子的话，你就是我们的敌人了。"

唐舞麟淡淡地道："都是废话。来吧。"他根本懒得和这些深渊生物交流，几句话的工夫也起不到什么拖延作用。

刹那间，那曾经威慑千古一家父子三人的战天斗地的强大意念迸发而出！

哪怕相隔万米，那强大的气息也令深渊大军前进的脚步慢了半拍。唐舞麟举起手中的黄金龙枪，眼中充满了强烈的战意。

没错，前方确实来了许多强大的深渊生物，还有圣灵教的强者，可是，那又如何？

要战便战吧！

感受到唐舞麟身上那股滔天战意之后，北方军团以及中央军团的强者们全都发出了震耳欲聋的欢呼声。

他们都被那强烈的战意感染了。虽然唐舞麟只是一个人，但他以一己之力压迫得整个深渊大军都停顿了一瞬间的场面，足以令这些热血男儿心潮澎湃、热血沸腾。

尤其是先前经历了大战的北方军团将士，他们心中都充满了对深渊生物的仇恨，他们恨不得再和对方立刻大战一场，为死去的战友们复仇！

而对于他们来说，唐舞麟等五人就是真正的救星。

"来吧！来吧！来吧！"数万大军重复着唐舞麟先前的话。

唐舞麟也不禁热血沸腾。这就是联邦军人，这就是整个斗罗星最强大的军队。

难怪军方能够让鹰派成为整个议会的掌控者，在这么长时间没有发生过战争的情况下，联邦却依旧能够将士兵训练到这种程度，所以他们才会有信心去攻击星罗帝国和天斗帝国。

此时此刻，万众一心！

还有什么比万众一心更重要的呢？在战场上，唯有如此，才有克敌制胜的机会。

黑帝冷冷地看了唐舞麟一眼，没有再开口。她猛地向前一挥手，顿时，她身后的深渊大军蜂拥而出，直直朝着北方防线扑来。

天空中，无以计数的飞行类深渊生物发起了冲锋，冲在最前面的还是六爪蝙蝠和四爪蝙蝠，它们的速度最快，在它们之后，还有许多深渊生物飞来，其中有很大一部分连唐舞麟都没见过。

那一只只巨型甲壳虫在此时竟然也飞了起来。以黑帝为首，包括圣灵教二帝在内，数十只巨型甲壳虫直奔唐舞麟他们所在的山顶飞来。

很显然，以黑帝为首的圣灵教强者和深渊生物的目标都是生命子树。

万千道魂导光束犹如鲜花绽放一般瞬间爆发开来，那一道道魂导光束轰向了深渊大军。

魂导光束首先针对的就是高空之中的飞行类深渊生物。

不同于之前北方军团的魂导武器，这次中央军团带过来的装备更先进了。

这种魂导光束甚至会自行锁定目标，而且目标绝不会重复。

六爪蝙蝠和四爪蝙蝠的飞行速度再快，也不可能比光的速度快。

在大片魂导光束的封锁之下，众多飞行类深渊生物纷纷化为了灰黑色气流。

唐舞麟早已高高举起手中的黄金龙枪，开始吞噬深渊能量。

而就在这时，黑帝身后升起了一个巨大的黑色旋涡，竟然也和黄金龙枪一样吸收起了这些深渊能量。

而且，双方的吸收速度竟然相差无几，令空气中的深渊能量分成了两部分：一部分被唐舞麟输送给了生命子树，另一部分则被黑帝吸走，释放回了深渊位面。

"你，一定要死！"黑帝冰冷的声音在唐舞麟耳边响起。几乎就在声音出现的一瞬间，唐舞麟只觉得有一股巨大的压力扑面而来。

"小心！"他身边的原恩震天已经一拳轰出。

空中炸响一声轰鸣，一道黑色的身影出现在了百米之外，正是黑帝。

在四大极限斗罗之中，达到了准神层次的就只有原恩震天。

而双方这一下碰撞却让这位准神脸色微变。

黑帝的气息中充满了恐怖的吞噬力，就在双方刚刚碰撞的刹那，原恩震天就明显感觉到自己的魂力被对方吸走了一部分，所以在刚刚的碰撞中，是他略微吃亏了。

果然好强！难怪骄傲的冥帝和鬼帝都只能站在她两侧。

另外两道身影也在这时悄无声息地出现在了黑帝的身体两侧，黑帝、冥帝、鬼帝三大准神齐至。

虽然唐舞麟他们这边有五个人，可面对这三大准神，他们依旧感觉到了一股巨大的压迫力。

这次和以前不同，以前他们打不过还可以跑，而现在，除非到了万不得已、无法挽回的地步，否则他们根本不能逃跑。因为一旦他们败了，就意味着人类大军败了，意味着深渊大军将冲向内陆啊！

战斗已经全面展开，这次的深渊大军比先前的更强，短时间内还无法决出主战场上的胜负，很可能主要得看他们这边。

突然，凄厉的叫声响起，哪怕是唐舞麟这边的四大极限斗罗都感觉到一阵头晕目眩，仿佛周围已经变成了鬼域。

一个个巨大的骷髅头出现在四面八方，向他们喷吐出绿色火焰。

当初针对史莱克城的那场袭击，就是众人面前的这个鬼帝所指挥的。他在面对擎天斗罗时都能硬扛，可想而知他的实力到了怎样的层次。

此时他一施展出魂技，顿时犹如尸山血海降临一般。

冥帝则是一闪身就隐藏在了那绿色火焰之中，消失了。

黑帝的头顶上方出现了一个太阳一般的光团，光团的周围是暗金色的光边，中间却深邃得如同一个黑色旋涡。与此同时，巨大的吸扯力近距离爆发，那吸扯力不是针对唐舞麟等人的，而是针对生命子树的生命能量的。

就在这时，一首悦耳动听的圣歌响起，圣洁的光芒从雅莉身上散发而出。

先前的鬼哭狼嚎带来的影响顷刻间消失了，柔和的乳白色圣光撑起了一个光罩，将所有的绿色火焰全部阻挡在外。

这绿色火焰一接触到那圣光便立刻消散了。

一套洁白如雪的斗铠出现在雅莉身上，正是她的四字斗铠——圣思云冥！

这是唐舞麟为雅莉量身制作的四字斗铠，名字是雅莉自己取的。

没有人比她更痛恨面前的鬼帝，正是面前这个家伙，令她和自己的爱人生死相隔。

在四字斗铠的增幅下，那浓郁到极致的神圣气息瞬间就将黑帝和鬼帝的攻击全部挡住了。

别看雅莉没有达到准神层次，但是，在和圣灵教的对抗中，她的作用甚至要超过准神。

神圣天然克制邪恶，纯粹的治疗魂技落在邪魂师身上就是最可怕的攻击。当初正是她吓退了冥帝，救下了唐舞麟。

第一千六百六十三章 雅莉发威

唐舞麟也在这个时候动了，他向前跨出一步，双眸变得异常专注，手中的黄金龙枪收起光芒，变为纯金色的，轻巧地挑向了面前的黑帝。

黑帝神色凝重，这次她面对的唐舞麟虽然没有血神大阵的增幅，可是，她明显感觉到，面前的这个人类变得更加可怕了。更重要的是，他手中的那柄长枪也变得更加可怕了。

黑帝的身体在虚幻与真实之间切换，她挥出右手，手指如同弹奏琵琶一般弹向黄金龙枪。

一块块黑色鳞片覆盖而上，令她的手瞬间变成了利爪。

伴随着"当"的一声脆响，黄金龙枪被弹起，同时还有一块原本漆黑如墨的鳞片变成了白色的，从黑帝的手上脱落了下来。

黑帝冷哼一声，她已经将黄金龙枪的吞噬效果控制在最小范围了，但那种感觉依旧令她非常不舒服。

她一脚跺在地面上，地面上也出现了一个巨大的黑色旋涡，硬生生地将雅莉布下的防护光罩撕开了一条裂缝。然后这旋涡化为了无数巨大的黑色触手，向唐舞麟覆盖了过去。

在唐舞麟的身体周围，一根根粗大的蓝色藤蔓呼啸而出，直接和这些黑色触手缠绕在了一起，相互拉拽、纠缠起来。

黑帝的嘴角勾起了一丝冷笑，恐怖的吞噬力瞬间从她这些黑色触手之中迸发而出，唐舞麟立刻就感觉到，无论是自己的魂力还是生命力都在顷刻之间被对方快速地吞噬了。

在深渊位面的帝级强者之中，黑帝本身就是以吞噬闻名的，这也是为什么深渊圣君会将她第一个派过来对付唐舞麟。有她在，唐舞麟的黄金龙枪想吞噬更多的深渊能量就没有那么容易了。

可是，黑帝的冷笑在下一瞬间就消失了，因为，一道道七彩电光在她开始吞噬的同时瞬间出现在了那一根根蓝银皇藤蔓之上。

电光也被黑帝吸扯了过去。

顿时，黑帝惨叫一声，全身电光缭绕，飞速后退。

这一切都是在电光石火之间发生的，甚至连黑帝都没弄清楚是什么情况，她就已经吃了大亏。

她又哪里知道，唐舞麟最近这么长时间以来一直都在苦练天锻，而在天锻的过程中，他吞噬最多的就是元素之劫。

这些元素之劫中的雷霆是位面愤怒的体现，是最为纯粹的斗罗大陆位面之力，它们是毁灭性的，更是一切邪恶的克星啊！更何况，唐舞麟还有至阳至刚的雷鸣阎狱藤！

所以，原本想吞噬掉唐舞麟的黑帝一下子就吃了大亏。

他们这边在动手，其他人也没闲着。

雅莉在释放了一次防护光罩之后就顾不得这边了，因为主战场上的人类一方在如此短暂的时间内就要溃败了。

是的，几万大军，加上许多高端魂导器，刚与深渊大军交锋就要溃败了。

原因很简单——在对方的大军之中，强者实在太多了。

那几十只巨型甲壳虫背上，除了黑帝、冥帝、鬼帝之外，剩下的也无一不是强者，其中更多的是来自圣灵教的强者。

邪魂师最擅长的就是杀戮，他们在第一时间投身于战场的各个方向，展开了突袭。

而那一只只巨型甲壳虫本身似乎并不擅长攻击，但其防御力之强，已经到了一枚六级定装魂导炮弹轰过去都只能让它们停顿一下的地步。

这种深渊生物名叫守护天牛，是深渊生物之中防御力最强的。它本身也是深渊位面前十层的深渊生物，排在黑皇一族之后，生活在第十层。

守护天牛本身的攻击力并不强，但它们飞行速度快，防御力更是极其惊人。所以，它们虽然数量不多，却一直是深渊大军中的主战兵种，负责保护强大的深渊生物。

守护天牛一族的族长被称为天牛帝君，它正是深渊圣君的坐骑，可想而知这一族在深渊位面有着怎样的地位了。

此时，这数十只守护天牛在空中形成了巨大的屏障，将绝大部分攻击都挡了下来，这就让圣灵教的强者有了突入的机会。

唐舞麟见过的四大黑暗天王之中的黑暗铃铛和黑暗凤凰都在，她们正统率着圣灵教的一众强者飞速落下。

他们的目标不是杀人，而是去破坏那些大型防御魂导器。

就在唐舞麟他们这边交手的这么短的时间里，就已经有两个山头的防御魂导器全部被毁了。

若是没有了足够的大型防御魂导器，联邦军队这边又能支撑多久？

所以，雅莉在发现不妙之后便立刻过去支援了。对付圣灵教，她是最适合的人选。

雅莉身上，第八魂环亮起，紧接着是第九魂环。

神圣的梵唱声在这位圣灵斗罗周围响起。

雅莉的身体缓缓飘浮而起。在这一瞬间，就连鬼帝这样的强者都有种不敢直视她的感觉。

坏了！鬼帝第一时间就意识到了不妙，想阻止她，可是，一对巨大的拳头已经到了他的面前。

是原恩震天的云涡神拳！

云涡神拳是原恩夜辉创造出来的，经过泰坦巨猿二明的指点，它已经成了泰坦巨猿一族的强大战技。此时，由原恩震天这位准神层次的族长施展出来，爆发出的又是何等威能？

论修为，作为新晋准神的他和鬼帝还是有一些差距的，但鬼帝想战胜他也不是一时半刻能够做到的啊！

悦耳的梵唱声响彻整片天空。

悬浮在半空之中的雅莉脸上带着温和的微笑，双手合十。在她背后，一对对洁白如玉的羽翼正缓缓张开。

一对、两对、三对，直到张开了六对羽翼，她才停下来。

十二只羽翼轻轻拍动，半空中，九道金色光柱投射而下，仿佛凝聚成了九个太阳。

而在这些光柱内部，各浮现出了一道身影。

那是一个个金色天使，他们有着不同的形态，每一个背后都有六只金色的羽翼。

当他们出现的时候，战场上所有人的视线都不约而同地投向空中。

对于除邪魂师之外的人类来说，每个人都觉得自己的身体和灵魂在刹那间全部得到了升华，修为、实力都在瞬间提升了百分之三十以上，那是一种难以名状的美妙感觉，十分舒适。

紧接着，金色天使同时拍动羽翼，大片金色光辉从天而降。

这些金色光辉覆盖的面积实在太大了，整条防线几乎都在它的笼罩之下。

这就是圣灵斗罗雅莉最强的两个魂技——大天使之舞与天使祝福！

这两个魂技都是治疗和辅助系的。

当初，雅莉在刚刚达到封号斗罗层次的时候就可以使用这两个魂技了，尤其是天使祝福这个第九魂技，当时以她封号斗罗层次的修为，一年也只能使用一次，甚至还要燃烧自己的生命之火才行。

而哪怕是到了极限斗罗这个层次，在一天中，她也只能动用一次天使祝福，可想而知这个魂技有多么强大。

第一千六百六十四章
大天使的圣灵之舞

魂技的强弱和魂师本身的修为高低成正比，也和使用魂技的限制条件的严格程度成正比。

任何魂技，只要使用时是有前提条件的，都比一般的魂技更强大。前提条件越多、限制越多，也就意味着这个魂技的威力越恐怖。

天使祝福就是这样一个魂技。而大天使之舞，雅莉一天也只能使用三次而已。

所以，她其实很少动用这两个魂技。

天使祝福最惊人的作用就是群体复活！

这也是魂师历史上，唯一一个能够实现群体复活效果的魂技。

而当天使祝福作用在邪魂师身上的时候，效果就完全相反了，"复活"二字变成了"泯灭"。

大天使之舞加天使祝福是雅莉所能施展的最强魂技，这并不是武魂融合技，而是一种叠加类的魂技，其在治疗方面的增幅效果也几乎可以媲美武魂融合技了。

治疗系的武魂和其他任何一类武魂都不一样，治疗系魂技的覆盖范围一向是最大的，整体能量也是最强的。

在任何一个位面之中，无形中都有类似于信仰之力的存在。像雅莉这种不知道救治过多少人的治疗系极限斗罗，受到位面认可的程度绝不在唐舞麟之下。

所以，当她全力以赴地施展治疗系魂技的时候，冥冥之中就会受到位面的眷顾，被光元素认可。

神圣天使一脉调动的也是类似的力量，但要论向天地借力的能力，没有比治疗系魂师更强的了。

因此，此时当这两大魂技叠加在一起的时候，就形成了圣灵斗罗雅莉的终极魂技——大天使的圣灵之舞！

天空中，金色天使已经开始翩翩起舞，无数的金色光辉从空中洒下，那充满了神圣气息的光辉所到之处，人类无不感受到了巨大的增幅，尤其是先前受了伤的战士们，无论是多么严重的伤势都在顷刻间康复了。

邪魂师受到的冲击是最强烈的，在感受到大天使的圣灵之舞的时候，圣灵教的一众邪魂师都不禁大吃一惊。

这种层次的神圣气息别说见到了，他们就连听都没听说过。毕竟雅莉成为极限斗罗的时候，这些邪魂师已经偃旗息鼓，隐藏在极北之地开辟深渊通道了，她自然没有施展这种强大魂技的机会。此时，大天使的圣灵之舞是有史以来第一次出现在战场上。

那一个个大天使散发的金色光辉几乎照亮了整个天际，此时此刻的雅莉在众人眼中就像真正的神祇一般。

一名刚刚冲到联邦军方防御阵地的邪魂师释放出了他的魂技，只见大片的灰黑色雾气化为了一个个狰狞的厉鬼，扑向战士们。

就在这个时候，金色光辉降临了。这名邪魂师只觉得自己仿佛浸入了温水之中，周围的灰黑色雾气在顷刻之间消失得无影无踪，所有的攻击魂技在刹那间全都消失了。更可怕的是，他发现，不仅仅是他的魂技，他自己本身也在渐渐消失。

他没有感受到任何痛苦，全身都被包裹在了温暖的金色光辉之中，而他心中的恐惧却上升到了顶点。一个人眼睁睁地看着自己从四肢开始缓慢消失，那是多么恐怖的场面啊！

他甚至连叫喊都做不到，只能张着嘴，做出叫喊的动作，却什么都喊不出来，直到他的身体彻底、永远地从这个世界上消失。

同样的情况也出现在了深渊生物身上。

只不过深渊生物受到的影响没有邪魂师的那么大。

神圣之力会抗拒和毁灭一切邪恶。深渊生物的天性是毁灭与吞噬，这从人类的角度来看是邪恶的，所以它们也会受到神圣之力的排斥，但它们毕竟和邪魂师这种依靠死亡、恐惧等负面能量来修炼的邪恶者还是有区别的。

尽管如此，所有的深渊生物在这一刻的移动速度也都很慢。天空中的大量飞行类深渊生物全部向下坠去，它们的身体也在消失，只不过消失的速度稍微慢一点而已。而那些较为弱小的深渊生物则是在飞快地消失，化为灰黑色气流，被神圣气息驱赶着朝生命子树这边飞来。

这真是……

所有人都呆呆地看着这一幕，哪怕是那些深渊强者也没想到一个人类竟然能够强大到如此恐怖的程度，这一招已经近乎是神技了啊！

雅莉几乎是在以一己之力救助己方全员并全面压制敌人。

哪怕是四大黑暗天王那种层次的邪魂师，此时都在全力以赴地抵挡着神圣气息的冲击并且飞速远遁，躲避着那恐怖的金色光辉。

先前冲入了战场的邪魂师几乎都受到了不同程度的压制，但凡是稍微有所犹豫的，都在那金色光辉之中消失了。

圣灵教的邪魂师们万万没想到，史莱克学院竟然有这么厉害的极限斗罗，更没想到战斗才开始，雅莉就毫不犹豫地将自己的最强魂技施展了出来。

雅莉当真是恨透了这些邪魂师，当她看到众多圣灵教强者的时候，她心中这团愤怒的火焰终于控制不住了。

就连冥帝、鬼帝的气息在大天使的圣灵之舞的压制下也开始大幅度减弱了，他们只是在凭借着自身的修为强行支撑。

首先受到影响的就是冥帝哈洛萨，鬼帝释放出的众多骷髅头由于受到了金色光辉的影响，一个个光芒暗淡，也让哈洛萨的身影显露了出来。

无奈之下，哈洛萨只能直接向唐舞麟发起了攻击。

来之前他们就已经明确了目标——全力击杀唐舞麟。

但是，唐舞麟又不是一个人在战斗，两道身影同时挡在了哈洛萨面前，正是麒麟斗罗桐宇以及泰坦巨猿家族的下一任族长——天宕斗罗原恩天宕。

两大极限斗罗都是半神层次的强者，在正常情况下，合二人之力也能与哈洛萨一战了，更何况，现在由于受到了大天使的圣灵之舞的影响，哈洛萨的气息弱了许多，他更是根本就召唤不出冥界生物了，召唤的话就等于让冥界生物去送死。一时之间，他竟被两位极限斗罗压制住了。

雅莉双手合十，口中一直都在喃喃地吟唱着什么，空中的大天使的圣灵之舞持续了近三分钟的时间。

超过三分之一的深渊生物都化为了灰黑色气流，而这个时候，就连黑皇一族也因为要抵御金色光辉而无法兼顾它们，所以它们就那样被生命子树吸收了。

圣灵教更是损失惨重，两百多名邪魂师永远地留在了这里。要知道，能够参与今日之战的都是六环以上的邪魂师啊！而阵亡在这金色光辉之中的，还包括七名封号斗罗级别的邪魂师。

自从圣灵教复出以来，还从未遭受过如此惨重的损失。

可以说，这是雅莉送给他们的一份"大礼"。

终于，雅莉从天而降，落在了生命子树下方。她盘膝坐在地上，全身依旧笼罩着那层金色光辉，直接进入了冥想状态。

将两大神技叠加起来使用的后果就是，她这一身极限斗罗层次的魂力瞬间便被抽空了。

而此时，半空中的黑帝也正左支右绌，被唐舞麟压制得频频后退。

第一千六百六十五章 深渊大军败退

唐舞麟和雅莉之间的配合可以说是恰到好处，他刚刚用元素之劫重创了黑帝，大天使的圣灵之舞就从天而降了，甚至都没给黑帝喘口气的机会。

黑帝要抵挡唐舞麟那枪神级别的黄金龙枪，同时还要保护自身不被金色光辉伤到，一时间被唐舞麟杀得节节败退。

黑帝心中何尝不郁闷，她也没想到，如今的唐舞麟竟然就已经有了这样的本事。那元素之劫对她的冲击太大了，甚至伤及了她的本源，而唐舞麟更是紧追不舍。原本她还指望着圣灵教的两大准神呢，可惜他们被雅莉压制得太厉害了，连一半的本领都没用出来。

原本她还胜券在握，在这个时候却完全处于劣势，尤其是唐舞麟这黄金龙枪大有几分神鬼莫测的感觉，她不敢让自己被刺中。

周围还有其他深渊生物不断从两侧冲过来，为黑帝阻挡唐舞麟的攻击，可它们又怎么挡得住呢？

两团黑光从两侧瞬间冲向唐舞麟，正是两名黑皇。

她们化为了两个黑色旋涡，从两侧牵扯、拉拽，试图影响唐舞麟的攻击。

但是，旋涡刚一形成就突然停止了转动，下一刻便崩散了！

精神领域，时空逆转！

唐舞麟手中的黄金龙枪迸射出两道金光，逆转了时空，在黑皇措手不及的瞬间，刺穿了她们的胸膛。

两名黑皇的身体瞬间塌陷了下去，在唐舞麟的催动下，黄金龙枪已经将她们的生命能量吸收得一干二净，并且立刻将其输送给了唐舞麟。

　　借势，千夫所指！

　　枪芒变得越发璀璨，万千道枪芒从四面八方向内收束，瞬间合而为一，到了黑帝的面前。

　　黑帝怒哼一声，身体周围突然迸发出一团团紫色光晕——死亡凋零！

　　对于正常状态下的死亡凋零来说，直接覆盖直径千米的范围都是小意思，当中的一切生命力都会被吞噬。

　　可是，受到大天使的圣灵之舞的压制后，死亡凋零的覆盖范围缩小了许多不说，而且根本挡不住唐舞麟啊！黑帝只好让死亡凋零覆盖的范围变得更小。

　　枪芒迸发，一化二，二变四，四生无限。

　　一道道金色枪芒带着强大的气势和剧烈的气血波动，引导着空中的金色光辉刺入了死亡凋零之中。

　　与此同时，唐舞麟左手抓出，巨大的金龙爪掌心中仿佛有一方小世界。

　　禁万法，龙皇破！

　　黑帝只觉得自己的旋涡在那吸力之下仿佛瞬间被分解成了丝丝缕缕的气流，然后便悄然消失得无影无踪了。

　　这是什么？

　　就在她震骇莫名之际，面前的唐舞麟仿佛突然变得虚幻了起来。

　　在这一刹那，一种难以形容的巨大危机感瞬间出现在了黑帝的心中。她几乎没有任何犹豫，身上的黑色鳞片突然炸开，一道看上去和她一模一样的黑色虚影出现在了她的身前，而她自身则瞬间消失在了虚影背后的光门之中。

　　唐舞麟的龙皇破刚刚冲出，黑帝就在间不容发之际强行破开空间消失了。这是她的传送能力。

　　但她的替身也不是没有付出代价，当它被唐舞麟用黄金龙枪搅碎的时候，一股强大的生命能量顿时被吸入了黄金龙枪之中，又被唐舞麟很快地传送给了生命子树。

　　尖锐的厉啸声顷刻间响彻了整个战场，刚刚还宛如狂潮一般奔涌而来的深渊大军顿时开始迅速后撤。

冥帝、鬼帝也各自释放出了一个强大的魂技来断后，随即便飞速退去了。

这种准神级别的强者除非自己下定了决心要硬拼，否则想留下他们确实不是一件容易的事情。

唐舞麟没有追击，只是高举黄金龙枪，吸收着战场上留下的深渊能量，与此同时，他遥望着远方，表情依旧凝重。

这场战斗来得快，结束得也很快，以深渊大军无功而返而告终，圣灵教更是损失不小。

但是，唐舞麟很清楚，战斗才刚刚开始。对方的雷霆一击没有奏效，下次再来时，攻击只会变得更加猛烈。

就在这时，远处，一朵朵巨大的蘑菇云在深渊大军中间炸开，空中的深渊能量骤然变得浓郁起来。

唐舞麟眉毛一挑，他知道，这是北海军团发动攻击了。趁着深渊大军撤退之际，他们开始用猛烈的炮火轰击它们。不得不说，北海军团的指挥官绝对是一位优秀的军事家，这个时机掌握得恰到好处。

北方防线这边，各种远程攻击武器也在不停发射，追着深渊大军的后方全力攻击。

唐舞麟的黄金龙枪在数秒后就变得灼热起来，随着庞大的生命能量的注入，生命子树上的每一片树叶都变得青翠欲滴，宛如由翡翠雕琢而成。生命子树也开始变大，当战场上所有的深渊能量都被吸收得一干二净时，它已经长大了近三分之一。

此时，雅莉全身都被笼罩在一层绿色的光晕之中，当她缓缓睁开双眸之后，眼中不禁流露出了一丝诧异之色。

就在这短短的不到二十分钟的时间里，她先前所有的消耗全部恢复了，哪怕要再使用一次大天使的圣灵之舞也毫无问题。

她现在才明白，这生命子树的作用有多么大。毋庸置疑，它一定会成为这场战斗的核心。

当深渊大军在远方消失不见的时候，天色已经完全暗了下来。

无论是联邦军队还是唐舞麟等五人，直到现在才总算松了一口气。

深渊大军的第二次进攻绝对是有备而来的，不止黑帝来了，她还带来了不少深渊位面的强者，同时，还有圣灵教的大量强者，甚至包括二帝在内，但他们依旧铩羽而归。

虽说这也是因为深渊大军急于求成，来得有些仓促，但能够将以三大准神层次的强者为首的深渊大军击退，这足以让唐舞麟他们感到自豪了。

胜负的关键就在于雅莉的大天使的圣灵之舞，这个几乎覆盖了大半个战场的恐怖的叠加类魂技重创了圣灵教和深渊大军，再加上有黄金龙枪的吞噬能力，这才让深渊大军吃了个大亏。

"干妈，您没事吧？消耗大吗？"唐舞麟站在生命子树旁，向雅莉问道。

生命子树对于人类一方来说实在太重要了，所以他们五个人索性就守护在了这里，以免生命子树被敌人偷袭、破坏。

雅莉微微一笑，摇了摇头，道："这生命子树真厉害，它赋予了我庞大的生命力，这才让我可以毫无后顾之忧地全力施展魂技，否则，施展那一次之后，我至少要休息三天，而现在，就算让我立刻再施展一次也没什么问题。只可惜我们人手不足，不然定要将那些邪魂师全部留下来。"

唐舞麟点了点头："是啊！可惜我们人手不足，不能追杀过去。"

雅莉正色道："还是不能大意，咱们不能因为今天的这场胜利就小看了深渊位面。六千年前，那也是一个人才辈出的年代，不知道有多少前辈强者，可最后也还是牺牲了大半强者才勉强将深渊通道封印住。"

第一千六百六十六章
深渊圣君能否降临

"和那时候比起来,现在的情况很可能更麻烦。深渊位面更加成熟了,深渊位面的众多帝级强者中不知道会有多少能够来到斗罗大陆,那可都是准神层次的强者啊!而且排名越靠前,就越强大,连黑帝这么强的强者都不过排在第九名而已。记得六千年前,深渊大军的统帅是排名第三的深渊强者,其实力极其恐怖,我们这边有三位准神层次的强者,都难以压制住他,最终还是牺牲了其中的两位才将其重创的。而上次在血神军团那边,深渊圣君就已经隔空出手了。坦白地说,我最担心的是这个深渊位面之主能否来到我们这边,如果它能够过来,那才真的是巨大的灾难。"

唐舞麟愣了一下,道:"这个可能性应该不大吧?我在过来之前特意询问过生命古树,生命古树给我的答案虽然有些模棱两可,但听起来,深渊圣君想来到这边并不是一件容易的事情。"

雅莉惊讶地问道:"生命古树是怎么说的?"

唐舞麟道:"生命古树说,任何一个位面都有自己的法则,对于其他位面都会产生强烈的排斥。除非另一个位面已经远远凌驾于本位面之上,否则另一个位面的位面之主就肯定无法降临本位面,因为它受到的排斥是最为强烈的,几乎要和咱们整个位面相抗衡,除非……"

说到这里,唐舞麟略微停顿了一下,才继续道:"除非有一个接近它的层次的存在舍弃自身来接引它,这样才会有一丝可能。

"深渊位面应该不会比我们斗罗大陆位面更强大，只是因为深渊生物更擅长吞噬，所以对付起来更加困难。它们想来到我们斗罗大陆位面并不是一件容易的事情，深渊圣君虽强，但也未必就强过了咱们斗罗大陆的位面之主，只是我们的位面之主没有具体形态而已。"

雅莉点了点头，道："希望如此吧。照生命古树所说，深渊圣君确实不太可能过来。它是真正的神级强者，我们斗罗大陆上哪里有神祇？就算有，那位神祇也不可能牺牲自己去接引它，毕竟都已经是神祇了，自然没有任何理由要和深渊位面合作，就算是圣灵教的人也不会这么做。"

唐舞麟道："圣灵教中要是有神祇层次的强者，恐怕他们早就称霸大陆了。干妈，您早点休息吧。这里有我看着。"

"你们都去休息吧，我来守着就是。"桐宇有些冰冷的声音响起。这位麒麟斗罗来到了唐舞麟和雅莉身边，向他们点了点头。

自从来到斗罗大陆之后，对于这里的一切，桐宇多少还是有些不适应的。他成为极限斗罗也有不短的时间了，已经逐步修炼到了半神境界。

在他刚刚来到斗罗大陆的时候，他还以为以自己半神层次的修为，恐怕在斗罗大陆上没有多少人能够企及。

可等他找到唐舞麟，并且在史莱克学院住下来之后，他才明白，跟星罗大陆比起来，斗罗大陆究竟强大到了什么程度。

见到龙夜月和雅莉的时候，他就已经极为震惊了，而接下来他又见到了原恩震天父子二人以及曹德智和臧鑫，再到后来看到本体斗罗阿如恒时，他甚至都已经有些麻木了。

光是史莱克学院的极限斗罗就超过了五位啊，而且其中还有两位是准神层次的！要知道，在整个星罗大陆上，也就只有他和恩慈两位极限斗罗而已。

这差距实在是太大了。

而实际上，最令他震惊的就数今天发生的事了。

当桐宇眼看着对面铺天盖地的深渊大军在三大准神的率领下到来的时候，他其实已经做好了随时牺牲自己，救援唐舞麟的准备。

那可是三大准神啊，而且其中还有两名邪魂师！在一般情况下，邪魂师的战斗力都是要强过普通魂师的。

己方虽然有四位极限斗罗，可当中只有一位刚刚达到准神层次。

一直以来，在桐宇的印象中，雅莉最大的特点其实是美丽。

是的，美丽。

他一直都不认为一位治疗系的极限斗罗能有什么战斗力，当然，他也是第一次见到治疗系的极限斗罗。

毋庸置疑，能群体治疗将影响到整个战场，可要说它对于高层次的战斗力的影响，应该就不大了。

可是，当雅莉释放出大天使的圣灵之舞之后，他才知道自己错得多么离谱。

那简直就是如同禁咒一般的存在，它全面压制了对方的三大准神不说，还彻底影响了整个战场。而他们这边，每个人都得到了不同程度的增幅，而得到增幅最大的，就是擅长五行轮转的他。

五行同样是天地间的各种元素，在大天使的圣灵之舞的引导下，所有元素都在那时活跃了起来，开始压制邪恶，排斥敌人，相当于是在释放位面之主的力量。

这是一个魂师能够做到的事情吗？恐怕哪怕是神祇出手也不过如此吧。

所以，直到现在，桐宇的内心深处都还充满了震撼。雅莉今天在战场上的表现绝对超过了任何一位准神，原来这名平时总是带着温和的笑容，让人感觉很舒服的女子，实力竟然强大到了这种程度。

当他再次面对这位圣灵斗罗的时候，敬意不禁油然而生。这是由衷的钦佩。

唐舞麟没有客气，道："那就麻烦您了。"

对于桐宇，现在他的心里都还有种怪异的感觉。坦白地说，他不知道该如何面对这位，因为桐宇从第一次与他相见时起，就是一副愿意为了当初的错误随时付出生命的样子。

可是，当初的对错，谁又说得清楚呢？

他们就这么相处下来了。其实，唐舞麟心中也一直都有这么一个心结。他现在只希望能够在找回自己的亲生父母的同时也找回自己的养父母，至于要如何处置桐宇，还是应该要他的养父唐孜然来决定啊！

一夜无话。

深渊大军这次撤退得非常彻底，至少在防线这边已经看不到它们的身影了。

北海军团连夜传来消息，他们已经在北洋完成了驻扎和海上防御工事的布置工作，随时可以应对任何变化。

有了这个大军团的支援，北方军团这边总算松了一口气，至少目前他们的防线应该算是稳固了。

同时，第二批援军终于抵达了，来的是中央军团。他们不愧是联邦最精锐的军团，兵力全部是机械化运送的，并且调用了大量的魂导列车。只用了短短两天的时间，中央军团的大部分兵力就已经集结在了极北之地边缘，并且接管了防线。

不出意料，北方军团军团长郭镇峰受到了表扬和嘉奖。虽然北方军团损失惨重，但北方并未失守，在牺牲了众多将士的情况下，他们总算成功阻敌于极北之地，这已经是非常大的功劳了。

军部向郭镇峰表示，会在战斗结束后尽快为北方军团补充兵员，绝不会裁撤北方军团，至于奖赏，则要等战斗结束之后再说。

伴随着中央军团第二批援军的到来，一支神秘的军队也悄无声息地来到了极北之地。他们直接驻扎在了生命子树所在的山顶之上，一个小型营地在山顶上围绕着生命子树快速建立了起来。

第一千六百六十七章
中央军团军团长

联邦高层已经在第一时间看到了视频，可以说，雅莉的大天使的圣灵之舞震撼了整个联邦高层。

史莱克学院又一次以极其正面的形象出现在了所有人的视野之中。

史莱克学院强者的出现挽救了北方军团，他们是除了北方军团之外的最大功臣。

所以，中央军团的高层到来之后，第一时间就来拜访他们了。

此时，临时营地之中，唐舞麟面前正坐着一位真正的军方大佬。至少从身份地位来说，在整个日月联邦之中，他是少有的几个地位不逊色于瀚海斗罗陈新杰的。

"您好，余将军。"唐舞麟面带微笑地向自己面前这位不怒自威，肩膀上挂着三颗将星的老者点头致意。

余冠志是中央军团军团长、极限斗罗，是军方排名前三的大佬之一，连中央军团都受到了其家族的影响。

他也是战神殿的副殿主，在战神殿的地位仅次于陈新杰，与越天斗罗关月平起平坐。

但是，在军方，他的地位和陈新杰是同级别的，就连两人的影响力都相差无几。他也是军方鹰派的代表人物之一——鹰派之中著名的三大上将之一。

余冠志面容沧桑，长着鹰钩鼻，虽然已经年过八十，但一双眼眸依旧显得十分锐利。

论辈分，他比陈新杰低了一辈，而身份地位却丝毫不差。私下里，他甚至还会称陈新杰为大师兄，因为陈新杰的老师正是他的父亲。

军方势力盘根错节，但最强大的一方就是余家了，千年以来从未改变，就连陈新杰也要给这位三分薄面。

由于上次永恒天国的事情，这次北方前线的总指挥不再由陈新杰来担任了，担任总指挥的，正是唐舞麟面前的这位中央军团军团长。

可以说，随着陈新杰逐渐淡出军方，余冠志已经顺理成章地上位，即使说他是当今军方第一人也没什么不对。

这还是唐舞麟第一次见到这位，而余冠志也是第一次见到这位年轻的史莱克学院海神阁阁主兼唐门门主。

无论他对史莱克学院和唐门的印象如何，在见到唐舞麟之后，他对这名年轻人还是十分欣赏的。

至少，在余家的下一代中，甚至是整个军方的下一代中，都没有一个这样的人才啊！

他知道唐舞麟的所有详细资料，更知道这位现在还只有二十几岁，不到三十岁。

这个年龄段的绝大部分魂师都还处于成长期，可是，眼前的这名青年已经是两大势力的领袖了，当真是天之骄子。

更重要的是，唐舞麟给他的第一印象相当不错。

都说少年得志容易张狂，可在唐舞麟身上，他没有感觉到半点这种气息，反而觉得他温润平和，极其内敛。而这种内敛，别说是在年轻人身上，就算是在中年封号斗罗身上都很少见。

如果唐舞麟只是一个普通的年轻天才，他还不会有这种感觉，正是因为唐舞麟经历过史莱克学院的大灾难，却还能带领着史莱克学院重新崛起，这种感觉才会如此清晰。

"经常听大师兄提起你，唐门主果然是少年英才，见面尤胜闻名。"余冠志微笑着说道。

唐舞麟道："余将军，您过奖了。"

余冠志道："我性子比较直，就开门见山、直入主题了。在来之前，我调阅了所有关于深渊生物的资料，也包括血神军团那边的一些机密资料，对深渊位面有了较为全面的了解。

"根据资料记载，深渊生物最为麻烦的地方就在于不死，而它们不死的难题，却刚好被唐门主的一件神器破解了。不知我说的是否正确？"

唐舞麟点了点头，道："正是如此。"

余冠志微微颔首，道："如此一来，唐门主对于这次对抗深渊位面的行动来说就极其重要了。之前战场上的影像资料我也看过了，我代表军方感谢史莱克学院和唐门的及时支援，感谢你们没有令北方失守。无论是唐门主还是那棵生命子树，都起到了至关重要的作用。"

唐舞麟道："我们身为斗罗大陆的一分子，这是我们应该做的。唐门和史莱克学院也将不遗余力地为这场战斗贡献自己的力量。"

余冠志听了他的话后却沉吟了起来，眼中闪过一抹犹豫之色。

唐舞麟心中一动，道："余将军有什么话尽管直说。"

余冠志点了点头，道："那我就不客气了。唐门主，我这次还同时调阅了六千年前的资料，所以更加深刻地认识到了深渊生物的恐怖之处。虽然联邦的魂导科技已经有了很大进步，我们也有充足的信心能阻挡住深渊生物，但我们也还是要承认你和生命子树的重要性。作为本次战斗的总指挥，我有一个请求。"

唐舞麟道："您说。"

余冠志这次没有犹豫，他目光灼灼地看着唐舞麟，沉声道："我希望在这次战斗中，我能成为绝对的主导者，希望唐门和史莱克学院在战场上能够听从我的调配，以发挥出最大的作用。"

唐舞麟愣了一下。

不得不说，余冠志说的是有道理的，在一场战斗之中只能有一个声音，这一点非常重要。史莱克学院和唐门虽然个体实力强大，但毕竟只有少数人。

唐舞麟略微思索之后道："余将军，我虽然可以代表史莱克学院和唐门，但您应该也知道，无论是史莱克学院还是唐门，都是较为松散的组织，我们不太可能像军人那样做到令行禁止。我可以向您保证的是，只要是合理的要求，我们都会在第一时间执行。"

他显然不能一口答应余冠志的要求，万一他的命令是让史莱克学院和唐门的人去送死怎么办？

史莱克学院和唐门与鹰派之间的关系可向来都不怎么样，直到现在，唐舞麟都还不知道当初传灵塔是通过什么途径弄到那两枚十二级定装魂导炮弹的，唯一可以肯定的就是，那绝对与鹰派高层有关。

现在传灵塔被史莱克学院压制了，难保与传灵塔合作的鹰派将领不会趁着这次战斗有所行动。

余冠志对唐舞麟的回答显然不太满意，眉头微蹙，道："唐门主，如果是这样的话，我会比较为难。战场上瞬息万变，容不得有半点犹豫。"

唐舞麟淡然道："余将军，请您放心。纵观史莱克学院与唐门的历史，两万年来，但凡大陆有难，无论什么时候，我们都是站在最前面的。"

余冠志眼含深意地道："但是，史莱克学院和唐门并不仅仅是站在联邦一方的。史莱克学院和唐门投入战斗，究竟是为何而战？"

唐舞麟的双眸之中终于闪现出了锋芒："为了正义而战，为了和平而战，为了广大民众而战。史莱克学院不属于任何人。"

余冠志沉声道："所以，你们就能拿走永恒天国，作为对联邦的威慑，从而干扰联邦的决定？"

唐舞麟眉毛一挑，道："余将军这话我就听不懂了。永恒天国是什么？"

余冠志冷笑一声，道："唐门主，大家明人不说暗话。难道永恒天国不在史莱克学院和唐门手中？"对于这件事，他是极其不满的，甚至连带着对陈新杰也有了很大的意见。

第一千六百六十八章
碰撞，试探

如果不是因为陈新杰在军方影响深远，又是准神层次的强者，而且与余家有很深的渊源，余冠志早就弹劾陈新杰了。

唐舞麟的脸色也冷了下来。

"余将军，我本以为您这次来是为了和我们商量对付深渊大军的战术，难道您来这里就是为了质疑我们的吗？"

余冠志的脸色恢复了正常，他微微摇头，道："有些东西，必须掌握在联邦手中。"

唐舞麟淡然道："联邦如果公正，这当然不是问题。可是，联邦公正吗？如果联邦公正，那两枚十二级定装魂导炮弹为什么会落在史莱克城？如果联邦公正，在那场大灾难发生之后，为什么凶手会逍遥法外？同样的话我也还给您，明人不说暗话，史莱克学院和唐门就算有过激的行为，也只是为了自保而已。而一切伤害过我们的人，都必须付出代价。"

余冠志看着唐舞麟，半晌没有再开口。

眼前这名年轻人不卑不亢，面对自己的质问依旧没有半分怯懦，不愧是两大组织的带头人。

"好，我们言归正传。唐门主，你可否把永恒天国还给联邦？为此，联邦愿意接受可承受范围之内的交换条件。我也可以直接告诉你，这次我已经得到联邦的授权，如果能够拿回永恒天国，很可能会将其直接投放到针对深渊位面的战场上。"余冠志说道。

唐舞麟眼中光芒闪烁:"交换?不知道余将军指的是什么?"

余冠志深吸一口气,道:"联邦愿意给史莱克学院和唐门十个议会席位,前提条件是,史莱克学院和以前一样,继续保持中立。另外,联邦愿意支付史莱克城重建的一切费用,并且同意史莱克学院组建军团建制的私军,名义上,私军归属于联邦,但实际上,归史莱克学院自己管理。"

此言一出,唐舞麟不禁大吃一惊。

十个议会席位!要知道,整个议会也不过百余名议员而已。

就连巅峰时期的传灵塔,在明面上也没有掌握这么多的议会席位啊!

而且,重建史莱克城的费用固然是天文数字,给出十个议会席位也极有诚意,但这些都还不是最重要的。最重要的是,联邦竟然允许史莱克学院组建军团建制的私军。

这个意义就太重大了。这就相当于允许史莱克城彻底自治,从此不再受联邦的管辖。

自从日月联邦成立以来,这种情况还从未出现过。而以史莱克学院和唐门的底蕴,如果他们真的要组建一支军队,恐怕短时间内就能将这支军队武装到牙齿,再加上强者众多,这支军队绝对能够成为大陆最强之师啊!

可是,对于一个完整的联邦,对于一个统一了大陆的联邦来说,允许在内陆地区出现这样一支军事力量,这简直太不可思议了。

在余冠志提出想要回永恒天国的时候,唐舞麟甚至都以为余冠志就是传灵塔背后的人了,可当他听了余冠志提出的交换条件之后,他立刻意识到了面前这位不是。

因为,如果余冠志是传灵塔背后的人,他反倒不会出现在自己面前,向自己索要永恒天国了,因为他们也知道这是不可能成功的事情。

正因为面前这位不是,他才会如此光明正大地来要。唐舞麟此时已经判断出,恐怕这位中央军团军团长就是完全代表联邦的,并不属于其他任何一方势力。

这个条件不可谓不优厚,可是……

"抱歉，余将军。史莱克学院只是一所学院，并不想自治，也不需要军队。"唐舞麟毫不犹豫地拒绝了。

不是因为条件不好，而是因为条件太好了。

史莱克学院一向是中立的，可是，有了军队的史莱克学院还能保持中立吗？万一哪一代的史莱克学院领导层有了野心呢？

更何况，现在的史莱克学院实力强大，联邦允许史莱克学院有军队是好事，可如果哪一天史莱克学院衰落了呢？军队的存在很可能会成为其他势力攻击史莱克学院的最佳理由。

史莱克学院只是一所学院，绝不需要军队，在唐舞麟心中，这一点是毋庸置疑的。

听他这么一说，余冠志的表情反而放松了几分。他这次本来就是抱着试探的目的来的，最重要的一点，就是他先要确认史莱克学院的立场。

要知道，那天唐舞麟带着史莱克学院的众多强者前往传灵塔，并且一击重创了千古东风，震撼的是整个联邦啊！

那么强势的传灵塔，竟然在高端战斗力方面与史莱克学院相差了那么多，史莱克学院和唐门拥有的极限斗罗层次的强者恐怕已经快十位了。

这种情况在整个联邦的历史上都是从未出现过的，也令联邦十分担心。

一方势力强大到这种程度，已经快影响到整个联邦的统治了。

所以，余冠志这次前来，主要是为了试探。如果史莱克学院真的有要组建私军的想法，无论未来要付出多大的代价，他都一定会主张彻底毁掉史莱克学院与唐门，绝对不能再让一个像两万年前的武魂殿那样能颠覆联邦统治的势力出现。

而唐舞麟却拒绝得斩钉截铁，很显然，他们并没有那样的想法，这就让余冠志心中放松了许多，就连表情都变得柔和了几分。

"那唐门主，史莱克学院有何诉求呢？只要是联邦能够做到的，我们都会考虑。"

看着他脸上的表情，唐舞麟也意识到了他刚才的话很可能是试探，于是唐舞麟淡然道："余将军，史莱克学院和唐门现在需要的只是大陆的和平。人不犯我，我不犯人。联邦大可放心，在完成了对某些势力的复仇之后，史莱克学院只会是一所学院。当联邦需要的时候，史莱克学院必定会出现在维护大陆和平的战场上。"

余冠志笑了："唐门主，你虽然年龄不大，却比我想象的要老到得多，真是滴水不漏啊！我也不再绕圈子了，我这次来，有两个请求。第一，拿回永恒天国，将其作为这次对付深渊位面的核心武器。第二，唐门主可否将那件神器先借给联邦？毕竟它对于这场战斗来说实在是太重要了，不容有失。条件你随便提，只要是联邦能做到的，我都答应你。"

唐舞麟嘴角抽搐了一下，这还不止永恒天国，连黄金龙枪都要？

"余将军，我觉得，我们是不是应该商量商量要如何对抗深渊生物，而不是这些……"

余冠志正色道："我绝对是带着诚意来的。唐门主，联邦可以用三件以上的神器作为抵押，总价值绝不会低于你那件神器。我说了，作为交换，只要是联邦能够拿出来的，什么都行。"

唐舞麟苦笑着道："我知道您是带着诚意来的。永恒天国，我不能给您。在对于时机的判断上，我相信唐门和史莱克学院不会逊色于军方，在真正需要它的时候，我们更不会吝啬。至于我那件神器，就算给您，您也拿不走。"

余冠志微微一笑，道："真的吗？那我们打个赌如何？如果我能够将它带走，就当唐门主答应交换了。"

第一千六百六十九章
生命礼赞

唐舞麟也笑了:"不是借用吗?"

余冠志眼中光芒四射:"交换的话,联邦也可以同意。"

唐舞麟道:"如果您拿不走呢?"

余冠志微微一笑:"如果我拿不走,我便不再提这件事了,而且,中央军团会担负起全面守护史莱克学院与唐门营地的重任,之后的任何军事行动,我都会与你商量着来。"

唐舞麟心中暗叹,余冠志果然是老狐狸啊!这位从一开始的强硬到态度逐渐缓和,各种话语中都带着试探,还带着几分挑衅,忽而强硬,忽而亲和,不愧是鹰派的重要人物。

"好,那您就试试吧。"

在面对深渊大军的战场上,唐舞麟并不想趁着这次机会向联邦要求什么,发国难财这种事他是绝对不会做的。

他更希望大家能够精诚团结,共抗强敌。

说着,唐舞麟站起身,手中金光一闪,黄金龙枪就已经悬浮在了半空之中,枪身上隐隐闪烁着七彩光晕。

余冠志也站了起来,目光灼灼地看着面前的这件神器。他没有急于出手,而是仔细地观察了起来。

只见黄金龙枪修长的枪身两端都是尖的,中间粗如孩童的手臂,上面金色的龙形纹路若隐若现。两端的枪尖并没有光芒，金色的枪身整体都十分朴素，只有当那七彩光晕出现的时候，才会给人一种惊心动魄的美感。

"真不愧是神器！"余冠志由衷地赞叹道。

唐舞麟微微一笑，做出一个"请"的手势。

余冠志却看向他，道："如果我没看错的话，唐门主应该已经修炼到与这件神器心神合一的程度了吧？"

唐舞麟道："不久前侥幸成功。"

余冠志呵呵一笑，道："在这个世界上，哪里有那么多的侥幸啊？唐门主不愧是一代英才。看来不久之后，你就要成为下一位极限斗罗，甚至是下一位擎天斗罗了。"

唐舞麟还没有真正成为极限斗罗就能够重创千古东风这位传灵塔塔主，那么，一旦他突破到极限斗罗层次，他的实战能力估计就会达到准神的水准了。

若非深渊生物突然出现，恐怕传灵塔现在已经被史莱克学院彻底打垮了。

余冠志抬起右手，道："那我就不客气了。"

下一刻，只见在他的右手上，一层绿色光芒突然涌动起来。那是一种充满了生命气息的绿色，当它浮现出来的时候，整个房间内都充满了浓郁的生命气息。

唐舞麟的瞳孔骤然收缩，这可是极其纯粹的生命气息啊！论生命力的强大与纯粹程度，它甚至可以和生命古树的气息相媲美。

就在他感到震惊的时候，一只通体碧绿，宛如由翡翠雕琢而成的晶体手套已经套在了余冠志的手上。

这不是斗铠，那强大无比的生命力使唐舞麟这种修为和身体素质的人，都明显有一种通体舒泰的感觉。

要知道，他的身体强度甚至超越了准神啊！连他都会受到影响，这意味着余冠志这只手套必定也是神器级别的。

将手套释放出来后，余冠志的模样变年轻了。他毫不犹豫地探出右手，握住了黄金龙枪的中间部位。

黄金龙枪金光一闪，那碧绿色的手套同时也光芒大放，比先前强了十倍的生命气息迸发而出。

顷刻之间，那碧绿色的光芒弥漫在了整个黄金龙枪之上，黄金龙枪自身的气息居然就那样直接消失了，枪被这位中央军团军团长握在掌中提了起来。

余冠志顿时笑了："好枪，真是好枪啊！"他能够清楚地感觉到黄金龙枪之中所蕴含的强大的力量，隐约之间，他甚至感觉到自己的血脉都受到了这件神器的影响，有了要变化的意思。

唐舞麟吃惊地看着他，问道："您这只手套也是神器，它的作用是？"

余冠志也没有隐瞒的意思，微微一笑，有些得意地道："它叫生命礼赞，是远古时期，一位大能用最纯粹的生命之石打造而成的。据说，在打造这件神器的时候，那位大能动用了超过一吨的生命之石，只取了其中最核心的精华。作为辅助型的神器，它对魂师的修炼有着极大的好处。它能够对所有物体产生亲和力，任何器物、魂兽在被它接触之后，都会产生强烈的亲切感。放在以前，只要有它在，哪怕是普通人进入星斗大森林，都不会遭遇任何魂兽的袭击，只会成为它们的朋友。"

唐舞麟连连点头，赞叹道："没想到竟然还有这样的神器存在，果然是天下之大，无奇不有。"

余冠志有些惊讶地看着他，道："唐门主，你看起来一点都不心疼啊！难道说，你早就准备将这件神器交给联邦了吗？你放心，我答应的事情一定会做到。联邦还有几件神器，我们家族也有几件，都可以作为交换物，由你来挑选。"

唐舞麟的嘴角抽搐了一下。连神器都是几件几件的，这底蕴是何等深厚啊！联邦就算了，余家竟然也是如此，不愧是军方第一家族。

唐舞麟轻轻地摇了摇头，道："我只是觉得有些可惜，这么好的一件神器啊……"

余冠志愣了一下，可就在下一瞬，他突然脸色大变。

只见他手中的黄金龙枪突然变成了暗金色的，枪身上凸现出了一道道龙纹，就像是上面的一条条金色巨龙活过来了一般。

与此同时，一股强大的吸引力瞬间从枪身上爆发开来。此时此刻，这位中央军团军团长只感觉自己手中握着的不再是一件神器，而是一个黑洞！

生命礼赞蕴含的生命能量极其纯粹和庞大，在这一瞬间，这些能量都被黄金龙枪犹如鲸吞一般疯狂地吸收着。

而站在余冠志面前的唐舞麟，身上绿色光芒大放，生命气息暴增，就连外面的生命子树也受到了影响，所有树叶都亮了起来。

不好！余冠志心中暗叫一声，赶忙向唐舞麟道："唐门主，快收手。"

唐舞麟苦笑着道："是您应该赶快放手才是，这可不是我干的啊！神器有灵。"

余冠志这才意识到问题所在，赶忙松手，想放开手中的黄金龙枪。可惜，他想放，黄金龙枪却不干了。它就像完全粘在了生命礼赞上一样，任凭他怎么使劲，也无法分开它们。

余冠志全面催动魂力，试图将黄金龙枪震开，可是，他不催动魂力还好，一催动魂力，就连他的魂力也被吸收得一干二净了。

他甚至觉得，不仅仅是生命礼赞的生命力，就连他的生命力都被吞噬吸收了。

"这玩意儿也太霸道了。"深受震撼的同时，余冠志当机立断，用力一甩，将生命礼赞连同黄金龙枪一起甩了出去。

换个人可能还会犹豫，但身为军人，他很清楚当机立断的重要性，再犹豫的话，恐怕自己的修为都会受到影响。

黄金龙枪悬浮在半空之中，阵阵清越而愉悦的龙吟声响起。

第一千六百七十章 吞噬神器

生命礼赞化为了一团绿色的胶质物,它迅速蠕动着,想从黄金龙枪上面挣脱开来。可是,黄金龙枪又哪里肯给它挣脱的机会啊!

任生命礼赞如何扭动、挣扎,黄金龙枪上的光芒都只是变得越来越耀眼,而随着生命气息被吞噬,生命礼赞则变得越来越暗淡了。

"唐门主,这……你不能阻止吗?"余冠志哭笑不得地看着这一幕,这可真是赔了夫人又折兵啊!

在来这里之前,他是万万没想到会出现这一幕的。

唐舞麟不禁苦笑着道:"我也想阻止,可我做不到啊!您想想,它能够吞噬那么多深渊能量,对于它来说,我其实就是个载体。它想干的事,就连我也阻止不了。神器有灵,它们也会进化。对于黄金龙枪来说,它每一次吞噬生命能量的过程其实都是进化的过程。它只会留下那些生命能量之中最精华的部分,用来滋养自身。作为载体,我会帮它吸收一些生命能量,在平时它也会吸收一些。它很喜欢您这生命礼赞,所以,我也没办法阻止它这么做。这就像小孩子得到了心爱的玩具后,大人不能将玩具拿走,否则小孩子就会发脾气。咱们对付深渊生物时还得指望它呢,这时候我也不能得罪它啊,您说是不是?"

余冠志的嘴角连连抽搐,什么叫"是不是"?我说不是有用吗?

这叫什么事儿啊!

他现在真的是欲哭无泪,生命礼赞这件神器可是他们家族的,不是联邦的,谁给他报销？就算他是当代族长，损失这么一件神器也着实让他心疼得不行。

"唐门主，这你要赔我啊！"余冠志一脸苦笑。

唐舞麟道："那您看我该怎么赔啊？我们史莱克学院和唐门都是小门小户的，可没有其他神器啊！"

余冠志差点破口大骂，史莱克学院和唐门还是小门小户？传承了两万年的小门小户？

不过，在这个时候，他可不会真的发火，只是长叹一声，一脸悲怆地道："自从我继承了族长之位后，生命礼赞就一直跟随着我，对于我来说，它不仅仅是一件神器，更是伙伴、朋友、兄弟、家人。唐门主，我真的舍不得它啊！"说着，这位军团长竟红了眼圈。

这演技……服了。唐舞麟不禁腹诽，前一刻您还没这么悲伤好不好？这真是让自己强行酝酿情绪啊！这水平也太高了吧？

唐舞麟一脸的无奈："可是我也没办法啊！您看这事儿闹得……而且，这是您自己要求的，我可没有神器能赔偿给您啊！"

余冠志又长叹一声，道："事已至此，我还能说什么？关键是我无法向家族交代啊。唐门主，你看这样行不行，我也不要什么神器了，听说您是锻造界的超级天才，天锻速度史无前例，不如就随便给我们家族的人锻造几套四字斗铠用的金属吧？这神器的损失，我就自己承担了，之后我再去向家族负荆请罪。"

唐舞麟呆呆地看着这位，这脸皮厚度真是……

四字斗铠用的金属，还几套，像说大白菜一样，仿佛自己一甩手就能有似的。

"一套。"唐舞麟一脸无奈地看着面前这位。

"成交。"余冠志毫不犹豫地就答应了。

生命礼赞被吞噬是他意料之外的事情，但在来之前他就已经有了自己的计划和想法，其中最重要的一点就是绝对不能和唐舞麟交恶。而这最重要的原因之一，就是这位是当今天下唯一可以进行天锻的神匠啊！

他作为大家族的族长，不为自己着想也要为下一代着想啊！四字斗铠的重要性毋庸置疑。

余冠志其实根本就没有想过能要回永恒天国，有唐舞麟这个神匠在，只要给他充分的时间，未来的史莱克学院和唐门绝对会在他这一代达到最鼎盛的时期。

试想，如果史莱克学院所有封号斗罗以上层次的强者都有四字斗铠，那将是一个怎样的情况？那绝对是任何势力都无法企及的。

说得难听点，唯有等唐舞麟死了，这个时代过去了，史莱克学院才会有被压制的可能。

伴随着他重创千古东风的那一击，属于史莱克学院的新时代就已经到来了。

生命礼赞的最后一点光芒也彻底消失了，而黄金龙枪仿佛在欢呼雀跃一般，随即便化为一道金光，进入唐舞麟的眉心之中消失不见了。

唐舞麟自身的生命气息也随之内敛，到了他现在的修为层次，他想控制自己的气息还是十分容易的。

以锻造一套四字斗铠用的金属为代价，让黄金龙枪吞噬了一件神器，还是值得的。

他此时能够清楚地感觉到生命古树的兴奋之情。这种最为纯粹的高层次的生命能量正是生命古树最希望获得的，是促进它升华、质变的最重要的存在。

外面的生命子树在这短短的时间内足足长大了一倍，连树冠都已经有超过五十米高了，一副欣欣向荣的样子。在这夜幕之下，连附近的山峰上都开始有各种植物生根发芽了。

也就是说，吞噬这么一件具有生命属性的神器，对于生命古树来说，比白天吞噬那么多深渊生物的生命能量的效果都还要好。

唐舞麟隐隐感觉到，就算是吞噬了准神层次的深渊生物的生命能量，估计效果也不过如此。

更重要的是，他感受到了来自生命古树的反哺，他自身的生命力正急剧提升，似乎已经无限接近于大师兄无漏金身的状态了，差的只是最后的突破而已。

余冠志长叹一声，羡慕地看着唐舞麟，苦笑着道："看来，我这次来的目的是全都达不到了。唐门主，针对这次战斗，你有什么看法？"

如果说前面的一切都是他计划中搂草打兔子的环节，那么，现在他才算真正进入正题。

看了史莱克学院的唐舞麟和四大极限斗罗力战三大准神的视频，余冠志很清楚，想战胜深渊位面的话，绝对少不了史莱克学院和唐门的支持。

唐舞麟道："我们的初步作战目的已经达到，没有让深渊生物再继续深入。但是，在如此短的时间内，黑帝就已经出现了，这意味着这次深渊位面的入侵规模很可能会超过六千年前的那一次。在深渊位面，黑帝排在第九位，前面的任何一个都要比她强大，这绝对是非常恐怖的一件事情。我们必须集中全力，尽快将深渊通道封印住。我们唐门和史莱克学院的大部分战斗力都已经到达了，随时可以准备行动，剩下的就看联邦这边了。"

余冠志深以为然地点了点头，道："我已经从血神军团那边得到了封印法阵的图纸，现在正在让人加班加点地赶制它需要的所有物资。但是，想刻画法阵，还需要各位的帮助。稍后我会让人将图纸给你送过来。"

闻言，唐舞麟心中一动。这图纸的珍贵程度，他可是很清楚的，那也是联邦最高机密，这位中央军团军团长如此轻易地就让自己看图纸，这可是相当不容易的一件事啊！

唐舞麟知道，余冠志还是军部的副部长，这一点，他和陈新杰是一样的。

第一千六百七十一章 师伯的好朋友

"好,我们全力以赴。"唐舞麟一口答应下来。

余冠志道:"按照时间计算,我们所有兵力全部集结恐怕还需要十天时间。防线已经全面巩固了,等人到齐了,我们就开始进攻。唐门主,你这边对于深渊生物的生命能量的吸收有没有极限?如果我们大范围杀伤深渊生物,会不会让它们的生命能量逃走?"

他说出这话,无疑是准备随时调动大规模杀伤性武器。

唐舞麟道:"目前还不知道极限在哪里,应该问题不大。这棵生命子树是咱们整个斗罗大陆位面自然之种的一部分,它最渴求的就是生命能量。事实上,我用黄金龙枪吸收的生命能量都传递给了它,我只是起到一个桥梁的作用。所以,我自身的承受能力不会有任何问题。"

余冠志道:"那好。等到决战的时候,就需要你这边配合,我们也会全力保护你的安全。唐门主,你不需要战斗,只要能够将我们击杀的深渊生物的所有生命能量都吸走,你就是最大的功臣。这次,希望我们不只是能够击退深渊生物,更能彻底将它们重创,让它们再也不敢入侵我们位面。"

唐舞麟坚定地点了下头:"正是如此。您放心,我们会全力配合。"

和六千年前最大的不同就是,现在他们终于有了能在真正意义上削弱深渊生物的办法。

余冠志道:"后续的作战方案我们都会与你这边商量,那我就先走了。哎,唐门主，你可别忘了我的四字斗铠啊，不然我真的不好交代。还有，以后你如果准备收钱锻造的话，优先考虑我们。你锻造出来多少，我们就要多少。"

唐舞麟不禁苦笑："余将军，咱能不能别把锻造四字斗铠用的金属说的跟买菜似的？"

余冠志哈哈一笑："怎么会？哦，对了，我跟你师伯可是好朋友，我们从小一起玩到大的。不看僧面看佛面。"

"师伯？震华师伯？"唐舞麟顿时有种被卖了的感觉，难怪眼前这位知道自己的天锻速度史无前例。

余冠志站起身，道："可不就是他吗？本来我们还想要聘请他作为家族顾问，却被他拒绝了。或许你还不知道，当初你师伯刚进入锻造师协会的时候，都是我们资助的。"

唐舞麟心中一凛，这些大家族果然都很不一般啊！

"余将军，有件事我必须提醒您一下，十天有点太久了。如果可以的话，越快发动总攻越好。我总有种不好的预感。深渊位面这次做的准备，很可能比我们想象中更加充分，否则的话，它们不会直接发动攻击。还有，最重要的一点是，我们不知道这个通道出口究竟打开了多久。"

余冠志脸色微微一变，郑重地点了点头："正是如此，我会催促各方尽快集结兵力。我也要提醒你一点，军方这边，也不是我完全说了算的。部长恐怕会有一些不同的意见。虽然他不会直接参与战场指挥，但所有的后勤补给、调派都是他负责。西方军团、西北军团都是他直属的势力，北海军团也和他关系密切。"

唐舞麟送走了余冠志，脸色也随之变得凝重起来。虽然这位中央军团军团长没有明说，但他听得出其话语中的意思。

日月联邦军部的全称是日月联邦军事委员会，实行委员长负责制，负责人被称为委员长，也被称为部长，在联邦有着举足轻重的地位。

陈新杰故意泄露关于永恒天国的消息，使永恒天国被唐门和史莱克学院获取，之后他决定淡出军方，军方真正的主事者就只剩下两位。虽然这次陈新杰决定回归，但和当初相比，还是有所不同。在他离开的这段时间里，他原本的势力中已经被安插了许多人手。

最重要的是,唐舞麟从余冠志的话语中听得出,三大巨头之中,他不是传灵塔背后之人。陈新杰更不可能是。那么,剩余的就只有日月联邦军事委员会那位军部部长了。

而且余冠志特意指出那位军部部长的势力包括三大军团,那么,毫无疑问,从军方角度来看,这三个军团就全都是支持传灵塔的了。

唐舞麟心中怎能不叹息?好不容易找到的机会,而且是正大光明上门,就这么被耽搁了。从各方面来说,在那个时候,就算是站在传灵塔背后的势力也不可能去帮千古家族。

这么好的机会就是因为深渊大军的突然入侵而被破坏了。无论这次与深渊大军的交战情况如何,未来再想找到这样的机会恐怕就难了。

输了,当然万事皆休,整个斗罗大陆恐怕都将不复存在。即便赢了,作为大战参与者的传灵塔也必定会是功臣之一,有军方大佬支持,安点荣誉给他们并不困难。到时候,史莱克学院和唐门再想要对传灵塔动手,就将承受巨大的舆论压力。唐舞麟自己无所谓,可他不能不考虑学院和唐门啊!

不得不说,传灵塔的运气真的很好。如果再给唐舞麟一次机会的话,或许他当时就会毫不犹豫地对传灵塔下手吧。

高速公路上,一辆辆军车呼啸而过。周围高速公路的入口已经全部封闭,名义上是进行高速公路检修。

为了不引起民众恐慌,联邦已经彻底进行了媒体管制,封锁一切有关北方的消息。所以,哪怕是媒体方面的一些消息灵通的人士,现在也只是知道联邦在大量调遣军队。

而这样的情况之前也发生过,那就是在将要针对星罗、天斗两国派兵的时候。

第一次铩羽而归,第二次未能成行,所以,媒体对这些军事调动也习以为常了。私下里很多人都在传,联邦又要对星罗、天斗两国用兵了,所以才严密封锁消息,不让确切消息传出去。

大陆内部依旧是一片祥和,对于联邦出兵这种事,绝大部分民众都只会感到兴奋，毕竟，在他们心目中，联邦一直都是整个星球上最强大的，没有任何对手可言。

此时，就在一辆超大的军车之中，坐着一些人。

这辆军车内部十分豪华，有一圈宽大舒适的沙发，还有桌子、卫生间。甚至在最前面，还有用来休息的床铺。

整个车内就算装十几个人也显得非常宽敞。

而此时，在这车内的人却并不多。

古月娜穿着笔挺的白色军服，军服将她完美的身材勾勒出来，配上她那银发银眸，银发整齐地梳拢成马尾辫垂在脑后，看上去多了几分英气。在她的肩章上，赫然是一颗将星。

车上还坐着几个人，而床铺上则躺着一个人。

躺着的是千古家族的继承人千古丈亭。只不过，他现在看上去睡得很沉，脸上还带着非常满足的微笑。

第一千六百七十二章 古月娜的计划

古月娜坐在沙发上,闭着双眼,但从她偶尔颤动的长睫毛就能看出,她并没有睡着,可能是在冥想,也可能是在思索着什么。

除了她之外,旁边还有几个人,其中一个是有着长长的黑发,脸侧有一缕金发,肩膀上挂着大校军衔的男子。

"主上,这次我们真的要帮助人类对抗深渊生物吗?"黑发男子沉声问道。

古月娜依旧闭着双眼:"皮之不存,毛将焉附。如果连斗罗大陆都没有了,我们在什么地方生存?当初,我与深渊生物接触过。这些深渊生物非常可怕,比人类还要贪婪百倍,它们吞噬一切可以吞噬的生命能量。无论如何都不能让它们来到这个位面。在这一点上,我们与人类有着共同的敌人。

"而且,对我们来说,这未尝不是一次机会。当初,龙神进化,有两根肋骨化为了金银两柄龙枪。能够吞噬深渊生物的生命能量的不只是黄金龙枪。而深渊位面的层次犹胜于斗罗大陆位面,如果能够吞噬足够的生命能量,说不定我就能够恢复一些龙神的力量。"

黑发男子沉默了一下,道:"这确实是个好机会。如果能够将唐舞麟也一起吞噬,主上,您一定能够重新成神。到了那时候,人类再怎么强大都只能任由我们揉捏。这个机会真的不能再错过了。"

听了他这句话,古月娜终于睁开双眼,目光灼灼地看向黑发男子:"我需要你教我怎么做吗?"

黑发男子脸上露出一抹苦笑，轻轻地摇了摇头："主上，我知道不该说，您也有自己的想法。可是，在唐舞麟这件事情上，您实在是太优柔寡断了。当断不断反受其乱。唐舞麟的成长速度已经超出了我们的预估，而且他身边帮手众多，现在就算是我，也没有把握一定收拾得了他。

"金龙王继承的是龙神的身躯以及所有负面情绪。一旦金龙王的力量和他彻底融合，到了那时候，恐怕就算是您也制不住他。他的杀戮与毁灭的意念一旦释放出来，那绝对是一场大灾难。"

古月娜淡淡地看了他一眼，道："你不就是希望这样一场大灾难到来吗？在这个世界上绝大多数都是人类，就算他带来了灾难，也是带给人类的。"

黑发男子愣了一下，而后说道："主上，您……"

古月娜摆了摆手："不用说了，我自有主意，也早已制订好计划。龙神，会回来的。"

她的情绪丝毫没有受到黑发男子的影响。从她的眼神之中，周围几人更清楚地看到了她的坚定与执着。

黑发男子没有再继续说下去，他知道，这种状态下的古月娜是没办法劝说的，再说什么都毫无意义。

古月娜重新闭上双眼，脑海中不由自主地浮现出他的样子，那天，近距离地看到他，尤其是看到他的眼神的时候，她突然很心痛。

那是一种充满了思念，又充满了悲伤的眼神，仿佛是在问她，为什么不和他在一起。

或许，他猜到了一些什么吧。

如果说，早年是因为他不够强大，自己还可以借此推托，那么，现在的他已经真正强大起来，有着唐门和史莱克学院作为后盾的他，在这个世界上根本无人能及，自己还能找什么其他理由呢？

可自己依旧没有回到他身边。因为，现在的自己，真的不能啊！

舞麟，计划是真的，我早已有了自己的想法。无论你怨我、怪我，都只能这样。因为，这是我能想到的唯一办法，我毕竟是和你站在对立面的银龙王啊！或许，实现我的计划，才是最完美的结局吧。只是，你知道吗？我真的好想和你在一起，每时每刻都在你身边。

古月娜下意识地抿紧红唇，双手不自觉地握了起来。再过不久，应该就又能见到他了。至少，在和深渊大军的战斗中，终于可以再次和他并肩作战了。或许，这将是自己和他最后一次亲密接触，最后一次并肩作战了。

珍惜接下来的每一天吧。至少，距离自己完成最后的计划还有一段时间。无论最终会是怎样的情况，至少在那之前，自己还是自己，还可以近距离地接触到他。

深渊大军比联邦想象中要平静得多。随着联邦军队不断地进驻北方，被深渊大军偷袭的可能性也越来越小。

东海军团、海神军团先后抵达，与北海军团一起，封锁了整个海面。

陆军方面，除了离得太远的南方军团之外，北方军团、中央军团、西方军团、西北军团已经全部集结完毕。

联邦八大军团已到七个，就差一个南方军团了。

不仅如此，就连血神军团军团长明镜斗罗张幻云都率领着一支精锐队伍赶来了，人数不多，但全都是有着丰富的和深渊生物作战经验的精英。

在联邦军队中，与深渊生物打交道最多的就是他们，毫无疑问，在这个时候，他们能带给联邦军队很多宝贵的经验。

唐舞麟等人一直都驻扎在那座生命子树生长的山峰上。生命子树正茁壮成长，已经能够从很远的地方看到它了。

哪怕感受不到它的气息，只看着它，都会给人一种心神宁静的感觉。

那浓郁的生命气息也似乎成了全军的主心骨。

中央军团就驻扎在这座山峰周围，最强大的防御魂导器都布置在这附近。余冠志说话算数，真的是全力配合对生命子树的防御工作。

防御阵线已经变得十分牢固。加上其他几个军团和源源不绝运送过来的后勤补给物资，可以说，现在整个联邦，乃至整个斗罗星最强大的兵力都集中在了这个地方。

来自战神殿和传灵塔的强者，以及军方临时从各大魂师组织调动的强者都云集于此，这无疑是联邦军队的最强阵容了。

一个临时搭建起来的作战总指挥部就坐落在中央军团防御阵地内。此时，作战总指挥部内聚集了许多人，十分热闹。

作战总指挥部的会议桌足有十几米长，能够坐三十多人。

此时，这长桌周围已经坐满了联邦的强者。很多少将，甚至是中将军衔的人，也只能站着。

长桌主位上，并肩坐着两人，都是上将，正是瀚海斗罗陈新杰与神笔斗罗余冠志。

军方三位大佬来了两位，而且这两位都是极限斗罗层次的强者。

在他们的左手边，来自各大魂师组织的代表一字排开。位于左侧首位的，是来自史莱克学院与唐门的代表，两大组织的话事人，龙皇斗罗唐舞麟。

史莱克学院和唐门的人，就只有他一人坐着，在他身后不远处，站着足足四位极限斗罗。

第一千六百七十三章
强者云集

唐舞麟身后的四位分别是原恩震天、原恩天宕、桐宇以及唐门的臧鑫。

没错，四大极限斗罗！

就像在出发之前无情斗罗曹德智说的那样，到了前线战场，无论在什么地方，唐舞麟身边都要有四位极限斗罗守护才行。

所以，当他带着四位极限斗罗来到作战总指挥部的时候，顿时引起了众人的注意。

极限斗罗当然是有资格坐着的，可人家这几位就很自然地站在唐舞麟身后不远处，对于其他人全部视若无睹。只有臧鑫和一些熟人打着招呼。

在唐舞麟旁边坐着的则是战神殿新任殿主极限斗罗关月，再之后才是少了一条手臂的传灵塔塔主千古东风。

从表面上，完全看不出千古东风和唐舞麟有深仇大恨，这位的城府不可谓不深，表情十分平静，就像周围的一切都与他无关。

在他之后的是本体斗罗阿如恒，事实上他也是来自史莱克学院。

牧野不久前也到了，但他已经正式将本体宗宗主之位传给了阿如恒，所以自然由阿如恒代表本体宗前来。

在战神殿的时候，阿如恒已经证明了他那无漏金身的强大，所以，本体宗这次只是排列在传灵塔之后，成为第五大组织。可以说，这是近千年来本体宗第一次有了这样的地位。

本来泰坦巨猿家族也可以有如此地位，但原恩震天执意表示自己是史莱克学院的一员，不单独以家族身份参与这种会议。

阿如恒后面，就是一些大的魂师组织的领袖了。

其中很多魂师组织都是传承多年、极有名望的大家族，譬如，唐舞麟曾经冒充过的蓝电霸王龙家族，还有曾经在大陆上叱咤风云、被誉为当世第一辅助系魂师家族的七宝琉璃塔家族。

其中，有一个家族引起了唐舞麟的注意，因为，从某种意义上来说，他与这个家族有着千丝万缕的关系。这个家族名叫昊天宗！

当昊天宗宗主，一位四十多岁的中年人出现的时候，坐在左侧首位的唐舞麟心头不禁震了震。

昊天宗是哪个家族？他父亲唐三就来自这个家族。这个家族与蓝电霸王龙家族、七宝琉璃塔家族合称三大世家，都是在唐三叱咤风云的那个时代的强大家族，都是魂师界古老的家族。昊天宗历史之悠久，还要超过唐门和史莱克学院啊！

后来很多同时期的家族都逐渐没落甚至是消失了，唯有这三大家族还传承了下来。可想而知，他们的底蕴有多深厚。

只是和本体宗一样，每个家族都有着这样或那样的问题，都已经有很多年没有出现过极限斗罗层次的强者，自然而然就导致了家族的逐渐衰落。

尽管如此，当唐舞麟看到了昊天宗的宗主时，还是不由得心生亲近之意。

无论是他的父亲唐三、爷爷唐昊，还是曾祖唐晨，都是来自这个家族。

昊天宗的昊天锤，在唐三那个时代被称为最强强攻系器武魂啊，也是唐三的两大武魂之一。

可惜的是，唐舞麟只传承了唐三的第一种武魂蓝银草，并没有传承唐三的第二种武魂昊天锤。

在主位右侧一方，则是众位将军了。像北方军团军团长郭镇峰，也只能坐在这一侧的最后方。没办法，谁让他的资历最浅，北方军团又实力最弱呢？

坐在右侧首位的是一名老者，肩章上同样有三颗将星，这人相貌显得十分凶恶，皮肤黝黑，一双铜铃般的大眼睛略微突出，很有几分青面獠牙的味道。

他能够坐在军方将领这边的首位，无疑意味着在场的将领中，他的地位仅次于瀚海斗罗陈新杰和神笔斗罗余冠志。

这位就坐在唐舞麟对面，此时正一脸严肃地打量着他。

极限斗罗董子安是西方军团军团长，同样是军方大佬，曾经被誉为军方第一悍将，武魂是青面狼，封号是凶狼。

事实上，青面狼只是一种非常普通的武魂，可正是因为如此，这位才曾经在军方闯下赫赫威名。

众所周知，魂师的武魂品质越高，修炼到高层次的可能性就越大。而要将青面狼这种普通武魂修炼到极限斗罗层次，其中的艰难可想而知，而且这也意味着其武魂必有变异。如果没有变异的话，是不可能达到极限斗罗这个层次的。

西方军团极为强大，在联邦陆军之中，实力仅次于中央军团。坐镇西陲的他们，从某种意义上来说，是血神军团的后援。一旦血神军团镇守深渊通道出现问题，第一时间前往支援的就是西方军团。

这位凶狼斗罗看上去年纪不小，实际上只有六十多岁。传闻他是陈新杰的继承人，下一步有可能进入战神殿。

在他之后，是唐舞麟的老熟人，血神军团军团长，明镜斗罗张幻云，上将军衔。

再之后则是西北军团军团长，这是一位看上去很儒雅的中年人，上将军衔，总是一副笑眯眯的样子，给人一种十分平和的感觉。

可熟悉这位的人都知道，这位狡猾如狐，被誉为军中智将，统率西北军团多年，将西北军团管理得非常好。

联邦之中，中央军团、西北军团、西方军团被称为陆军三大军团，海神军团、东海军团、北海军团则被称为三大海军。

相对来说，南方军团和北方军团的实力就要弱一些。

北方军团是因为镇守极北之地，没有什么太需要防御的地方，而且位置偏僻，资源调配也困难。

而南方军团则是因为和海神军团在一起，有海神军团在，南方军团自然不可能太强势。毕竟，在所有军团之中，唯有南方军团是直属于家族的，一旦出现极端情况，神圣天使家族的命令甚至要比军部的命令更有效，所以来自联邦的资源就会相对少得多，一直是由神圣天使家族贴补。

如果从实力来看，从强到弱排名依次是中央军团、海神军团、西方军团、西北军团、东海军团、北海军团、南方军团、北方军团。

西北军团军团长是超级斗罗尹墨殇，武魂是银霜画戟。这位虽然不是极限斗罗，但因为西北军团的地位，所以，他坐在张幻云之后。

坐在他之后的，是无情斗罗曹德智，同样是上将军衔。现在的他也身穿上将军服，此时他代表的不是唐门，而是血神军团血神营。

曹德智之后，才是北方军团军团长郭镇峰。

这几位军方大佬之后，就是各个负责后勤、侦察等工作的部门的军方高层了。

可以说，在这里，云集了当今日月联邦的顶尖强者和军方绝大部分高层。

在这临时搭建的作战总指挥部内，有超过十位极限斗罗。如此盛况，哪怕是在日月联邦也是极为罕见的情况。

第一千六百七十四章 军事会议

外围还站着许多军方高层以及来自各方势力的代表。原本还有些人因为自己没有座位而不满,可当他们感受到唐舞麟身后四位极限斗罗的气息之后,就没有任何异议了。

连极限斗罗都站着,谁还敢说什么?

经过与传灵塔一战,再加上此时的状况,谁都知道,史莱克学院和唐门已经恢复到了巅峰状态。

余冠志看了一眼身边的陈新杰,陈新杰向他点了点头。

这位神笔斗罗这才咳嗽一声,全场很快安静下来。

余冠志看向左手边来自各大魂师组织的代表,沉声道:"首先,我代表军方,欢迎来自各大魂师组织的代表,感谢你们在此次大陆危难关头与联邦同心协力,共抗强敌。"

众人纷纷颔首致意。

余冠志接着道:"有关深渊位面的情况,相信大家都已经看过资料了。敌人远比我们想象的强大,这种层次的对手,别说诸位,我在有生之年也是第一次遇到。我们掌握的有关深渊位面的所有资料都来自六千年前那场大战以及几千年来镇守着深渊通道的血神军团。

"在这里,我要代表军部嘉奖北方军团。他们为了阻击强敌,牺牲了几万人。郭军团长更是身先士卒,险些也战死沙场。在明知不敌的情况下,他们视死如归，没有后退一步，在军功薄上留下了浓墨重彩的一笔，这样的精神值得全军学习。"

余冠志这番话说得慷慨激昂，郭镇峰的嘴唇抿得紧紧的，眼圈通红。那可是他的几万名弟兄啊！

"郭军团长，我代表军部，谢谢你。"说着，余冠志站起身，向郭镇峰行了个标准的军礼。

郭镇峰立即起身，立正行礼："总指挥，我个人不要任何嘉奖，请联邦将所有奖励都发放给战死将士的家属们。将士们都是好样的，所有的荣耀都应该属于他们。"说到这里，这位北方军团军团长的泪水终于控制不住，流淌而下。

"我们的军人已经在流血，联邦绝不会让他们的家人再流更多的泪水。我向你保证！"余冠志正色说道。

"谢谢总指挥。"

两人重新落座。

余冠志的目光从众人脸上扫过，他沉声道："现在我们的兵力已经集结得差不多了，南方军团也将在数日后抵达。我们不能再等下去，因为我们都不清楚目前究竟有多少深渊位面的强者来到了我们斗罗大陆。我们要尽可能毕其功于一役，将它们彻底消灭。"

说到这里，他停顿了一下，目光转向了坐在左手边的唐舞麟："视频和资料大家都已经看过了。唐门主的神器黄金龙枪，是目前我们拥有的唯一能够对抗深渊生物的武器。和六千年前相比，我们是幸运的，至少我们在战场上拥有真正能削弱敌人战斗力的能力。所以，我提议，在接下来的决战之中，以唐门主为核心，在全力杀伤深渊生物的同时，削弱它们的战斗力。如果大家没有异议的话，接下来我讲一讲作战方案。"

在这个时候，黄金龙枪能吞噬深渊能量的事情自然是不可能隐瞒的，因为这将是联邦对抗深渊位面最强有力的武器。

唐舞麟认为这是责无旁贷的事情。对于生命古树来说，这同样是个好机会。何况，这次来了很多唐门和史莱克学院的强者，足以护他周全。

目前看来，除了深渊圣君之外，就算是其他在深渊位面中排名靠前的帝级强者，想要伤害唐舞麟也没那么容易。毕竟，他身边有众多极限斗罗，更有生命子树。

"等一下。"就在余冠志要继续说下去的时候，一个声音突然响起。

众人不约而同地看向那声音传来的方向，说话的是传灵塔塔主千古东风。

余冠志眉头微蹙，道："千古塔主有什么不同意见？我必须提醒你的是，现在大敌当前，无论有什么私人恩怨，都要放下。如果谁因为个人因素影响到了全局，那就是联邦的罪人。"

千古东风淡然一笑："总指挥先别急着扣帽子，既然总指挥请大家前来商议作战方案，那么，总要有个商议的过程，也不能不让人说话不是吗？"

余冠志眼中光芒一闪，道："千古塔主请说。"

千古东风道："从一切资料来看，我都没有异议，当然也同意要立刻展开行动，尽快消灭深渊生物。但是，如果说只是以唐舞麟一个人为核心，我觉得倒是有些过了。一旦他出了问题，岂不是会导致满盘皆输？"

"哦？千古塔主认为会出什么问题？"余冠志平静地问道，但熟悉他的人都知道，这位军方大佬越是平静，就表示他的心情越是不太好。

千古东风也没有卖关子，微微一笑，道："是这样的，总指挥。除了唐门主的黄金龙枪之外，我们传灵塔也有一件神器能够吞噬深渊能量。所以我才会提出，不应该以唐门主一个人为核心。"

此言一出，作战总指挥部内顿时出现了轻微的骚动，就连唐舞麟脸上也露出一丝惊讶之色。

传灵塔也有能吞噬深渊能量的神器？如果传灵塔有这样的神器，六千年前为什么不拿出来？他扭头看向千古东风。

千古东风却没有看他，只是看着余冠志。

"如果你能证明传灵塔确实有这样的神器的话，这对于本次战斗来说当然是大好事。"余冠志毫不犹豫地说道。

从整体局势来看，一个核心当然不如两个核心灵活有利。

千古东风一抬手，站在他身后不远处的一个人缓缓走了出来。

唐舞麟因为正扭头看向他这个方向，自然一眼就看到了来人。

事实上，唐舞麟早就感觉到她来了。只是因为此时的局面，他才不能过多地去关注她。

古月娜来到千古东风身边，抬起右手，一道璀璨的银光出现，化为长枪出现在她手中。

当这柄长枪出现的时候，空气中的元素分子顿时变多了。

毫无疑问，这是一件神器。

白银龙枪！

看到这柄长枪，唐舞麟不禁恍惚了一下，这分明是娜儿当初使用的白银龙枪啊！自从古月和娜儿发生变化之后，他心中一直有一个不解之谜。此时看到白银龙枪，他心中不禁百感交集，一时间出现了剧烈的情绪波动，以至于身体周围险些出现轻微的思绪具象化的画面。

幸好他发现得及时，立刻控制住了自己的情绪波动，才没让当初他和娜儿一起在海边看明月的那一幕呈现出来。

千古东风道："古月娜是我们传灵塔四位传灵使之一，刚刚因为修为提升，升为传灵塔副塔主。她的白银龙枪，刚好也对深渊生物有很好的压制效果，一定能够在战场上发挥出巨大的作用。所以，我认为她也应该成为核心之一。如果各位关注过当初传灵塔举办的那场比武招亲的话，应该就看到过……"

第一千六百七十五章
内部交锋

说到这里,千古东风停顿了一下,目光终于转向了唐舞麟这边,微微一笑,道:"当初,唐门主可是输给了我们传灵塔这位银龙公主。在大家的神器都有能力击杀深渊生物的情况下,是不是更应该以古月娜为核心呢?"

此言一出,作战总指挥部内顿时响起了一片议论声。

唐舞麟曾经输给古月娜是不争的事实,当时是全程直播的,史莱克学院也是趁着那次比武招亲开始崛起的。

余冠志沉声道:"此事非同一般,不是儿戏。千古塔主,你有把握这白银龙枪也能击杀深渊生物?"

千古东风从怀中摸出一个小型的魂导器放在桌上,在魂导器上一按,顿时,一幅全息影像投射出来。

那是一道银色身影,背后有巨大的银色双翼,闪耀着七彩光晕的银色斗铠覆盖全身,看上去是如此华丽。

半空之中,她犹如一道银色闪电般掠过,下一瞬,她就已经从侧面闯入了深渊大军之中,所向披靡。大量浓郁的灰黑色气流升起,却很快就消失了。

只见她身上不断炸开一团团七彩光芒,击杀着周围的深渊生物。这次更能清楚地看到,那些灰黑色气流一出现,立刻就被她手中的长枪所吞噬。

下一瞬,她口中发出一声长啸,猛然腾空而起,瞬间升入半空之中。

视角向下,众人能够清楚地看到,一个直径超过三千米的巨大洞穴出现在极北之地,在这洞穴周围,甚至冰雪无存,只有大片大片的灰黑色气流向周围蔓延开来。

密密麻麻的深渊生物无法计数。此时,因为她的出现,大量的高等深渊生物朝着她的方向蜂拥而至。而空气中,早已弥漫着浓浓的灰黑色气流。

银色身影掉转方向,背后青光一闪,一团耀眼的青色光芒炸开,化为巨大的推力,几乎是瞬间就令她的速度突破了声障,她眨眼间远去,拉开了和深渊通道的距离。

影像到此为止。整个过程不过几十秒而已,却将千古东风想要展现的东西完全展现了出来。

毫无疑问,那身穿斗铠,而且很明显是四字斗铠的,正是面前这位银龙公主古月娜。她竟然以一己之力前往深渊通道来证明白银龙枪的作用。

千古东风傲然道:"大家都看到了,这就是白银龙枪的作用,相信绝不会逊色于唐门主的黄金龙枪。而且,古月娜勇于前往前线。接下来我会将刚刚这段影像交给作战总指挥部进行分析,这是目前我们所能拿到的有关深渊通道的第一手资料。"

千古东风说得没错,这是第一次真正有意义的侦察。

联邦先前也派遣过一些侦察机去极北之地侦察,但全都是有去无回。对于这场战斗来说,这份影像资料确实是弥足珍贵的。

"这份资料确实很珍贵,对我们接下来的行动非常有利。"凶狼斗罗董子安缓缓开口说道。

这位的声音有些怪异,听起来非常嘶哑、难听。

董子安呵呵一笑,道:"两个核心确实比一个要好。而且,现在的魂导科技也不是六千年前能比的。所有能量都有其能量结构,深渊能量也一样。我就不信这些深渊生物能承受住我们的最新科技。"

坐在一旁的张幻云皱眉道:"董将军,话不能这么说。我们在深渊生物身上几乎试验了所有先进武器,至少到目前为止,还没有其他武器能够对深渊生物产生有效的杀伤力,唯有黄金龙枪效果显著。当初深渊潮汐来临的时候,也是唐门主凭借黄金龙枪配合血神大阵,才将深渊生物镇压,并且击退了深渊圣君。"

说到这里，他像是突然想到了什么，目光落在古月娜身上，是啊！那一次也有这姑娘。当时是她和唐舞麟最后联手击退了深渊圣君。

只是，她和唐舞麟之间到底是什么关系呢？那次可以说是她救了唐舞麟。

而且，他们一个有黄金龙枪，一个有白银龙枪，这要说他们之间没有点关系也没人信啊！

古月娜此时已经退到一旁。

董子安道："那也简单。兵分两路就是了，一边带着一件神器。具体作战方案看来还要修改一下。"

余冠志眉头微蹙，明显有些不悦。

董子安无疑是和千古东风站在一边的。他们早不说，晚不说，到了这个时候才提出有白银龙枪，而作战总指挥部都已经把作战方案拟定完毕了。

"现在再改方案，会耽误更多的时间。我看不如让唐门主和古副塔主一起行动，还按照原本的计划就是。"余冠志沉声说道。

董子安毫不客气地道："总指挥，你认为唐门、史莱克学院能和传灵塔精诚合作？"

"你……"余冠志面露怒容，这已经是董子安第二次反驳他的话了。身为联邦军队总指挥，军方排名前三的大佬，他心中怎能没有怒火？

董子安眼中凶光闪烁，丝毫不惧，和余冠志对视。

他们一向不和，董子安对余冠志是非常不服气的。西方军团被称为万年老二陆军，一直排在中央军团后面，再加上双方不属于一个阵营，时常产生分歧。

余冠志是典型的家族子弟出身，从小就接受最好的教育，是天之骄子，一路顺风顺水，最终走上高位。

和他不同的是，董子安是平民出身，完全是靠自己一点点打拼出来的。董子安一步步累积军功，才最终成为军团长。

所以，从任何方面看，他们都属于先天不和的代表。

这也是为什么之前余冠志"好心"提醒唐舞麟，也不无拉拢唐门和史莱克学院的用意。虽然史莱克学院和唐门一直保持中立，但他是绝不愿意和唐门、史莱克学院敌对的。当然，付出一件神器是意料之外的事，他很心疼。

"好了，你们两个吵什么？"陈新杰皱眉说道。

董子安张了张嘴，刚想说什么，却被尹墨殇拉了一下衣角，这才将到嘴边的话咽了回去。

陈新杰淡淡地道："冠志，你先把作战方案说出来，大家探讨一下。"

在军方之中，陈新杰不仅地位很高，而且辈分也很高。在场所有将军之中除了越天斗罗关月之外，几乎都是他的子侄辈。要不是因为永恒天国的事情，这个总指挥的位子本来应该是他的。

余冠志调整好情绪，不再看董子安，淡淡地道："行动是这样安排的。海神军团、北海军团、东海军团三大海军将所有机甲师都调遣到陆地上，配合陆军作战，同时作为火力支援。我们确定位置之后，将由三大海军先对深渊大军进行地毯式轰炸，然后由空军再次进行地毯式轰炸。在这个过程中，需要唐门主手持黄金龙枪处于前线，尽可能地吞噬深渊生物死亡后产生的深渊能量，从而削弱它们的战斗力。

"与此同时，地面军队推进，布下层层防线，在火力支援下，尽快完成对深渊通道的围攻，保持密集火力轰击，用重火力全面压制。

"轰炸计划分为三轮，每一轮都由海军和空军轮流进行轰炸。三轮轰炸之后，陆军进入，清扫战场，封印深渊通道。陆军由配备了重离子武器的中央军团为首，其他各军团为辅，全面进攻。到时候也请各大魂师组织的魂师配合，缠住深渊位面的强者。

"我们的战略就是先缠住深渊位面的强者，并且给予中低等深渊生物重创，然后再回过头来全力对付那些强者，尽可能将它们击杀，最终彻底封印深渊通道。"

第一千六百七十六章
作战方案

"这是整体作战方案,还有许多细节需要拟定,已经交由参谋部进一步完善。全部完成之后,会尽快下发到各支部队。"

这个作战方案显然是经过深思熟虑的。

董子安有一点说得很对,和六千年前相比,现在的魂导科技进步极大,各种大规模杀伤性武器种类繁多。而且,集中整个联邦军队的兵力,就相当于集中了所有先进的武器装备。这种覆盖式轰炸,持续三天三夜都没问题。

而在这个过程中,最重要的不是杀伤对手,而是削弱对手的战斗力。所以,余冠志才提出唐舞麟要在前线。

六千年前,人类最吃亏的就在于杀不死深渊生物。而现在,这个问题随着黄金龙枪的出现已经得到了解决。

余冠志接着说道:"在整个作战过程中,最重要的就是用唐门主的黄金龙枪吞噬深渊能量。而和唐门主最熟悉的就是唐门和史莱克学院这边的人,所以,我想请唐门与史莱克学院的众位极限斗罗层次的冕下全力保护唐门主。军方这边,也会派遣强者辅助保护。"

唐舞麟点了点头。虽然此时他脑海中浮现出的只有身穿戎装的古月娜的身影,但他不得不努力让自己的注意力集中在眼前的作战会议之上。

"我们这边没问题。"任炮火连天,除非是十二级定装魂导炮弹那个层次的威力,否则,想要伤到极限斗罗这个层次的强者还是不太可能的。

作战方案很直接，但无疑是最有效的。从这作战方案就能看出之前北方军团的牺牲有多么重要。如果不是北方军团将深渊生物限制在了极北之地，现在他们面临的就将是不可收拾的局面。

千古东风突然接口说道："从古月娜侦察到的情况来看，通道入口应该是在极北之地的极北核心圈范围内，那里气候严寒、天气恶劣。我依旧主张兵分两路，这样一来，机会会大一些。一旦展开全面进攻，会在短时间内产生大量的深渊能量，仅靠唐门主的黄金龙枪未必就能够全部吞噬。"

董子安跟他一唱一和："我也是这么认为的。作战方案整体上没问题，只是这吞噬深渊能量，分成两路就是了。我们西方军团和西北军团方面，可以负责保护古副塔主。"

他提的要求算得上合情合理，至少从军事行动上来看，这样做的效果无疑是更好的。

余冠志淡淡地道："既然如此，那就将作战方案略微修改一下，请唐门主和古副塔主各自作为核心参战。"

陈新杰突然开口道："我先说好，这次战斗事关重大，关系到整个大陆的安危，一切个人恩怨都要先放下。就算是分为两路，也要守望相助。如果谁那边出了差错，别怪我不客气。"

董子安哈哈一笑："陈老放心，我们都当了这么多年兵，孰轻孰重难道还分不清吗？"

陈新杰淡淡地看了他一眼："这样最好。"

接下来讨论的就是一些细节问题了。董子安和千古东风也没有再提出什么意见，都显得非常配合。

但唐舞麟知道，这是因为董子安和千古东风的目的已经达到了。西方军团和西北军团这两大陆军从整体队伍中分离出来，就意味着身为总指挥的余冠志很可能指挥不动他们。

从董子安的角度来看，这样他调遣军队更加轻松，和传灵塔自然也能配合得更加默契。

但从余冠志的角度来看，这就是两大军团准备不听从他调遣的信号。

以前陈新杰作为三军总指挥的时候还好，还能压住董子安，但这董子安和余冠志一直不和，余冠志做了这次行动的总指挥，其实早就预感到董子安会闹事。

但反过来想，如果双方交换位置，他恐怕也会做同样的事情。谁手下都是一群兄弟，万一在别人的指挥下去当炮灰，那绝对是他们无法承受的。

作战会议足足开了半天的时间，到中午时才结束。

"今天就先到这里，各方面尽快做好准备，明日正午，发动总攻。"余冠志站起身，坚定地说道。

正午是阳光最充足的时候，相对来说也是对邪魂师的压制作用最大的时候，在这个时间发起总攻无疑是再合适不过的。

众人全都站起身来，各怀心事。

唐舞麟起身后，下意识地在第一时间就看向了他朝思暮想的人儿。

而此时的古月娜也正在看着他。

唐舞麟的外貌并没有太大的变化，修为到了他这个层次，再加上本身身体强度绝佳，在一定年龄段之内，外貌根本不会出现什么变化。

唯一改变的，就只有眼神了。

近距离地看着他，古月娜能够清楚地感觉到他的眼神变得更加深沉、内敛了。他十分平静，看不出有什么情绪波动，但当他看向她的时候，她依旧忍不住心头一颤。

他们毕竟曾经有着最亲密的关系啊，无数回忆瞬间萦绕于心间。如果不是双方及时地去克制，恐怕思绪具象化画面第一时间就会出现。

唐舞麟在心中暗叹一声，没有上前去打招呼。双方阵营不同，他不愿给她增添什么麻烦。

他已经想得很清楚了，他也有自己的计划。等这次事了之后，他与传灵塔之间总要有个了断，到了那时候，就算是抢，他也要把她抢回自己身边。

"唐门主。"正在这时，一个唐舞麟很不喜欢的声音响起。

唐舞麟扭头看去，只见千古东风正站在自己面前。

"千古塔主有事？"唐舞麟淡淡地问道。

千古东风突然笑了，笑得很有深意："没什么，只是祝你好运。"

唐舞麟眼神微动："那也祝千古塔主好运。希望这次大战之后，还能见到你。"

千古东风道："那还真的不一定。毕竟，我并不是众矢之的。"

唐舞麟没有再说话，径自向前走去，而此时千古东风就挡在他身前，他继续向前，显然是要撞上去的。可唐舞麟像是根本没看到面前还有个人一样，就那么向前走去。

千古东风脸色一变，在那一瞬间，他眼底闪过强烈的杀机。但当唐舞麟已经到了他身前的时候，他终究还是侧身避开了。

因为那片刻的犹豫，他没能完全避过，唐舞麟的肩膀从他胸前擦过。

唐舞麟头也不回地走了，四大极限斗罗跟在他后面。

当四人都从千古东风身前走过的时候，多情斗罗臧鑫突然回过头来，笑眯眯地对千古东风道："千古塔主，有那么句话，叫什么不挡道来着？哈哈。"说完，他大步而去。

千古东风脸色一青，下意识地攥紧了拳头。

古月娜此时已经来到他身边，关切地问道："塔主，您没事吧？"

千古东风深吸一口气，脸色恢复了平静："没什么。先让他们得意就是了，咱们走。"

看着唐舞麟离开的背影，他心中其实是充满了悔恨的。可以说，他是亲眼看着唐舞麟一步步成长起来的。

从最初的不在意，到逐渐重视，到发现不可控，再到现在，这个不过二十几岁的年轻人竟然已经成了能够和自己平起平坐，甚至实力还在自己之上的强者。

这所有的变化似乎都是在很短的时间内发生的，让千古东风很难接受。

第一千六百七十七章
雨雪到来

如果再给千古东风一次机会的话，无论付出多大代价，他都一定会将这个年轻人除掉。

如果群龙无首，就算是史莱克学院也不可能这么快就重新崛起啊！

史莱克众人回到生命子树旁边的营地。营房非常简陋，哪怕是唐舞麟的房间，也就是宽敞一些，有一张较大的桌子，供大家议事用。

唐门、史莱克学院的高层此时已经全都聚集在这里。

"千古家族终究还是要制造事端，之前就该将他们一举干掉。要不是老陈出现，他们绝对躲不过。"无情斗罗曹德智冷冷地说道。

唐舞麟道："当时那种情况，我们确实不能对他们动手，要以大局为重。我们现在确实要提防他们在行动中干扰我们。在兵分两路的情况下，我们最要注意的就是他们的不支援。双方毕竟是从不同方向进攻，目前看应该还好。而且，传灵塔也好，西方军团、西北军团也罢，在大敌当前的情况下，他们应该也不敢做得过于明显。"

雅莉点了点头："我们目前做好各种准备也是没错的。反正我们的作战任务不就是保护舞麟吗？把这一点做好就行了。到时候纵观全局，如果一切稳定，我们就一直守在舞麟身边。在绝对的实力面前，他们就算是想做什么也做不到。"

正在这时，外面传来一个唐舞麟十分熟悉的悦耳的声音。

"报告！"

唐舞麟道："请进。"

门开了，从外面走进来一名英姿飒爽的女军人，竟是许久不见的龙雨雪。

当初，龙雨雪、江五月他们返回血神军团之后大家就分开了，没想到这次龙雨雪竟然来了。

龙雨雪立正，行礼。

"报告将军，血龙小队特来报到。接军团长命令，我们前来支援，供您调遣。"她说得非常正式，可一双美眸始终都盯着唐舞麟的脸，眼神之中难掩激动。

看到她，唐舞麟也非常高兴。当初，自己在最困难的时候前往血神军团，就是在这些伙伴的陪伴下不断地提升实力，最终走出来，重建史莱克学院。

这种亲切感是极为深刻的，所以，看到她，唐舞麟又怎能不开心呢？

"雨雪，坐吧。五月他们也来了吗？"唐舞麟微笑着问道。

龙雨雪点了点头，道："是的，血龙小队队员一个不少，全部归队。"

唐舞麟笑道："那真是太好了。正好，你也参加我们的作战会议吧。"

龙雨雪这才在末位坐下，但双眸始终都没有离开过唐舞麟的脸，在场那么多位极限斗罗都没能引起她的注意。

唐舞麟道："明日总攻，史莱克学院的众位冕下就守护在我身边。多情斗罗、无情斗罗两位冕下，麻烦你们带领唐门斗罗殿斗战大队前往战场。我们以不变应万变，按照作战方案去执行，随时联络、沟通。"

曹德智点了点头。

在这种规模的战场上，他们能做的也就是随时应变。

斗战大队是唐门的神秘武力，人数不多，只有两千人，但都是唐门绝对的精锐。

当初，唐门总部被炸毁之后，损失惨重。但这支斗战大队一直都是在外面进行秘密训练的，可以说是唐门重要的核心力量，这次为了对抗深渊位面也被调过来了，可见唐门对这场战斗有多么重视。

"雨雪，到时候就麻烦你们负责联络吧。我们随时和中央军团方面进行沟通。"

"是。"龙雨雪站起身,恭敬地说道。

唐舞麟微笑着道:"坐下,我们这里不是军队,没那么多礼数。"

龙雨雪微微一笑,这才重新落座,看着唐舞麟的美眸异常明亮。

曾经,他只是她手下的一个兵啊!当初第一次见到他的时候,她只是觉得他长得好看而已。可是,这才几年的时间,他已经站在了大陆魂师界的巅峰位置。当龙雨雪在视频中看到唐舞麟重创千古东风的时候,简直兴奋得不能自已。

作为军人,从小接受军队教育的她,最崇尚的就是实力。在她心中,唐舞麟就是完美的。所以,哪怕江五月很优秀,但和唐舞麟一比,还是逊色一筹,她心中怎么也放不下唐舞麟。

尽管她也明白,随着实力的不断提升,唐舞麟其实是离自己越来越远的,可就算这样,她依旧义无反顾。这是一种难以形容的情感。

唐舞麟和唐门、史莱克学院的众位强者又商量了一些细节,就结束了作战会议。

众人陆陆续续回去休息了,唐舞麟想了想,叫住了龙夜月。

"龙老,我请陈老过来吧,让他也住在咱们这边。生命子树现在吸收了足够的能量,生命气息浓郁,对他也有好处。"唐舞麟低声向龙夜月说道。

龙夜月犹豫了一下,看了唐舞麟一眼,然后才轻轻地点了下头:"别说是我叫的。"

"好的。"唐舞麟心中失笑,却一脸正色。

龙夜月匆匆走了,唐舞麟这才微笑着摇了摇头,希望趁着这次与深渊位面的大战,能够让龙老和陈老彻底和好吧。

房间内就只剩下龙雨雪还没走,她问道:"将军,您还有什么吩咐吗?"

唐舞麟笑道:"叫我名字就好了,不用叫什么将军。"

龙雨雪也笑了:"你好像瘦了。"

唐舞麟低头看看自己:"没有吧。你心理作用。"

龙雨雪深深地看了他一眼:"或许是吧。你最近好吗?"

唐舞麟道:"如果没有出现深渊生物就还不错。这次和以往不同。坦白说,目前我认为军部对这次作战太乐观了。无论是对于圣灵教还是对于深渊位面来说，这都是一次千载难逢的机会。在这种情况下，两方一定会全力以赴。而现在，我们依旧不清楚来到这边的深渊生物的整体实力有多强。"

龙雨雪突然道："你承担的太多了，什么时候能让自己休息一下？"

唐舞麟微笑着道："没有啊，我不觉得累。或许这就是成就感吧。我挺好的，你放心。"

龙雨雪轻叹一声："不，你不好。跟了你这么久，我怎会看不出？每当你安静下来的时候，你的眼神都是落寞的。你好像已经封闭了自己的心，为了不让自己承受更多的痛苦。只是，这对你来说真的好吗？你真的还知道幸福是什么吗？或许，你打开一道缝隙，这个世界就会还你一扇窗。"

唐舞麟身体一震，他没想到龙雨雪对自己的观察竟如此细微。是的，他早就已经将自己的心封闭起来了。

第一千六百七十八章
我们永远都是朋友

从当初比武招亲被古月娜击败的时候开始，唐舞麟就把自己的心封闭起来了。那个时候他就明白，自己和古月娜暂时是不可能在一起了。虽然他不知道为什么古月娜明明爱着自己却要这么做，但他很清楚，无论自己现在做什么，也暂时无法赢得她的心。

这种感觉对于唐舞麟来说实在是太痛苦了，甚至可以说是残忍的。所以，唐舞麟内心深处其实一直都不愿意接受事实。

可是，他要面对的事情实在是太多了。提升修为，管理史莱克学院和唐门，面对传灵塔和军方等，这一切都需要他全神贯注。

他根本没有时间处理自己的事情，而且，在这个时候，他也知道自己根本什么都做不了。

古月娜是不会主动回来的，在他的潜意识中甚至一直都有一个念头，那就是要让自己变得强大。或许，只有自己变得足够强大了，才有可能将她带回来。

所以，他一直在努力，一直在向巅峰迈进。而且，他看得出，古月娜的实力也在飞速提升。他只是希望，有一天当他们两个人都站在这个世界的巅峰的时候，没有谁能够阻止他们在一起。

对于古月娜的身份，他也有过几种猜测，他只是希望不要是最坏的那一种猜测。

此时，唐舞麟被龙雨雪这番话勾起了心事，一下便神色黯然。

龙雨雪吃了一惊，她还是第一次看到这种状态的唐舞麟。他几乎是在瞬间变得低沉，眼神中甚至还带着几分茫然。

这还是刚才那个意气风发的唐门门主、史莱克学院海神阁阁主吗？

"舞麟，对不起。你没事吧？"龙雨雪赶忙试探着问道。

唐舞麟摇摇头，苦笑着道："你真是个观察细微的姑娘。但是，你也看到了，如果我的心真的开放一些，那么，不会是接纳幸福，而是将一直隐藏和压抑着的负面情绪释放出来。你认为这样真的是一个好的状态吗？"

龙雨雪沉默了，她也不知道该怎么劝说唐舞麟才好，足足半晌之后，她才道："你太苦着自己了。我只是希望你能好好的，可以吗？或许，我们这辈子注定有缘无分，在你心中已经容纳不下第二个女人了，但我只要看着你好，就满足了。"

唐舞麟轻叹一声："傻姑娘，你这又是何苦呢？我不是一个良伴。事实上，我最喜欢的就是与自己爱的人过着平静的生活。至少在我六岁以前，曾经享受过幸福。那时候，爸爸妈妈都在身边，我过着无忧无虑的日子。六岁之后，我开始学习锻造，虽然日子过得苦一些，每天也很累，但至少有个努力的目标，还有个可爱的妹妹在身边。直到后来，我去学院学习，父母突然失踪，应该是被圣灵教或者是传灵塔抓走了。从那以后，我就没有了家。是她和伙伴们一直陪伴在我身边，陪伴我从少年成长为青年。

"那段时间是我最难度过的，是她的陪伴让我的心不至于漂泊无依。在那个时候，她就像是在我心中种下了一颗种子。等到我长大的时候，不知不觉间，那颗种子已经在我心里长成了参天大树。"

"她是谁呢？就是那次在深渊潮汐中将你救走的那个人吗？"龙雨雪鼓起勇气问道。

唐舞麟轻轻地点了点头："她不知道救了我多少次。虽然我不知道她因为什么原因没办法和我在一起，可我知道，她和我一样，我们心中只有彼此。这也是我心中最后的希望吧。等这次事情结束之后，我也会对这段感情做个了结，无论怎样，我都会让她回到我身边。"

龙雨雪轻轻地点了点头："真的好羡慕她，好希望当初种下那颗种子的人是我。看来，真的要早下手才行呢。"说到这里，她笑了笑，笑容有些苦涩，但似乎也是一种释然。

唐舞麟刚要说什么，龙雨雪却突然道："能让我抱你一下吗？就一下。"

没等唐舞麟回答，她已经快速走上前，一把抱住他的腰，将自己的面颊紧紧地贴在他的胸膛上。

唐舞麟下意识地想要推开她，却感觉到她的身体在轻微地颤抖着，他胸前有一些湿热的气息。

他在心中暗叹一声，终究还是没忍心推开她，只是轻轻地摸了摸她的长发。

足足一分钟之后，龙雨雪仿佛是鼓足了勇气，这才低着头离开了他的胸膛。

"谢谢你。或许，这就是为我青涩的暗恋彻底画上一个句号吧。以后我们是好朋友，好吗？"她勇敢地抬起头，眼圈依旧红着，但脸上有种有些奇怪的笑容。

"嗯，当然，我们永远都是朋友。"唐舞麟肯定地回答道。

龙雨雪笑了笑："那我先出去了，你自己注意保重身体。"

唐舞麟道："你们也都搬到附近来住吧，这些天注意修炼。生命子树的生命气息非常浓郁，有助于你们觉醒本源的生命之力，无论是对修为还是对体质都会有很大的好处，甚至还有可能出现武魂向良性方向变异的情况。"

"嗯，好的。谢谢。"龙雨雪似乎已经恢复了正常，再次向唐舞麟行了个军礼之后，转身大步而去。

看着她离开，唐舞麟心中略微松了口气，如果她真的能够放下，那就是件大好事了。毕竟，他什么也给不了她，又怕伤害她。今天用这种较为温和的方式让她认清现实，还是比较不错的情况了。

可他并不知道的是，当龙雨雪走出房门的下一瞬，她的泪水就再也控制不住地奔涌而出。

"你是一个认死理的男人，可我又何尝不是一个执拗的女人呢？"她脸上奇怪的笑容变了，神色决绝。

整个联邦军队都悄无声息地展开了行动。

作战方案正在被全面执行。此时，已经有几十万联邦军人集结在前线，其中陆军总人数高达四十万，三大海军也有近二十万人。

陆军是这次战斗的主要战斗力，海军主要是负责封锁海面以及进行远程攻击。

所有的准备工作都在第二天上午完成。一大早，军方以及各大魂师组织的领袖就再次集中在了作战总指挥部之中。

各方面汇报了所有准备工作之后，接下来就是等待发动进攻的时间到来了。

淡淡的微笑浮现在唐舞麟脸上，随后，他脸上露出一丝决然。

今日决战，必须全力以赴。深渊圣君还没有到来，或者说，受到位面压制，他很难来到斗罗大陆位面，否则，那样一名神祇级别的强者出现在斗罗大陆位面，作为受位面眷顾的人，唐舞麟一定会有所感应。

唐舞麟也希望，深渊圣君永远都没办法降临。现在看来，斗罗大陆位面对深渊位面的压制作用还是相当大的。只是不知道来了几个深渊位面的帝级强者。

第一千六百七十九章 空军出动

肯定不是一个黑帝那么简单。现在就要看，现代化武器对深渊生物的杀伤力有多大了。

终于，距离正午只有半个小时的时间了。

坐在总指挥位置上的神笔斗罗余冠志突然睁开双眼，沉声喝道："侦察机器人，出动。"

这一道命令的下达，预示着这场战斗终于就要打响了。

联邦军队这边，上千台侦察机器人蜂拥而出，朝着远处深渊通道的方向挺进。

作战总指挥部之中，数十块大屏幕立刻将画面切换到了这些侦察机器人的视角之上。按照之前古月娜传递回来的影像所指示的方向，侦察机器人快速朝着极北核心圈方向靠近。

所有人的注意力都在侦察机器人身上，脸上的表情随之变得凝重起来。

这些侦察机器人行进的速度非常快。

"各部门就位，随时准备出发，用专用的魂导通信器保持联络。"余冠志转向众人，"决战的时刻到了，预祝胜利！"

"胜利！"

众位将领以及各大魂师组织的领袖分别离开作战总指挥部，随身携带魂导通信器临时连接的军方视频设备，随时观看前方侦察机器人传回来的各种影像。

这种规模的战斗，别说是各大魂师组织的人了，就算是联邦军人也都是第一次参加。毕竟，八大军团什么时候一起行动过？就算是针对星罗、天斗两国的侵略战争，都未曾有过这样的情况。

再过两天左右，南方军团也将赶到，这绝对是史无前例的盛况。

唐舞麟等人直接返回到生命子树所在的营地这边，密切关注着前方的侦察机器人传回来的影像。

极北之地依旧是被冰雪覆盖的世界，低温、大风，恶劣的环境是普通人类根本没办法承受的。哪怕是魂兽，也只有极少数不怕冰雪的才有可能在这里生存。

大屏幕上的画面不断切换。

大约十分钟之后，飞行在最前面的侦察机器人终于发现了深渊生物。

一只四爪蝙蝠飞行在半空之中，它第一时间就发现了侦察机器人，只见它拍动双翼，直奔侦察机器人飞了过来。

侦察机器人的飞行速度奇快无比，它就像一架小型魂导飞机，立刻灵活地掉转方向，转身就跑。

这种侦察机器人是远程遥控的，比魂导飞机要灵活得多。

但那四爪蝙蝠突然发出一声尖叫，一种肉眼无法看到的冲击波出现在半空之中。

那侦察机器人顿时颤动了一下，急速向下坠落。四爪蝙蝠闪电般扑了过去，一爪拍碎了侦察机器人。

"这应该是类似于声波的攻击。四爪蝙蝠和六爪蝙蝠都有这个能力。"曹德智沉声说道。

他和深渊生物打了很多次交道，自然是相当了解它们。

四爪蝙蝠和六爪蝙蝠的数量很多，它们的战斗力其实并不是太强，但侦察能力相当强。

侦察机器人的速度虽然很快，但快不过超声波的速度，而且本身抗干扰能力不足，第一个侦察机器人就这么被毁了。

紧接着，更多的侦察机器人出现在前方。但是，空中也开始出现一只只四爪蝙蝠和六爪蝙蝠。它们分布得非常广，几乎是全方位地对整片区域进行着封锁。

各种类型的侦察机器人在它们那类似于声波的攻击面前都无所遁形。一时间，大量的侦察机器人在它们的攻击下纷纷被毁。

这种情况先前也出现过，只是这次联邦军队派遣出去的侦察机器人的数量最多。

从地面潜伏过去的侦察机器人还在路上，它们需要更长的时间到达前线。

"中央军团，空军一团出动，火力侦察。"作战总指挥部内，余冠志通过公共频道下达了命令。

听到"火力侦察"这几个字，所有军人和各个魂师组织的魂师脸色都不禁变得凝重起来。

火力侦察是以空军进行侦察，而这部分空军很可能是用自己的生命作为代价来换取第一手资料啊！

董子安此时已经回到了自己西方军团的指挥部，听到这个命令，他双眼微眯："余冠志还是要脸的。"

千古东风就在他身边，双眼微眯："希望能有好结果吧。"

董子安看了他一眼："当然。你的事我明白，部长早就有交代，但是，一切都要建立在这场战斗能够获胜的基础上。"

千古东风点了点头，眼底却闪烁着寒光。他用了很多种方法，都无法让那被废掉的手臂重生，可见黄金龙枪是多么霸道。他对唐舞麟，有着刻骨铭心的仇恨啊！

刺耳的声音从高空响起，一架架有着联邦徽章的银白色魂导飞机高速飞行，直奔远方极北核心圈方向而去。

魂导飞机可以说是联邦军队最昂贵的作战武器。哪怕是中央军团，一共也只有五百架魂导飞机而已。这已经是最高配置了。

魂导飞机虽然没有机甲作战时的那种灵活性，但在速度方面是机甲远远无法企及的。当然，这里是指紫色及紫色以下级别的机甲。

在军队之中，常规装备只到紫色机甲为止。紫色以上级别的机甲，都是将领们自己私人所有，所以不在评价范围内。

此时，五十架魂导飞机高速飞出，能够清楚地看到，所有的画面视野都迅速变得开阔起来。从高空俯瞰大地，能够看到更远的地方。

五十架魂导飞机的速度奇快无比。从起飞到全力提速只用了很短的时间，很快它们就都进入了超声速的高速飞行状态。

余冠志脸色凝重，双拳紧握。空军一团是中央军团精锐中的精锐，全都是由王牌飞行员组成，是他真正的核心力量。只有最关键的任务才会由空军一团来执行，而空军一团也从来没有让他失望过。

余冠志很清楚，在这场大集团军作战的战斗中，身为总指挥，如果自己的人不能身先士卒，又如何去要求别人？他当然不愿意让自己的属下去送死，所以，他在第一时间派出的是自己的最强空军，这样或许才是减少伤亡的最好办法。

五十架魂导飞机都是目前联邦的最新科技结晶，都携带着最先进的雷达和抗干扰装置。

飞出营地之后，它们第一时间分散开来，每两架为一个编队，高速飞行。

在正常的空军作战中，如果是两架魂导飞机，那么有一架是长机，一架为僚机。

长机带队，并且是主要攻击力量，僚机则作为它的护卫，监控不同方向。两架魂导飞机如果配合默契，能在空中施展多种作战手段。

魂导飞机作战一般有数量不等的编队，有小编队，也有大编队。

第一千六百八十章 恐怖蜂群

执行同样的任务,一个编队的魂导飞机越少,意味着这个编队的飞行员执行任务的能力越强。

两架魂导飞机组成的编队,已经是规模最小的了,二者守望相助,如同一体,是为精锐。

中央军团空军一团的五十架魂导飞机飞出去后,分为二十五个编队朝着不同的坐标飞去,就已经充分显现出了他们的作战能力。

哪怕是对余冠志很不服气的董子安,看到这一幕也不禁颔首认可。这空军一团可是余冠志的王牌空军,是真正的强军。

随着五十架魂导飞机的散开,视野变得非常开阔,能够看到大片大片的土地。

而且超声速魂导飞机的飞行速度就不是先前那些侦察机器人所能达到的了,很快,它们就接近了极北核心圈。

蝙蝠群自然也注意到了它们。

此时这些魂导飞机飞行在超过三千米的高空之中。四爪蝙蝠是飞不到这个高度的,只有六爪蝙蝠快速飞起,朝着空中的魂导飞机迎上来。

空军一团一号编队率先发现了前方的六爪蝙蝠,足有十几只体形硕大的六爪蝙蝠从四面八方围拢过来。

大量的超声波释放,覆盖这片空域,试图干扰魂导飞机上的电子设备。

但是，这些魂导飞机都是当今联邦最先进的作战武器，抗干扰能力非常强。

一号编队的两架魂导飞机根本没有要闪避这些六爪蝙蝠的意思。

眼看着即将接近蝙蝠群，长机腹下光芒一闪，两道射线已经喷射出去，紧接着，射线向两侧延伸，又有四道射线射出。

长机腹下一共有六个机炮呈波浪式发射，轰向前方的六爪蝙蝠。

其中一只六爪蝙蝠猛然合拢双翼挡在最前面，它是这些六爪蝙蝠之中体形最大的。

伴随着一连串的"噗噗"声，六道射线在它的翅膀上留下了六个孔洞，令它发出凄厉的悲鸣声。

但其他的六爪蝙蝠已经扑了上来。

这个时候，两架魂导飞机做出了令人震惊的动作。

长机突然减速，从原本的超声速降下来，甚至在空中有一个明显的停顿。接着它居然机头上扬，猛地向上竖起，然后宛如火箭一般向高空蹿升。

在它做出这个动作的同时，机身周围出现了一层淡绿色的光罩。而跟在它身边的僚机受到了这淡绿色光罩的影响，被直接吸附了过去。僚机之前就随长机减速了，此时被吸附过去的它，居然就那么在小范围内围着长机飞起来。

在这个时候就能看到，僚机的机头位置，有一团红色光芒在高速闪烁着。

围上来的十几只六爪蝙蝠刚刚要冲到近前，却一一停顿下来，紧接着，一只只六爪蝙蝠居然就那么不受控制地向下坠落，在半空之中就一一爆开，化为灰黑色气流。

所有看到这一幕的军人都不由得欢呼起来。

能够成为空军一团一号编队，这两位飞行员绝对是精英中的精英。他们刚刚做出的这个动作，在飞行战斗中是极其困难的，尤其是在被包围的时候。

许多六爪蝙蝠被僚机歼灭，然后长机周围的淡绿色光罩消失。僚机没有了牵引力，立刻掉转机头，跟随着长机升向更高的空中，几乎是转瞬之间就冲到了超过七千米的高度。这是六爪蝙蝠也无法追到的超高空啊！

然后两架魂导飞机就那么在空中完成了一个转向，掉转机头，犹如自由落体一般从空中向下飞射，机头上红光高速闪烁。两架魂导飞机不断在半空之中轻微改变方向，精准无比地瞄准了一只只六爪蝙蝠。

魂导飞机所过之处，六爪蝙蝠纷纷坠落，在空中炸开。

重离子射线！

毫无疑问，攻击效率这么高，以六爪蝙蝠不弱的防御力竟完全无法抵抗的，唯有联邦最新科技重离子射线了。

空军一团显然是已经全面配备了这种新式武器。此时用出来，果然有着立竿见影的效果。

同样的一幕也在其他方向上演，六爪蝙蝠根本无法阻挡空军一团这些精锐空军。在空军各种灵活的规避和攻击手段面前，一只只六爪蝙蝠不断坠落，在空中爆开，灰黑色气流朝着一个方向飞射而去。

无疑，那个方向就是深渊通道的位置。

作战总指挥部内，余冠志看到这一幕脸上也不禁露出了微笑。今天空军一团的首战告捷着实是让他脸上有光，不枉费他支出了那么多军费。

但是，他的得意只维持了很短的时间。

突然间，前方有一片乌云似的东西铺天盖地而来。它们不可能是乌云，因为乌云的行进速度绝对没有这么快。

那铺天盖地而来的东西，就像是沙尘暴。

一架距离那东西最近的长机立刻放大了自己的侦察视野，将更加清晰的画面传送了回来。

当作战总指挥部中的将军们看清楚那东西的真实模样时，都不禁倒吸一口凉气。

那是一只只拳头大小的巨型蜜蜂。

每一只巨型蜜蜂身上都闪烁着金属般的光泽，背后有六片翅膀，每一片都很小，薄如蝉翼。但那些巨型蜜蜂的飞行速度奇快无比，还发出轻微的嗡嗡声。

"这是什么玩意儿？"余冠志立即看向明镜斗罗张幻云。

张幻云作为与深渊生物作战经验最为丰富的将领，这次被赋予副总指挥的权力，协助余冠志进行全军指挥。

张幻云的目光也有些呆滞，他急切地说道："是一种新型深渊生物，以前我们在血神军团那边从未见过。快让空军一团回来，必须小心。发动远程攻击吧。"

余冠志作为一名指挥官，深知在临阵指挥时容不得半分犹豫，他立刻下达命令："空军一团后撤。第一防线远程高炮发射，十度射线，远程覆盖式抛射。"

前线早已做好准备，一根根巨大的炮管伸出，根据空军一团传回来的坐标，迅速调整方向。

紧接着，伴随着一连串密集的轰鸣声，一道道粗大的射线爆射而出，足足有上千道射线向远方飞去。

空军一团接到命令之后第一时间做出反应，二十五个编队分别在空中画出一道道优美的弧线，就要撤退。

但是，就在这个时候，那些飞在最前面的巨型蜜蜂突然发生了变化。

从空军一团传回来的画面能够看到的是，大片大片绿色光芒出现在那些巨型蜜蜂背后。

仔细看就会发现，绿色光芒是它们的翅膀上发出来的。紧接着，光芒消失，巨型蜜蜂的速度瞬间加快，几乎是刹那间就达到了超声速。

正在掉转方向的空军一团还没有完全提速，根本不可能在这一瞬间也提到超声速，瞬间就被那大片骤然加速的巨型蜜蜂覆盖了。

第一千六百八十一章
蜂帝

"轰、轰、轰……"

一连串的轰鸣声通过魂导通信器清晰无比地传入作战总指挥部。

而此时的作战总指挥部内,鸦雀无声。

空军一团全部被灭……

是的,就在那短暂的时间内,这有着无数光荣历史与传统,作为中央军团绝对王牌战力的空军一团,就那么覆灭了。

没有一架魂导飞机来得及冲出重围。

余冠志瞬间就攥紧了拳头,手背上青筋暴突。

他怎么也没想到局面会变成这个样子。

他胸口一阵发闷,嘴唇抿紧。

空军一团,那可是自己的王牌战力啊!竟然就这么覆灭了!

而就在这时,上千道射线才终于到了战场上,覆盖向那些巨型蜜蜂。

巨型蜜蜂却在瞬间散开,就像是骤然溃散了一般,分散到广阔的空中。

上千道射线真正覆盖住的,只有很少的巨型蜜蜂而已。紧接着,空中出现一团团灰黑色气流,可对于那数量庞大的巨型蜜蜂来说,这些不过是九牛一毛,根本不值一提。

五十架配备有重离子射线的魂导飞机,连殉爆都没能做到,就彻底地消失在了战场之上。

这个代价实在是太大了，大到让余冠志都有些无法接受。

深渊通道深处。

鬼帝哈哈大笑，伸出大拇指："很好，不愧是深渊炸弹蜂。蜂帝简直是群战之王啊，这手段太厉害了！"

此时，在这洞窟深处，站着十几个人。除了鬼帝和冥帝之外，其他人身上都散发着不同的气息，但无不强大。

听了鬼帝的话，其中一人淡淡地道："这不过是小儿科而已。我们真正的强大之处，你还没有见过。"

深渊位面第八层之主，蜂帝！

这个蜂帝同样是人类模样。

蜂帝的排名还在黑帝之上，可想而知蜂帝有多强大。

和正常人类的样貌不同的是，蜂帝的眼睛非常醒目，比一般人类的眼睛至少要大一倍，而且完全呈圆形，闪烁着绿光。如果仔细看，就能发现这眼睛是由密密麻麻的小眼睛组成的复眼，给人一种非常恐怖的感觉。

深渊炸弹蜂，原来叫深渊毁灭蜂。"深渊炸弹蜂"这个名字还是鬼帝起的。

深渊炸弹蜂最可怕的地方不是数量庞大，而是行动能力强。指挥它们很简单，只需要依靠一个人，那就是蜂帝。

简单来说，每一只深渊炸弹蜂都是蜂帝的眼睛，甚至可以说是蜂帝身体的一部分，蜂帝是通过一些特殊的手段与它们进行联系的。

蜂帝是女性，就像是蜜蜂世界的蜂王一样，掌控着整个种群。她的意念所到之处，深渊炸弹蜂都会第一时间做出反应。

深渊炸弹蜂数量极其庞大，个体都不算特别强，它们只有两个能力，一个就是燃烧自己的翅膀，化为瞬间的推动力，在刹那间达到超声速，另一个就是引爆自身，爆发出恐怖的杀伤力。

论个人战斗力，蜂帝甚至还不如黑帝，但如果是群战的话，两个黑帝带领着所有黑皇都不是蜂帝的对手。

甚至连一些排名在蜂帝之上的深渊王者都不愿意和她交手，因为她的作战方式太疯狂了。

此时，在蜂帝头顶上方，还盘旋着一些暗金色的深渊炸弹蜂。它们每只都很大，散发着阴冷的气息。

这种暗金色的深渊炸弹蜂数量不多，但鬼帝知道，每一只都极为恐怖。

普通深渊炸弹蜂要重生，只是能量返回深渊通道后一瞬间就能完成的事，但这种暗金色的深渊炸弹蜂重生需要很长一段时间，所以，整体数量还是较为有限的。

此时此刻，所有的深渊炸弹蜂都已经迅速分散到了空中，它们之间保持着一定的距离，令联邦军队的远程攻击无法造成大规模伤亡。而此时，它们的目的很简单，就是阻挡一切侦察。

六爪蝙蝠和它们比起来，简直就和炮灰没什么两样了。

作战总指挥部。

余冠志用力地深吸一口气，尽可能地让自己保持平静，沉声道："统计数据，分析数据。"

很快，数据就汇总上来了，深渊炸弹蜂的战斗方式就是引爆自身，在引爆的那一瞬间会产生极强的爆炸力和破坏力。

单单一只深渊炸弹蜂当然不足以攻破魂导飞机的防护罩，但就在刚刚，每一架魂导飞机面对的都是超过百只深渊炸弹蜂的加速轰击啊，防护罩自然抵挡不住。

而且在这种覆盖式的轰炸面前，所有的技巧在速度完全提升起来之前，都没有任何意义。

"根据数据分析，这种巨型蜜蜂在加速后飞行时间是有限的。有一些没有命中空军一团的蜜蜂再冲出一段距离后也会自行爆炸。建议在它们加速之后最好能够闪避开，等它们自行爆炸。"

作战参谋进行了数据的分析。可是，说完这些分析之后，连他自己都不禁苦笑了起来。想要瞬间完成对超声速大范围冲击的闪避，谈何容易啊！

空军一团的覆灭，不得不说损失惨重。魂导飞机还在其次，关键是那些王牌飞行员啊！不知道要培养多久才能培养出五十位王牌飞行员。

"总指挥。"一个魂导通信突然被接了进来。

余冠志愣了一下，然后接了魂导通信。

作为此次联邦军队作战总指挥，能够直接连接到他这边的通信频道的只有各大军团军团长级别的人，以及各大魂师组织的领袖。

魂导通信器中传来的声音很熟悉，是唐门门主唐舞麟的声音。

"唐门主，什么事？"余冠志正准备部署下一步行动，在这个时候被打扰，他是有些不满的。

"总指挥，把侦察任务交给我们吧。我们有人适合进行侦察。"唐舞麟毫不犹豫地说道。

"你们？刚刚的情况你也看到了，可以吗？"余冠志显然是在对唐舞麟说，不要做无谓的牺牲。

他其实已经准备命令远程攻击部队，根据先前古月娜侦察到的位置先进行一轮覆盖式轰炸了。

唐舞麟道："总指挥放心，我们有把握。如果您同意，我们立刻行动。"

"好，那我就静候佳音了。"余冠志没有犹豫，立刻答应下来。

有的放矢地进行轰炸才能达到最好的效果，有靠谱的侦察当然是再好不过了。

而此时，在生命子树旁的营房之中，唐舞麟身边一人呵呵一笑，道："我走了，该是我这战场牛皮糖出动的时候了。哈哈。"

唐舞麟郑重地道："大师兄，不能大意，一切小心。"

阿如恒拍拍他的肩膀，笑道："放心吧，这个世界上能够对付我的人已经不存在了。走啦！"

说着，他大步走出营房，身上金光一闪，下一瞬，他已经宛如炮弹一般升入空中，直奔极北核心圈方向而去。

论侦察，没有谁比他更合适了！深渊炸弹蜂？呵呵。

全速飞行的阿如恒，速度一点都不逊色于魂导飞机。片刻之后，空中就响起一声爆鸣，他已经突破声障，高速而去！

第一千六百八十二章 急速突进

视线锁定，雷达锁定，所有的探测装置启动。

下一刻，拍摄视角就切换到了阿如恒随身携带的探测装置上。从大屏幕上能够看到下方景物飞速掠过，同时，也能看到一层淡淡的金色光晕。

余冠志双眉紧蹙，这时候他还没完全从先前空军一团壮烈牺牲的阴影中走出来。

那些可都是王牌飞行员啊！

"他行不行？"余冠志口中自言自语地说着。

"如果他都不行，那就没有能行的了。"关月作为现任战神殿殿主，自然也在作战总指挥部里，此时他已经来到余冠志身边。

余冠志扭头看向他，对于这位越天斗罗，他其实了解得并不多。瀚海斗罗陈新杰锋芒太盛，绝大多数军方高层都只知道战神殿有陈新杰，对于关月的印象大多停留在他是极限斗罗、陈新杰的副手这个层面上，很多人甚至连他的武魂是什么都不清楚。

直到陈新杰退出战神殿，力排众议，用自己的影响力将关月推上了战神殿殿主的位子，这才算是让这位真正地出现在了所有人的视线之中。

所以，余冠志对他并没有太多的信任，"真的？"他下意识问道。

关月微微一笑："这位是我所见过的，身体最强悍的了。"

他不需要多解释什么，因为接下来事实会证明一切。

联邦军队本身就聚集在极北之地边缘，用超声速飞行到极北核心圈根本用不了多长时间。

很快，高速飞行的阿如恒就看到了那大片的深渊炸弹蜂！

这些至少有拳头大小的深渊炸弹蜂均匀地分布在空中，从远处看去，就是一些密密麻麻的黑点。

阿如恒呵呵一笑，丝毫没有要减速的意思，就那么直接朝着蜂群冲了过去。

这些深渊炸弹蜂仿佛已经进入了巡航模式，骤然感受到高速飞来的阿如恒，几乎都在第一时间就做出了反应，距离阿如恒最近的一些深渊炸弹蜂已经在燃烧背后的翅膀，化为推动力，疯狂地冲向阿如恒。

对它们来说，生命就需要爆炸那一瞬间的绚烂。

阿如恒哈哈一笑，皮肤上的金红色光芒若隐若现。下一瞬，他就已经被蜂拥而上的深渊炸弹蜂淹没了。

"轰轰轰！"震耳欲聋的轰鸣声在空中炸响。

那轰鸣声通过传音装置在作战总指挥部内响起，就像连作战总指挥部都被轰炸了一样，大屏幕上的画面顿时变成了一片白色。

余冠志眉头紧蹙，抬手拍了拍自己的额头。

"余将军别急，等等看。"关月微笑着说道。

余冠志愣了一下，很快他也发现了问题，因为那剧烈的轰鸣声一直在，没有要停歇的意思。

如果那位已经被炸死了，深渊炸弹蜂就不会再继续轰炸才对。

没错，就在极北核心圈外围，以阿如恒的身体为中心，周围有一团火光，但是，这团炸开的火光依旧在急速移动，向极北核心圈方向飞去。

周围的深渊炸弹蜂锁定了目标，无不飞速冲上前去，投入爆炸之中。可是，令人诧异的是，无论它们如何轰炸，那团火光始终没有熄灭，一直在向前移动。唯有一团团灰黑色气流不断出现，然后朝着深渊通道方向而去。

而这些灰黑色气流无疑也是为阿如恒指明了道路，他就跟随着这些灰黑色气流继续向前飞。

在蜂帝的指挥下，周围的深渊炸弹蜂化为一股股洪流疯狂地向他冲撞而来，可一切似乎都是徒劳的，只是让他身边的灰黑色气流变得越来越浓，朝着极北核心圈飞去。

深渊通道内，蜂帝那两只超大的眼睛之中频繁地闪烁着光芒，每一只小眼睛都会单独发光，就像有万千星辰在她眼中一般。她一脸诧异，完全无法想象，一个人类的身躯竟然能够承受如此之多深渊炸弹蜂的轰击。

"这是什么情况？人类的防御力竟然能如此之强？"蜂帝此时着实是有些傻眼了。

鬼帝也愣住了："难道是四字斗铠？看这人的气息，他恐怕有极限斗罗层次的修为。可是，四字斗铠在这种持续的轰击下也会破损，他们为了侦察，倒是真舍得。"

蜂帝冷哼一声。

"我倒要看看，他能支撑多久！"对于那些化为灰黑色气流的深渊炸弹蜂，她一点都不心疼。论数量，在深渊位面一百零八层的所有生物之中，深渊炸弹蜂几乎是排在首位的。只要深渊能量回归，她这边消耗的甚至可以和从深渊位面第八层重生飞过来的深渊炸弹蜂形成平衡。

深渊炸弹蜂的个体攻击力并没有那么强，但架不住数量多啊！

在蜂帝的调动下，更多的深渊炸弹蜂已经在空中形成了一股股巨大的洪流，绿色光芒爆发，就像一道道光柱，蜂拥而上，直奔阿如恒撞去。

可是，无论如何轰炸，变化的只有阿如恒身边的灰黑色气流的浓厚程度。他依旧稳固地跟随着那些灰黑色气流，甚至是在那些灰黑色气流的包覆之中，冲向深渊通道。

蜂帝甚至发现，自己都已经因为他身体周围的灰黑色气流太浓厚而无法锁定他的位置了，这个对手着实是个奇葩。

轰炸暂时停止。而作战总指挥部这边，大屏幕上的画面已经变成了一片灰黑色，什么都看不见。

从白色变成灰黑色，还有若隐若现的金色光芒。通过其他的远程探测魂导器能够看到有一个身影正在快速移动。

可以说，此时双方都处于一种发蒙状态，都在想，这是什么情况？

阿如恒丝毫没有要减速的意思，深渊通道这边终于按捺不住了。一道道身影高速升入空中，直奔他飞去。深渊生物不了解人类的战斗方式，圣灵教却了解啊！

他们当然清楚人类大军为什么要急于侦察，侦察之后要做什么。

所以，阻挡侦察是深渊位面一开始就定下的战斗策略。

他们一点都不着急，因为时间越长，通过深渊通道来到斗罗大陆位面的深渊生物就越多。他们同样在等待机会。

双方的这场决战，几乎就是一战定胜负的局面。日月联邦的军队已经基本集结在这边了，好处是能集中全力将入侵的深渊生物扑灭，但坏处是，一旦抵挡不住，那么，后果就是整个大陆的沦陷。

所以，不只是联邦军队这边谨慎，深渊位面那边同样谨慎，在有足够的把握之前，双方都不会将自己的底牌完全掀开。

飞出拦截阿如恒的，主要以魔魅和黑皇两族为主。这都是个体战斗力极强，尤其擅长空战的族类。

数十只黑皇和魔魅已经围了上去，一个个旋涡出现在半空之中，开始迅速吸收空中浓郁的深渊能量。黑皇和魔魅首先要能找到目标才能继续攻击。

第一千六百八十三章 进退自如

就在这时,原本浓厚无比,正在朝着深渊通道方向高速飞去的深渊能量突然一顿,令黑皇布置好的许多吞噬旋涡落在空处。

这一幕非常诡异,要知道,深渊能量是一种极其特殊的物质,正常情况下是不会受到任何的牵引和干扰的,这也是人类之前抵抗深渊生物这么久却始终没能有效削弱深渊生物战斗力的重要原因。

而下一瞬,深渊能量突然剧烈地涌动起来,然后竟然就在那里高速旋转,很快就化为一个旋涡。

然后在众多魔魅和黑皇的注视下,那巨大的旋涡猛地向内塌陷,急剧变小,转眼间就消失得一干二净。

作战总指挥部的主屏幕骤然变清晰了,能近距离地看到大量魔魅和黑皇就在眼前。视角转向地面方向,能够清楚地看到,远处黑压压的深渊大军整齐地成片聚集着。因为有很多飞行类深渊生物干扰,看得还不是很清楚,但和先前相比,已经好太多了。阿如恒的坐标也在第一时间传回来了。

然后他们就通过阿如恒手中的拍摄魂导器看到了一张熟悉的脸。

唐舞麟手中是刚刚吞噬了大量深渊能量的黄金龙枪,此时黄金龙枪散发着璀璨夺目的光芒。唐舞麟笑了笑,然后他的声音就清晰无比传了回来。

"向我开炮!"

话音一落,他已经冲出,所过之处,魔魅、黑皇一一化为灰黑色气流,继而消失得无影无踪。

"是他!"深渊通道内,众多深渊强者和圣灵教强者都大吃一惊。

没有谁知道唐舞麟是怎么来的,为什么会出现在深渊能量之中。但是,毫无疑问的是,刚刚这所有的深渊能量,已经全部被他那黄金龙枪吞噬一空。

蜂帝痛吼一声,背后出现三对巨大的透明翅膀,猛地一拍,就向外冲了出去。

唐舞麟是怎么来的呢?只有他和阿如恒才知道。

当阿如恒冲出去侦察的时候,唐舞麟给了他三片树叶,来自生命子树的树叶,每一片树叶之中都蕴含着生命子树的生命能量。

唯有身为自然之子的他,能够通过这些树叶来进行短距离瞬间传送。虽然每一次传送都会消耗生命子树的能量,但是,刚刚吞噬的那些深渊能量,足以补足生命子树的消耗了。

此时唐舞麟手中的黄金龙枪光芒绽放开来,杀得黑皇、魔魅损失惨重。

作战总指挥部。

余冠志顾不得震惊,战机稍纵即逝啊!

"锁定坐标,开炮!"

远处,联邦三大海军的主要舰艇上,一门门巨型魂导炮开始调整炮口,瞄准同一个方向。

北方军团、西方军团、西北军团、中央军团,所有陆军远程魂导炮也迅速做出调整。

"轰隆隆……"

震耳欲聋的轰鸣声仿佛要在顷刻间将整个世界毁灭一般,第一轮炮火令整个极北之地仿佛都苏醒过来了。

哪怕是远在极北核心圈深渊通道之中,都能够听到那密集的炮火声。一时间,深渊大军出现了骚动。

而此时身在半空之中的唐舞麟,向阿如恒点了下头,身上浮现出绿金色魂环,下一瞬,光芒一闪,他就那么在半空之中消失了。

阿如恒则更加简单，身体在空中一转，头朝上脚朝下，然后就如同一颗流星一般，猛然朝着地面方向急坠而去。

"轰——"下一刻，他已经直接撞击在地面上，掀起一股气浪，在地面上撞出一个洞，人没入洞中消失了。

天空突然变亮了，被无数的魂导炮照亮了。密集的炮火几乎将整个天空遮盖，将下方的深渊生物照耀得纤毫毕见。

深渊大军自然不会束手待毙，在听到远处的轰鸣声的时候，它们就已经在第一时间做出了反应。

一只只巨大的守护天牛出现在深渊大军之中。它们全部张开双翼，形成直径超过百米的巨大护盾，守护住下方的深渊生物。同时，它们还释放出很厚的紫色光罩，覆盖到更远的地方。地面上就像是出现了一个个巨大的半圆体护盾，把绝大多数的深渊生物都笼罩在内。

而就在空中，刚刚阿如恒所在的位置，一个小巧的飞行魂导器拍摄着地面上发生的一切，并将画面传送到作战总指挥部的大屏幕上。

这一切实在是来得太快了。

紧接着，一个个黑点猛地升入空中，直奔空中的炮火迎去。正是深渊炸弹蜂。

它们在空中纷纷加速，拦截从天而降的魂导炮。

身在深渊通道内的蜂帝此时已经恢复了冷静，悬浮在半空之中，全身都已经变成了通透的碧绿色，下方的鬼帝、冥帝等圣灵教强者都能清楚地感受到，此时蜂帝身上迸发着极其剧烈的精神波动。

蜂帝本身的个体战斗力不是十大帝君之中最强的，但深渊炸弹蜂一族是整体战斗力超强的一族。

蜂帝的精神力甚至强大到能够精确掌握每一只深渊炸弹蜂飞行轨迹的程度。

"轰轰轰……"密集的轰鸣声首先在空中炸响，化为大片大片的光云，在空中形成恐怖的能量风暴。

下一瞬，大地上才出现轰鸣声，剧烈的轰炸在第一时间席卷整个空间。

不得不说，深渊炸弹蜂的拦截是非常成功的，在那一瞬间，大量的魂导炮被拦截了下来。

但是，当这些魂导炮真正炸开之后，深渊炸弹蜂的作用瞬间就减弱了，因为那恐怖的能量风暴令它们根本无法接近。

而联邦军队的炮火攻击这才刚刚开始！

作战总指挥部中，余冠志不断地下达着一条条命令，来自七大军团的炮火完全是以无缝衔接的方式持续发射。

第一轮炮火被深渊炸弹蜂拦截了又能怎样？第二轮发射的魂导炮已经到了。

恐怖的轰炸完全呈地毯式展开。在不惜一切代价的情况下，几乎炸得极北核心圈天昏地暗。

"卫星信号！"余冠志大喝一声。

作战总指挥部内的一块大屏幕顿时切换了视角。

这是高空俯瞰的视角，是通过联邦卫星观察极北之地。

果然如同余冠志料想的那样，在持续的轰炸之下，极北核心圈上空的雾气溃散了许多，已经基本能够看清楚下面的情况了。

"放大！"余冠志快速上前，来到大屏幕前，仔细地观察着。

大屏幕上的画面放大，一个巨大的洞穴出现在了余冠志眼前。而此时因为有密集的炮火，并不能看清楚太多东西，只能隐约看到轰炸点还没有到这个洞穴的准确位置。

"锁定坐标，调整攻击方向！"余冠志亢奋地大喝出声。

"九级定装魂导炮弹准备，十枚同射，深渊通道。"

他迅速下达命令，立刻有作战参谋重复了他的命令。不远处，一个个发射器缓缓开启，一枚枚九级定装魂导炮弹被送入发射器之中。

十枚九级定装魂导炮弹齐射，这样的场面已经不知道有多久没有出现过了。

第一千六百八十四章
恐怖光罩

"嗡嗡嗡——"

一连串剧烈的嗡鸣声中,一枚枚九级定装魂导炮弹升入空中。

到了九级定装魂导炮弹这种层次的魂导武器,本身就带有一种极其强的压迫力。

当十枚九级定装魂导炮弹同时升空的时候,大有一种世界末日即将到来的感觉。

九级定装魂导炮弹带着巨大的压迫力,呼啸着向深渊通道方向飞射而去。而此时,其他的炮火也变得越发密集了,疯狂地轰击着深渊大军所在的范围。

通过卫星能够看到,深渊通道附近,大片大片的灰黑色气流腾起,可见轰炸的效果还是相当不错的。

守护天牛的防御力再强,也有极限,而一旦达到极限,它们同样会被炸死。

更何况,还不是所有深渊生物都有被守护天牛保护的资格。

就在这时,地面上不知道什么时候钻出一道金光。一股强烈的吸引力随之出现,剧烈地吸扯着天空之中的深渊能量。

当深渊能量宛如百川归海一般向地面涌去的时候,一件神器才被大家发现。

可不正是唐舞麟的黄金龙枪吗?

借助第二片树叶,唐舞麟进退自如,再回战场。如此庞大的深渊能量不容错过啊!这些可以转化为极为浓郁的生命能量啊!削弱对手,增幅生命古树,这无疑是唐舞麟在战场上最大的作用。

如果没有黄金龙枪的吞噬能力，无论人类大军如何摧毁深渊生物，最终它们还是会重生，继续投入战斗。

但是，就在这时，诡异的一幕出现了。

深渊通道内部，一声尖锐的厉啸响起，紧接着，一道耀眼的紫黑色光柱冲天而起。

因为距离深渊通道很近，唐舞麟的感受最为清晰。他是以阿如恒为一个传送点过来的，此时近距离看到那几乎和深渊通道一样粗的紫黑色光柱冲起的时候，以他血脉的强横程度，以他自身高深的修为，在这一瞬都产生了强烈的厌恶感。

他胸口一阵发闷，还出现了强烈的恶心的感觉。

唐舞麟心中大惊，这究竟是什么？

紧接着，那紫黑色光柱就已经冲到高空之中，瞬间炸开，化为一个巨大的紫黑色光罩。

这个光罩有多大呢？大到将整个深渊大军全部笼罩在内的程度。

所有的炮火都再也不能落在深渊大军头上，全部被这巨大的紫黑色光罩阻挡，炸开一片片光晕。

"不好！大师兄，我们走。"唐舞麟迅速一手抓住阿如恒，催动自己的绿金色魂环和生命子树建立联系。

但是，就在这时，他发现自己走不了了。在这无比强大的紫黑色光罩的阻挡下，他和生命子树瞬间被隔绝开来，他和阿如恒被留在了这里。

"轰隆隆——"

十枚九级定装魂导炮弹终于到了，狠狠地轰击在那紫黑色的光罩之上。

光罩剧烈地摇曳起来，宛如天塌地陷一般，狂暴的能量风暴出现。哪怕是在紫黑色光罩内，都能感受到剧烈的震荡。一些弱小的深渊生物直接化为了灰黑色气流。

唐舞麟的黄金龙枪继续吸收深渊能量。他毫不犹豫地和阿如恒一起朝着光罩一侧冲去。

在这种情况下，他哪敢有半分的犹豫，只有趁着光罩对抗九级定装魂导炮弹的这个机会逃走，他们才有一线生机。

"想走吗？恐怕来不及了。"冰冷的声音在空中响起，紧接着，一道身影就已经挡住了二人的去路，可不正是冥王斗罗哈洛萨！

哈洛萨用手指一弹自己的冥王剑，顿时，大量的冥界生物从地下涌出，在大量死亡骑士的带领下，封锁了唐舞麟和阿如恒的所有退路。

天空中，一个个巨大的绿色骷髅头随之浮现出来，正是鬼帝。

黑暗铃铛、黑暗凤凰先后出现，还有众多圣灵教强者。虽然没有一个深渊生物，但毫无疑问，唐舞麟和阿如恒已经深陷重围之中，而且他们要面对的有两位准神层次的强者啊！

唐舞麟的黄金龙枪依旧在吞噬着深渊能量，在这种时候，黄金龙枪的吞噬速度奇快无比，令他的气息持续提升。

有这些深渊能量的支持，可以说，在某种意义上，他现在已经拥有了准神层次的战斗力。

可他毕竟还不是准神，无论是冥帝，还是鬼帝，都是当初和擎天斗罗云冥同时代的存在，与云冥比也不会相差太多。

这本来就是一个死局。

"小子，等你多时了。正所谓天堂有路你不走，地狱无门闯进来。在血河弑神大阵之中，一切空间都会被彻底封锁。我倒要看看，你还能用什么办法离开这里。"

唐舞麟淡然一笑："你们认为这样就能留住我吗？如果真的这么简单，那我会如此莽撞地来到这里？你们清楚我在这场战斗中的重要性，我自己也很清楚。既然你们都在，那就看看，在我离开之前，能够带走几个吧。"

看着他胸有成竹的样子，鬼帝眉毛微挑，咧嘴一笑："大言不惭。"

说着，他身边的九个骷髅头猛然扑出，九团绿色火焰已经朝着唐舞麟狂喷而来。

唐舞麟真的有能力逃走吗？当然还是有的。正像他所说，他很清楚自己在这场战斗中的重要性，一旦他死在前线，没有了黄金龙枪，联邦军队想要彻底压制深渊生物就会难上加难。所以，他肯定是做了几手准备的。

没错，他与生命子树之间的联系确实是被切断了，他现在已经没办法通过生命子树传送离开了。但是，还有生命古树啊！

生命古树已经彻底复苏，从某种意义上来说，身为自然之子的他与生命古树之间有着强烈的共鸣。通过这种共鸣，他就能被传送到生命古树身边。

眼前这血河弑神大阵确实极其强大，阻挡着十枚九级定装魂导炮弹的轰击，看起来还不会崩溃。可它毕竟还局限于人类的层次，还没有达到神级。而生命古树的本源就相当于位面之主的核心组成部分，那是真正的神级。

或许生命古树没办法直接参与战斗，但从层次上来说，它还是在这血河弑神大阵之上的。所以，唐舞麟确实随时可以传送离开。只是，如果那样做的话，他就会直接回到史莱克学院，再赶回前线可就需要不短的时间了。

所以，不到万不得已，唐舞麟是不会选择通过生命古树传送离开的。

要不是有生命古树这张底牌，他也不会冒失地闯进来。

比起深渊生物，唐舞麟更加痛恨圣灵教，那些明明是人类的邪魂师，为了一己私利甚至要毁灭整个大陆，无论是出于国仇，还是出于家恨，他都恨不得将那些邪魂师碎尸万段。

第一千六百八十五章
出乎意料的救援

这血河弑神大阵,唐舞麟很可能是闯不出去了,那就唯有被传送回生命古树那里。但他不甘心啊!这里有这么多的深渊能量,这些深渊能量足以支撑他大战一场了。每吸收一点深渊能量,就能将对手的战斗力削弱一分,在被传送离开之前,他是真的想多吸收一些深渊能量。

以他和阿如恒的身体强度,就算是准神层次的强者想对付他们,也没那么容易。

他举起手中的黄金龙枪,战天斗地的强大气势骤然爆发!那曾经站在高山上面对他的父亲海神唐三的身影又一次出现在了他内心深处。

那是连天地都不看在眼中的骄傲,是唯我独尊的傲慢与强势。

禁天地,龙皇斗!

龙皇禁法一出,除了两大准神之外,哪怕是接近极限斗罗层次的黑暗凤凰和黑暗铃铛都不由得勃然色变。

她们也通过视频看到过处于这种状态的唐舞麟,但那时候她们的感受还不算深刻,只是觉得千古东风在唐舞麟面前突然变弱了。

可当她们真正面对龙皇禁法的时候,才明白这是一种怎样的精神威压。

"神级!"鬼帝脱口而出。

虽然他知道唐舞麟不可能是神级强者,可是,当真正面对龙皇禁法的时候,他立刻就意识到这绝不是人类能够释放出的气势。虽然唐舞麟只是模拟了这种气势,可那也是神级的气势啊。

唐舞麟下一瞬的出手,绝对是石破天惊。

龙皇斗就像早年唐舞麟在战斗中用过的蓄势,只是,这种蓄势是神级层次的。

面对龙皇斗,哪怕是身为准神的冥帝和鬼帝都没有直接攻击唐舞麟的勇气,因为谁都知道,只要攻击到了唐舞麟身上,他们立刻就会受到这股神级层次的气息的冲击。

而就在这个时候,唐舞麟耳边突然传来一个声音:"别打了,快走。"

这个声音很细微,而且有些熟悉。紧接着,唐舞麟就感觉到自己和阿如恒脚下的地面突然变得松软了,一股吸力从下方传来。

到了他们这等境界的强者,对于外界的感知是极为敏锐的。他的潜意识告诉他,这个声音的主人可以信任。虽然那只是电光石火之间的感觉,但他还是决定跟着自己的感觉走,相信这个声音的主人。

所以,就在众多圣灵教强者感觉唐舞麟的疯狂攻击在下一瞬就会到来的时候,突然,他和阿如恒的身体猛然下沉,瞬间没入地面之中消失了。

而此时,哪怕是冥帝和鬼帝,都还由于受到龙皇斗的影响,为唐舞麟的威势所慑,谁也没能在第一时间反应过来。下一瞬,唐舞麟和阿如恒的气息就已荡然无存。

怎么可能?

鬼帝和冥帝都大吃一惊,疯狂地攻击地面,但他们的攻击很快就被阻挡下来了。

人没了?

光芒闪烁,下一瞬,唐舞麟和阿如恒已经回到了生命子树旁边。

而此时,众位极限斗罗早就在这里焦急地等待了。虽然他们相信唐舞麟不会有事,可相信是一回事,真正看到他安全归来又是另一回事。

雅莉第一时间冲过来,急切地道:"你再也不能冒险了。那紫黑色的是什么东西?"

她将圣光照耀在唐舞麟身上,确认自己的宝贝干儿子没事之后,这才算是大大地松了口气。

阿如恒看向唐舞麟，疑惑地道："什么情况？不是不能传送了吗？"

唐舞麟嘴角抽搐了一下，道："有人帮我们在那血河弑神大阵之中撕开了一道缝隙，虽然只是一瞬间，却让我能够联系上生命子树，把咱俩传送回来。"

没错，事实就是如此。伴随着那个声音的出现与地面上传来的吸力，唐舞麟立刻就感觉到了生命子树的气息。血河弑神大阵之中被撕开了一道缝隙，利用这一瞬间，他这才带着阿如恒传送离开了。

这一切说起来简单，可要在血河弑神大阵这种如此强大的法阵之中撕开一道缝隙绝非易事，这意味着那个救他们的人一定是圣灵教那边的核心人物，或者是深渊位面的核心力量。

深渊生物显然是不可能救他们的，深渊生物恨不得将他生吞活剥了，怎么可能放他离开？

那么，圣灵教呢？唐舞麟也绝不相信在圣灵教之中有和自己关系很好的人啊！他们是绝对的仇敌，有着血海深仇。

当时他只是觉得那个细微的声音很熟悉，可以信任，所以就下意识地去感受了周围的情况。但他着实没有辨别出那声音的主人究竟是谁。对方掩饰得非常好。

当唐舞麟将自己的想法说出来之后，在场的众位唐门和史莱克学院的强者也是一头雾水。

他们也想不出圣灵教之中究竟有什么人会帮助他们，居然还在这关键时刻救了唐舞麟。

虽然唐舞麟不是联邦军队中的一员，但敌我双方都很清楚他在这场战斗之中的重要性。

圣灵教释放血河弑神大阵，固然是为了防御，但更重要的目的恐怕是要将唐舞麟留下来啊！那人身为圣灵教的邪魂师却肯放他离开，这究竟是怎么回事？

"先不管那是谁了，咱们总算没有被传送回学院。前线情况如何？"唐舞麟道。

无情斗罗曹德智沉声道："不太好，没有达到预想的效果。如果不是你入内用黄金龙枪吞噬了一些深渊能量，恐怕我们这次还算是吃亏了。你看。"

此时，所有的远程侦察魂导器上都已经能够看清楚深渊通道那边的情况了。

巨大的紫黑色光罩将整个深渊大军都笼罩在内，十枚九级定装魂导炮弹的爆炸威力已经释放殆尽，但是，那血河弑神大阵还在，并没有破损的迹象。

无数深渊生物正不断地从深渊通道内奔涌而出，那血河弑神大阵内的深渊生物看上去密密麻麻的，十分恐怖。

炮火已经停止了。

在发现十枚九级定装魂导炮弹的轰击无效之后，作战总指挥部那边就下达了停止攻击的命令。

连十枚九级定装魂导炮弹的联合轰击都无效，普通的炮弹轰击上去也只是浪费罢了。

总攻也因此而不得不停下来。

"刚才你说血河弑神大阵？"多情斗罗臧鑫突然问道。

唐舞麟点了点头："是啊！您听说过？"

臧鑫眉头紧蹙，眼中突然流露出强烈的愤怒之色："疯子，这帮疯子啊！难怪他们要制造那么多次灾难，竟是为了这个。"

连曹德智此时都有些诧异："你在说什么？到底是什么情况？"

臧鑫深吸一口气，平复了一下自己的心情，沉声道："我在一本古籍上看到过一些极其邪恶的法门，那是一本由邪魂师传承下来的残缺的古籍。其中，最后的部分就记录了一些有关血河弑神大阵的信息。虽然那只是残缺的古籍，但残留的部分将制作这个邪恶大阵的前提说得很清楚，那就是要用千万人祭奠！"说到这里，臧鑫痛苦地闭上了双眼。

第一千六百八十六章 血河弑神大阵

"用千万人祭奠？"唐舞麟吃惊地问道。

臧鑫点了点头："正是如此。用千万人祭奠是制作血河弑神大阵的前提条件，而且还需要极其强大的邪魂师来主持。这个大阵会利用特殊的核心法阵激发一个个灵魂的怨念，将这些怨念化为能量，形成大阵的支撑力。"

唐舞麟立刻明白了些什么，瞪大了眼睛，道："那岂不是说，当初史莱克城……"说到这里，他说不下去了。

当初史莱克城被彻底炸毁，天斗城遭遇了一场大灾难，而史莱克城和天斗城都是大陆人口密集的城市，当时死去的人们的灵魂竟然被注入了血河弑神大阵之中。

这一切正是圣灵教做的啊！

这些邪魂师竟然是用这种方法制作的血河弑神大阵。

刚开始的时候，唐舞麟还以为这血河弑神大阵是深渊生物制作的，没想到居然是邪魂师制作的。

在场的众多唐门和史莱克学院的强者无不红了眼睛。在这血河弑神大阵之中，不知道有多少生命来自当初的史莱克城啊！这让他们怎能不痛苦？

"浑蛋、浑蛋！"阿如恒怒骂出声，"他们真的不配为人！"

唐舞麟攥紧双拳，眉头紧蹙，沉声问道："冕下，这血河弑神大阵除了防御功能之外，还有什么功能？"

臧鑫道："吞噬灵魂。只要有生命死去，其灵魂立刻就会被大阵吞噬，这样可以增强大阵的防御力，直到大阵无法承受为止。而且这血河弑神大阵最可怕的地方就在于'弑神'二字。'弑神'不是弑杀神祇的意思，而是指通过弑杀成神。这个大阵可以通过弑杀大量的生命，吞噬灵魂，将大阵主持者的实力提升到神祇层次。如果我没猜错的话，这大阵的主持者是圣灵教的那个魔皇，'一皇二帝四大黑暗天王'之中的魔皇、圣灵教真正的主宰者。"

是啊！发生了这么大的事情，魔皇怎么可能不在呢？

"可是，他在深渊通道之中释放这血河弑神大阵，只能覆盖这个范围，那就只能防御而已。我们没办法，他又有什么办法呢？"阿如恒疑惑地问道。

臧鑫苦笑道："你太天真了。在血河弑神大阵完全释放之后，有一人是能够移动阵眼的。所以，我们接下来将要面对的，是带着深渊大军向我们发起攻击的完整的血河弑神大阵。最可怕的是，一旦我们这边死伤惨重的话，很可能那魔皇能通过杀戮，强行提升到神祇层次啊！"

听到这里，众人无不脸色大变。

一个不知道能不能来到斗罗大陆位面的深渊圣君已经很令人头疼了，再加上一个有可能借助血河弑神大阵成神的魔皇，这还怎么打？

"报告！"

龙雨雪从外面快步走了进来，当她看到在会议室之中的唐舞麟时，才大大地松了口气。她看了他一眼后才说道："作战总指挥部那边请唐门主、无情斗罗冕下前去议事。"

唐舞麟和曹德智对视一眼，同时心中一动，猜到了一些什么。

但此时不是猜测的时候，两人没有耽搁，立刻动身，来到了作战总指挥部。

此时，作战总指挥部里面已是一片肃穆，每个人的脸色都十分凝重。

刚刚打响的决战却因为对方的强势防御而不得不暂时中止，血河弑神大阵的防御力实在是太惊人了，十枚九级定装魂导炮弹的全力轰击都没能将它炸开。

而九级定装魂导炮弹已经是联邦军队常规装备之中最强大的攻击型魂导器了。

"情况十分不妙。如果我没猜错的话，那很可能是一种非常邪门的法阵，叫作血河弑神大阵。"瀚海斗罗陈新杰一脸严肃地说道。

一听他说出这个大阵的名字，唐舞麟就知道，将军们应该已经很清楚这血河弑神大阵的效果与威力了。

果然，接下来，陈新杰就将血河弑神大阵的情况详细地讲述了一遍，甚至比臧鑫说的还要详细一些。

"这血河弑神大阵会随着吞噬的灵魂越来越多而变得越来越强大，并将能量传送给主持者。如果那个人是魔皇，那他凭借血河弑神大阵的作用，很可能提升为神祇。就算无法成为真正的神祇，也能成为可以媲美神祇的存在。到时候，至少以目前的科技手段，他应该无人能挡！"

说到这里，陈新杰的脸色已经变得异常凝重，谁也不愿意面对这样的敌人，出现这种情况也让眼前的局面变得极为艰难。

余冠志看向在场的众人，叹息一声，道："没想到我们的攻击型武器威力还是远远不够。"

越天斗罗关月道："尝试高强度的重离子射线呢？"

余冠志道："仔细计算过了，重离子射线能够凭借其特殊性穿透血河弑神大阵，对内部的深渊生物造成伤害，但依旧无法破开血河弑神大阵。而高强度的重离子射线，需要在距离较近的情况下才能释放，并且整体杀伤力有限。"

九级定装魂导炮弹已经是顶级攻击型武器了，所以，虽然联邦魂导科技得到了高速发展，但在顶尖的攻击型武器上，并没有太大的进步。

单体源泉正向循环阵列是研究的正确方向，可是这个技术对稀有金属的消耗实在是太大了，就连唐门也只是凭借它制作了一套神级机甲而已。

余冠志一边说着，一边将目光转向唐舞麟这边："只有更强的魂导器，才有可能破开这血河弑神大阵。事不宜迟啊！"

唐舞麟面上不动声色，但他心里明白，自己之前的猜测是正确的。作战总指挥部把自己和无情斗罗叫来，就是为了这一点。

所谓更强的魂导器，不就是指永恒天国吗？

他们费尽心力获得了永恒天国，这一作为战略武器的十二级定装魂导炮弹是唐门和史莱克学院能够安稳发展的关键。有了它，就连联邦都不敢对两大组织做出什么过分的事；有了它，也足以威慑传灵塔。

坦白说，要现在将这枚十二级定装魂导炮弹拿出来，唐舞麟是真的很不甘心。可是，如果不拿出来，血河弑神大阵怎么破？凭借个体的力量，想要破开那个恐怖大阵，实在是太难了。

唐舞麟没有做过多的思考，而是看向了对面的曹德智。曹德智也正在看着他，两人目光交会。唐舞麟抿了抿嘴唇，缓缓地点了点头："会有的。足够强大的武器，会有的。"

第一千六百八十七章 大局为重

余冠志眼睛一亮。

传灵塔塔主千古东风愣了一下，看着唐舞麟的目光变了。

谁都知道永恒天国的意义有多么大，对于一个组织来说，这样一件武器几乎就相当于免死金牌啊！

千古东风自问，换了自己，恐怕会以各种理由来搪塞，不到万不得已，是绝不会将它拿出来的。

虽然他想过，唐门和史莱克学院一直以来自诩中立，应该会把永恒天国拿出来，却也没想到唐舞麟竟然会如此干脆，甚至几乎没有犹豫，也没有说"回去商量一下"之类的话，就这么直接一口答应了。这还是出乎了他的意料的。

唐舞麟在说完那句话之后，脸上的表情并没有太大的变化。

这个时候，他不能犹豫。片刻的犹豫或许就会造成更多的伤亡，就会给深渊位面和圣灵教入侵大陆内部的机会，那个时候必将生灵涂炭，而他或许会成为整个大陆的罪人。

或许，将永恒天国这枚十二级定装魂导炮弹用在对付圣灵教和深渊位面上，是最合适的选择吧。

所以，他没有过多思考，一口答应了下来。

在来的路上，他就已经仔细思考过，如果联邦提出这样的要求，他要怎么办。

如果没有血河弑神大阵，他当然会拒绝，可是，面对这一连十枚九级定装魂导炮弹的攻击都能阻挡住的恐怖防御力量，他已经没有拒绝的可能了。或许真的只有永恒天国才能将这血河弑神大阵破开吧。

曹德智看着唐舞麟，缓缓地点了下头。他当然也很舍不得永恒天国，可是，除了把永恒天国拿出来，还有别的办法吗？

没有，至少现在没有。

唐门和史莱克学院的人有自己做事的原则，他们不是传灵塔的人，他们不能自私，不能只考虑自己。更何况，皮之不存，毛将焉附？

没有了联邦，没有了大陆，还会有唐门和史莱克学院吗？

余冠志显得很激动，就连他身边的陈新杰也是如此。

"好、好、好！"余冠志下意识地连着说了三个"好"字。

永恒天国在唐门和史莱克学院手中这件事不能放在明面上说，所以他先前只能隐晦地去点明。在他看来，无论怎样，人家肯定是要回去商量一下的，可事实上并没有。

这就是唐门和史莱克学院啊！有着两万年的传承，站在公理与道义之上的唐门和史莱克学院。

接下来，作战会议匆匆结束，余冠志和陈新杰将唐舞麟与曹德智留了下来。

所有的参谋和其他人员全部出去了，整个作战总指挥部内就只剩下他们四人。

陈新杰和余冠志对视一眼，突然，这两位上将骤然立正，向唐舞麟和曹德智行了个军礼。

"谢谢，谢谢你们。"余冠志的情绪都有些要失控的迹象了。

身为军方的高层，他是最清楚永恒天国的意义的啊！

唐舞麟叹息一声，道："两位将军不用如此，这是我们应该做的。在大是大非面前，任何个人和群体的利益都要让路。我立刻赶回史莱克学院，最多需要一天时间，我一定会将它带回来。"

余冠志道："别的客套话我就不说了。以后唐门和史莱克学院但凡有用得着我个人和我们家族的时候，请尽管说。从这一刻开始，中央军团就是你们坚定的支持者。"

作为军方的三位大佬之一，他说出这样的话，已经代表了很大一部分军方势力对于唐门和史莱克学院的支持。

"这也是我想说的。"陈新杰看着唐舞麟的眼神之中充满了赞赏。

"云冥没有选错人。老曹，你的选择更是正确的。真有些羡慕你们后继有人啊！海神军团、战神殿也是唐门和史莱克学院的支持者。"

之前无论他对龙夜月的感情有多么深，他都只是站在个人的立场对史莱克学院和唐门提供帮助，与他所代表的势力无关。而当唐门和史莱克学院愿意拿出永恒天国来对抗强敌的时候，这位才算是真正地站在了他们这一边。

军方的三位大佬中，已经有两位表明了要支持唐门与史莱克学院。在日月联邦的历史上，从来没有出现过这样的情况。

唐舞麟道："我走之后就要麻烦各位共抗强敌了，不要让那血河弑神大阵过来。"

陈新杰点了点头，道："这个你放心。虽然我们的炮火不足以破开它，但还是能阻挡一阵子的。这血河弑神大阵之所以防御力强，恐怕是因为背后有众多深渊强者的支持，接下来双方就是拼消耗了。虽然拼消耗我们未必拼得过，但短时间内还不会有问题。"

"好，那我先走一步。"唐舞麟也不再多说，释放出绿金色魂环，整个身体瞬间变得通透起来。浓郁的生命气息从他身上向外释放，给人一种奇异的感觉。周围的一切都随之变得生机盎然，陈新杰和余冠志都不禁露出惊讶之色。

他们当然知道史莱克学院与唐门都有一些独门绝技，先前唐舞麟在战场上任意传送、进退自如的一幕也令他们十分惊讶，但他们还是第一次近距离看到唐舞麟施展这样的绝技。他们不禁心想，这种层次的生命气息是人类能够拥有的吗？

没等他们多思考，绿光一闪，唐舞麟已经消失。

"我们商量一下接下来的作战方案。在血河弑神大阵被摧毁之前，我们恐怕只能防御了。"

史莱克学院，海神湖。

唐舞麟几乎瞬间就感觉到了身体周围的水流，当他睁开双眼的时候，人已经在水下深处。

他身体周围自然形成了一层光膜，阻挡着湖水，身在水中的他，很自然地就对水有一种强烈的亲切感。

眼前正是生命古树。

但当他此时再看到生命古树的时候，不禁吃了一惊。

和他们离开时相比，面前的生命古树已经出现了一些变化。虽然是在水下，但唐舞麟依旧能够看清楚。

生命古树的树干原本看上去和普通树木的树干并没有太大区别，只是散发出的生命气息的强度不一样而已。

可现在再看，唐舞麟发现生命古树出现了质的变化。巨大的生命古树已经开始散发出淡淡的金色光晕。那金色光晕化为浓郁的生命气息冲击在唐舞麟身上，令他有种全身一暖的感觉。就连周围的湖水都被染成了金色。

生命古树变得更大了，他抬头向上看去，只见树冠已经到了接近湖面的位置。树冠上的叶子也散发出金色光晕，就连一些叶脉也变成了金色的。

身为自然之子，唐舞麟的感受当然是很深刻的，他的第一反应就是，生命古树要进化了。没错，这一定就是要进化的迹象啊！

大喜过望之下，唐舞麟立刻凝神感受，同时向生命古树发出询问。

很快，生命古树就给出了回应。它清楚地告诉唐舞麟，它确实正在进化，当所有叶子都变成金色的时候，它的进化就完成了。

第一千六百八十八章 凌梓晨的条件

生命古树将会进化为黄金古树，恢复到当初在海神岛上时的层次，因为是重生，所以相比于当初苍老的黄金古树，它只会变得更强。到了那时，树冠也将冲出水面。

这真是太好了！唐舞麟兴奋不已。

同时，生命古树告诉他，它之所以能够进行这样的进化，主要是因为他传来的那庞大的生命能量。深渊生物的生命能量毕竟是位面层次的，对它的滋养效果非常好。越高等的深渊生物，生命能量的层次就越高，生命古树的进化需要更多这样的能量，所以生命古树让唐舞麟最好能够为它多吞噬一些这样的能量。

"我一定会全力以赴的。"唐舞麟恭敬地向生命古树行礼之后，腾身而起，钻出了水面，飞到半空之中。

就在他飞向史莱克学院主教学楼的时候，又发现了一个变化。

他惊讶地发现，就在海神湖湖边，原本还是光秃秃的湖岸此时已经变得郁郁葱葱，而更让他感到熟悉的是，这些生长着的、充满了生命气息的植物，可不正是蓝银草吗？

他的武魂原本是蓝银草，看到这么多的蓝银草，他的兴奋之情可想而知。而当这些蓝银草感受到他身上的气息后，都不由自主地向他的方向摇摆了起来。

如果从高空俯瞰就会看到，此时此刻，在这巨大的海神湖周围，有一大片淡蓝色。

这种感觉实在是太美妙了。清新湿润的空气中带着淡淡的植物芬芳，此时的海神湖湖畔简直如同人间仙境一般。

唐舞麟心中生出一种莫名的感动，与此同时，他的眼神变得越发坚定了。

他无论如何都要守护好大陆，守护好史莱克学院，绝不能让那邪恶的魔掌再次伸到这里。

他拨通魂导通信。

很快，另一边传来熟悉的声音。

"什么事？"简单直接的问话传来。

"我回来了，你在哪里呢？"唐舞麟问道。

"你回来了？前方没事吧？"魂导通信器另一边顿时传来关切的询问。

"我没事，等见面再说吧。"

五分钟后，唐舞麟已经出现在了凌梓晨面前。

史莱克学院和唐门的众多强者已全部离开，史莱克新城这边的安全事务就由凌梓晨坐镇指挥。有她在，所有的魂导阵列防御系统都会保持在良好状态，不怕任何突袭。

"什么？你要带走永恒天国？不行，我不同意。"凌梓晨的声音几乎是瞬间就提高了一个八度。尽管她一直在努力改变自己，尤其是在唐舞麟面前，她想努力让自己变得温柔一些，可当触及她的底线时，她就立刻恢复到了疯狂的状态。

唐舞麟叹息一声，道："梓晨，你听我说。这不仅是我们唐门和史莱克学院的事，而且是关系到全大陆生死存亡的大事。或许只有永恒天国才能毁掉血河弑神大阵，而血河弑神大阵是必须毁掉的。我们责无旁贷，不能耽搁。"

永恒天国是由这位大科学家掌管的啊！自从有了永恒天国，凌梓晨的魂导科技研究就有了质的飞跃，这永恒天国毕竟是好几代科学家的心血结晶，对她的启发是巨大的。

"那如果用永恒天国依旧炸不破呢？"凌梓晨大声说道。她是真的舍不得啊！

越深入研究永恒天国，她就越明白这东西有多么神奇。能够将那么巨大的威能凝聚在这一枚小小的定装魂导炮弹之中，这是何等先进的科技？对于她来说，用永恒天国进行研究，作用实在是太大了。

而且，在科学家眼中，这玩意儿根本就不是武器，而是艺术品、科技结晶。

凌梓晨在刚刚得到它的时候，甚至有连续半个月都是在它身边睡觉的，而且晚上做梦都能笑醒。

此时一听唐舞麟要将永恒天国带走，她的眼圈都红了。

"对不起，梓晨，我们必须动用它。哪怕最终依旧是无效的，我们也要尝试，否则的话，血河弑神大阵真的很可能会通过杀戮制造出一个神祇来，到了那时候，整个大陆都会被毁灭啊！我理解你的心情，可是，站在整个大陆的角度来看，我们别无选择。你去准备吧。"

凌梓晨目光灼灼地看着他，晶莹的泪珠在眼眶内打转，就是没有要去准备的意思。

唐舞麟张了张嘴，想说些什么，可看着她的样子，确实是有些不忍心。

正当他下定决心，准备再次催促的时候，突然，凌梓晨猛地扑入他怀抱之中，放声大哭。

"舍不得，我舍不得啊！你知道吗？在这永恒天国的技术里面，有我爸爸妈妈的心血，看到它，我仿佛就能看到爸爸妈妈，好像他们就守护在我身边。我真的舍不得！求求你，不要带走它好不好？我求求你……"

唐舞麟鼻子一酸，眼圈顿时也有些红了。他轻轻地搂住凌梓晨，他太理解她此时的这种感受了。

当初唐孜然夫妇二人失踪之后，多少次午夜梦回时，他心中都充满了对养父母的强烈的思念。而好不容易再见到他们后，他和他们却又在短时间内天人永隔了，如果不是亲生父亲带给了他那一线希望，或许，他早就已经崩溃了。

而凌梓晨的父母确实已经不在了。对于她来说，这永恒天国本身就是心灵的寄托。

所以，唐舞麟很清楚此时凌梓晨的感受，可是，他又能怎么办呢？

他轻轻地拍着她的背，尝试着安慰她："对不起，梓晨，对不起。可是，我们别无选择。当初，你爸爸妈妈做这个研究，也是希望能够用它来守护大陆。或许我们永远都没办法再制造出一枚永恒天国了。将这种真正有着大范围摧毁能力的武器用在这次战斗中，或许才是它最好的结局，至少比不知道什么时候让它在大陆上爆炸要好得多。就算永恒天国不在了，你爸爸妈妈留下的科技还在，那才是他们真正留给你的东西。"

凌梓晨的身体不断地颤抖着，但是，她发现，伏在他的怀中，她觉得特别安稳，那是一种难以形容的感觉。

突然，她抬起头，看向唐舞麟。

"答应我两个条件。"

"你说。"唐舞麟轻叹一声，此时此刻，无论凌梓晨提出什么条件，他都没有不答应的道理。

"第一，我要跟你一起去。只有由我来使用，才能将永恒天国的威力发挥到最大。"

唐舞麟没有犹豫，立刻点了点头："好，我答应你。"

凌梓晨深吸一口气，道："第二个条件，我要用一些你的血液做研究，你要给我。"

"我的血液？"唐舞麟疑惑地看着她。

凌梓晨道："我的研究方向除了魂导科技之外，还有生物科技。我就想要一些你的血液，你能答应我吗？因为像你这样优秀的天才，基因一定有特殊之处，我想研究一下。"

第一千六百八十九章 疯狂的凌梓晨

唐舞麟道:"那好吧,你要多少?"

凌梓晨道:"不多,十滴就可以了。"

"嗯。现在?"

"现在!"

想要唐舞麟的血液可不是一件容易的事情,他的身体已经到了接近无漏金身的程度,除非是用神器,否则不太可能刺破他的皮肤取走血液,尤其是在正常情况下,他还有黄金龙体作为防御。

十分钟后,凌梓晨的眼圈已经不红了,她手里拿着一根小小的试管,正看着里面的十滴血液啧啧称奇。

唐舞麟看着她眼神中的狂热,不禁有些无语了,心想,这情绪也变化得太快了吧。

这试管内的十滴鲜血确实和普通人的不太一样。这十滴鲜血呈金红色,非常奇异,而且仿佛本身就有生命似的,正不断地扭动,不像是液体,倒有几分像是固体。

连唐舞麟都是第一次看到自己的鲜血,隐约之间,他还能感受到自己的鲜血之中也蕴含着金龙王气息。

也难怪凌梓晨会如此兴奋,她还是第一次见到会蠕动的鲜血。而且,她心中还藏着一个小心思。

她偷偷瞥了唐舞麟一眼，唐舞麟疑惑地看向她，她赶忙收回目光，向他温柔一笑。

看着她的笑容，唐舞麟不自觉地打了个寒战，总觉得有哪里不对劲。

"你要我的血，到底是想做什么研究啊？"唐舞麟忍不住问道。

凌梓晨立刻正色道："当然是做基因研究。你看你的基因这么强大，要是能通过研究，制作一些适合提升实力的基因药剂出来，我们唐门的赚钱能力岂不是要超过传灵塔了吗？"

唐舞麟一阵无奈，还要再问什么，凌梓晨却已经道："你等着，我去取永恒天国。"

这是最重要的事，唐舞麟也就没有再说什么。

凌梓晨独自一人走到史莱克学院内部的研究中心，这个研究中心是按照她的要求建造的。而且，与史莱克学院这边商量之后，凌梓晨准备在未来专门在史莱克学院开设一门科技课程。

史莱克学院两万年来的教学课程都是相对单一的，主要就是以培养魂师为主，在一段时期内，也有过专门培养魂导师的课程。后来随着斗铠的出现，对魂导师的培养就没有那么重视了，虽然也还有一些相关课程，但都是选修课，最主要的教学方向还是培养斗铠师。

而凌梓晨则建议，史莱克学院除了要注重对魂师的培养之外，还需要培养各行各业的人才。如果史莱克学院能够拥有更多种类的人才的话，那么就能够在大陆各个领域积累人脉，之前出现的那种大灾难可能就不会发生了。

通过召开海神阁会议商量之后，史莱克学院方面同意了凌梓晨的建议，下一届将会针对除魂师之外的孩子进行招生，专门招收一些头脑聪明却没有武魂的孩子进行文化课培训。

凌梓晨的这个研究中心就是在这种情况下建立起来的，它不是独属于唐门的，而是唐门和史莱克学院共有的，同时可以调配两大组织的资源。而凌梓晨自然就是这个研究中心的第一任负责人了。

研究中心在地下深处，经过改造，它已与当初史莱克学院在海神湖下的避难所相互连通，把隐蔽和防御工作做到了最佳。

凌梓晨本身就是个完美主义者，所以，在建造这个研究中心的时候，她完全是以要能够防御永恒天国这个级别的武器的攻击为标准来进行的。虽然花费巨大，但这绝对是当今联邦防御力最强的研究中心了。

连续进了四扇金属门之后，凌梓晨又乘坐专属电梯下行。足足用了十几分钟时间，换了两部电梯，她才最终来到了深处的一个大型实验室之中。

如果唐舞麟跟着她一起来到这里，一定会吃惊得合不拢嘴。

这个实验室是专属于凌梓晨的。此时整个实验室内完全是一片乱糟糟的景象，到处都摆放着各种稀有金属、零件。

正中央一个巨大的台子上，摆放着一枚通体呈银白色的定装魂导炮弹。

相比于一般的定装魂导炮弹，它的体积有点小。银白色的外壳呈优美的流线型，前面三分之一的部分晶莹剔透，能够看到里面有若隐若现的光芒。

那是由一千零八十个单体源泉正向循环阵列组成的，也是永恒天国释放恐怖威能的核心所在。

而它的后半部分此时是裂开的，能够看到里面有一些极为精密的细小零件。

凌梓晨嘴角抽搐了一下，自言自语道："那家伙要是看到我把永恒天国拆了，而且还是在地下深处拆的，不知道会有什么反应。他们都以为我不断加固研究中心是为了防备外来的攻击，哪里知道我是怕这玩意儿爆了啊！现在好了，它没有爆炸的机会了。让我想想，是怎么组装的来着……"

唐舞麟一直都知道凌梓晨很疯狂，但如果让他知道这位疯狂到了这种程度，恐怕也会目瞪口呆……

足足用了一个多小时的时间，她总算将这枚银白色的定装魂导炮弹全部组装完毕。

凌梓晨嘿嘿一笑，道："搞定，收工！姐就是强大！要是给我足够的资源，说不定我真的能够再制造出一枚永恒天国呢。"

说着，她小心翼翼地将面前这枚大陆第一恐怖武器收入自己的储物魂导器之中，这才算是松了口气。

"他一定等急了吧。不过，还要让他再等一会儿，嘿嘿嘿嘿。唐舞麟啊唐舞麟，你肯定想不到我要你的血液是为了干什么。哈哈，回头让姐姐好好试验一下，要是成功了就赚大了。"

说着，她走到实验室一侧，按下一个非常隐蔽的按钮，顿时，一扇金属门开启，露出了后面一个独立的空间。

和外面实验室的杂乱不同，这个独立的房间显得非常整洁，大约只有实验室的三分之一大，里面摆满了各种精密仪器。

最重要的是中央有一个巨大的培养舱，看上去像是玻璃材质的，里面有各种各样的管子，而就在这透明的培养舱之中，有一个人。

或许不能说这是一个人。因为他只有一个人形的外表，没有任何生命气息，甚至连五官都没有。

凌梓晨嘿嘿一笑，道："唐舞麟啊唐舞麟，你说，我要是能够克隆出一个你来，那会怎样呢？到时候，姐想怎么抽打你就怎么抽打你，嘿嘿嘿嘿。"

唐舞麟确实等得有些焦急了，这凌梓晨一去就是两个小时，要是换了别的地方，他早就找过去了。可以这实验室的防御等级，就算是他想要进去也不是一时半会儿能够做到的啊！所以，他能做的就只有等待。

终于，电梯门开启，凌梓晨从里面走了出来。

第一千六百九十章 交换

此时凌梓晨一脸严肃,看到唐舞麟后,立刻冷冷地说道:"走吧!"

唐舞麟嘴角抽搐了一下,心想,你去了这么久,也不解释一下?

不过在这个时候他也不好多问什么,时间紧迫啊!

两人来到海神湖湖畔。唐舞麟向凌梓晨道:"我要拉着你的手才行,冒犯了。"

凌梓晨向他翻了个白眼:"少来这套。抱都抱过了,拉拉手算什么?"说着,她很大方地把自己的手递了过去。

唐舞麟尴尬地咳嗽一声,有些无奈,可又拿她没有任何办法。他牵住她的手,释放出魂力包覆住两人的身体,纵身一跃,直接跳入海神湖之中。

当他们再次出现的时候,已经回到了生命子树旁边。远处的轰鸣声顿时传入他们耳中,大地似乎都在轻微地震动着。

一道道身影飞速冲来,正是感受到了唐舞麟的气息后赶来的众位极限斗罗。看到他和凌梓晨一起来了,他们不用问也知道永恒天国被带过来了。

唐舞麟赶忙问道:"前线的情况怎么样?"

无情斗罗曹德智赶忙道:"目前情况还算稳定。经过商议之后,作战总指挥部决定对对方进行不间断的打击。我们消耗弹药,也要让对方消耗能量。目前来看,血河弑神大阵没有要移动的意思,似乎本身还不够稳定。"

唐舞麟松了口气:"那就好。冕下,咱们赶快去一趟作战总指挥部吧。梓晨,你就先留在这边,众位冕下会保护你,稍后我会回来带你过去。"

虽然把永恒天国带来了,但他们还要仔细研究一下怎么用。

极北之地,深渊通道。

巨大的祭坛上,紫黑色光芒向上空疯狂涌动,而站在祭坛中央的身影此时已经完全变成了紫金色的。

恐怖的气息不断向外释放。而就在祭坛周围,围坐着六个人。准确地说,是六个人形生物。

其中就包括黑皇一族的领袖黑帝、深渊炸弹蜂一族的领袖蜂帝。

他们的气息都在不断向那中央的祭坛之中奔涌而去。

站在外围的冥帝和鬼帝的眼神都显得非常狂热。

鬼帝喃喃自语道:"成功了,就要成功了。我们这么多年的计划,终于要成功了。哈哈,是不是很兴奋?"

冥帝点了点头,眼中的狂热甚至还要超过鬼帝:"是啊!这就是我们一直期盼的!只要魔皇陛下能够成功,就证明我们选择的路是对的,我们为深渊位面所付出的一切也是值得的。"

是的,这就是交换,圣灵教与深渊位面的交换。

圣灵教答应帮助深渊位面开辟一条全新的深渊通道当然不是没有条件的。

血河弑神大阵不是那么容易完成的,就算完成了,因为受到天谴的影响,在使用过程中也会出现无数次危机。

唯有让众多强者为之护法,才有可能真正成功。

所以,当初圣灵教与深渊位面达成的协议就是,他们帮助深渊位面开辟深渊通道,而深渊位面则要派遣足够多的强者帮助他们完成血河弑神大阵。

这对于双方来说是一件互惠互利的事情。深渊位面要的是生命能量,而圣灵教要的则是死亡能量,互不冲突。

圣灵教这边早就计划好了。首先,圣灵教本身的实力就相当强大,虽然开辟深渊通道耗费巨大,但一旦开辟成功,有了深渊生物作为掩护,对圣灵教的发展会更有利,毕竟深渊生物才是人类真正的大敌。

其次，圣灵教可以利用深渊生物制造更多的灾难，他们能够隐藏在后面，以最小的损失来获取更多的死亡能量。

而最直接、最重要的收获就是眼前的血河弑神大阵了。这是圣灵教多年来经过数代邪魂师的研究找到的邪魂师成神之路。

不能顺天而为就要逆天而行。他们选的就是这条邪恶之路，以千万人为祭品来成就神位。一旦成功，魔皇就将成为真正的邪神。

如果斗罗大陆位面还有神界守护，这当然是找死，但在没有神界守护的情况下，他们就有可能成功，而且还有可能建立属于自己的神界。

所以，圣灵教在和深渊强者商议之后，双方各怀鬼胎。圣灵教先展现诚意，为深渊位面开辟深渊通道，同时要求深渊强者在深渊通道开启之后，帮他们彻底完成血河弑神大阵。

当然，他们肯定不会告诉深渊强者他们是要借此来成神，只告诉深渊强者血河弑神大阵有着足够强大的防御力，可以减少深渊位面的损失，对双方都是有好处的。

因此就有了眼前这一幕。一旦魔皇成为邪神，接下来自然就轮到了冥帝和鬼帝，而有了一名邪神，再重新开启血河弑神大阵就要容易得多了。深渊圣君由于受到位面压制，几乎不可能来到斗罗大陆位面。到了那时候，深渊生物就算是有所不满也不能把他们怎么样。

这就是圣灵教完整的计划。

而现在看起来，深渊强者还是十分信守承诺的。在接近准神层次的帝级强者出来之后，第一时间就开始帮助魔皇完成血河弑神大阵了。

这也是为什么先前唐舞麟和阿如恒来到附近的时候只见到了圣灵教强者，却没有见到深渊强者。

全身呈紫金色的魔皇此时已经完全露出了本来面目。

那是一名面容姣好的女子，看上去三十多岁的样子，无论是身材还是相貌，皆是万里挑一。

此时此刻，她额头正中有一块紫金色的晶体，散发着耀眼的光芒。

她身上没有魂环，但自身的气息在以惊人的速度提升着，皮肤表面不时浮现出一层层奇异的光泽，呈现出波纹状。

外面的轰炸还在继续，但血河弑神大阵岿然不动。

恐怖的气息在空气中流转，但对于内部的深渊生物来说，并没有太大的影响。

盘膝坐在祭坛边的黑帝缓缓睁开双眼，她那双眼眸宛如黑宝石一般明亮。她抬头看了一眼坐在祭坛正中的魔皇，嘴角微微翘起，露出一抹不易察觉的冷笑。

随后，她重新闭上双眼，全力催动自己的深渊能量，注入面前的血河弑神大阵之中。

作战总指挥部。

"我建议尽快展开轰炸。"作战总指挥部内只有四个人——瀚海斗罗陈新杰、神笔斗罗余冠志、无情斗罗曹德智和龙皇斗罗唐舞麟。

永恒天国自然不能被摆在明面上，传灵塔的那些人也已经猜到了这一点。毕竟当初唐门和史莱克学院拿走永恒天国的手段算不上光彩。

唐舞麟说道："如果说这血河弑神大阵本身是能够移动的，那么，它就像一个移动堡垒一般，早就可以对我们展开进攻了。但它现在没有动，那就只有几种可能。一种可能是血河弑神大阵还没有真正完成，他们还在继续制作；一种可能是血河弑神大阵已经足以让他们的人提升；还有一种可能是，还有更强大的深渊生物没有来到大陆上，他们还在守护深渊通道，等待强大的深渊生物出现。但无论是面对哪一种可能，我们用最快速度去解决血河弑神大阵都是正确的选择。"

余冠志点了点头，道："我同意舞麟的说法。"

陈新杰道："我也同意。那么，现在就是如何使用永恒天国的问题了。十二级定装魂导炮弹有它的特殊性，一旦释放出去，是会直接影响到周围的一切的，达到足够层次的强者都能感应到。一旦被发现，我担心深渊生物那边会使出自杀式攻击在空中拦截，让永恒天国的威力不能完全作用在血河弑神大阵之上。"

唐舞麟道："确实是有这种可能。所以这次我将我们唐门魂导炮弹研究中心的负责人也带过来了，她说她有把握能最大程度地发挥出永恒天国的威力。不如我将她请过来参与讨论如何？"

第一千六百九十一章
危言耸听

陈新杰道:"唐门的魂导科技水平是联邦最高的,我觉得可行。"

余冠志也点了点头。

当凌梓晨被唐舞麟带到作战总指挥部的时候,这边的各种准备工作已经就绪了,众人正在商量细节。

看到唐舞麟将她带进来,余冠志开门见山地说道:"我们接下来的计划是这样的。我们会再次发动一轮九级定装魂导炮弹的攻击,从而动摇血河弑神大阵,同时用九级定装魂导炮弹爆炸的威力来掩盖永恒天国的气息,将永恒天国放在九级定装魂导炮弹开始轰炸之后使用,隐藏在密集的炮火之中发射。"

唐舞麟正要点头,在他身边的凌梓晨却道:"没用。"

她的话顿时引来了在场众人的注视。

其实余冠志在看到唐舞麟带进来的是一名年轻的漂亮女性的时候,心中多少还是有些轻视的。凌梓晨实在是太年轻了,看上去也就是二十岁出头的样子。

此时听她如此断言,他不禁皱了皱眉,问道:"哦,这位是?"

唐舞麟道:"这位是我们唐门魂导炮弹研究中心的负责人凌梓晨小姐。"

凌梓晨白了唐舞麟一眼,然后看向余冠志:"叫我凌主任就可以了。"

余冠志愣了一下,控制了一下自己的情绪,道:"那凌主任有何见教?"

凌梓晨走到桌子前,道:"你们的计划一点用都没有。你们以为永恒天国的气息是其他魂导武器能够掩盖的吗?这个想法简直太天真了,你们当永恒天国是什么？"

余冠志眉毛微挑，他身居高位，还从来没人这么不客气地跟他说过话，就算是跟他不和的西方军团军团长董子安也不会。

曹德智瞪了凌梓晨一眼："梓晨，好好说话，不得无礼。"

凌梓晨哼了一声，道："我说的是事实。'永恒天国'这个名字的由来，你们应该都知道，但是，真正了解它的威力的，恐怕只有我。其实根本不需要准备什么，一旦它锁定了目标，就没有任何东西能够阻挡它了。简单来说，永恒天国的威力足以毁掉整个极北核心圈。那什么血河弑神大阵，绝不可能挡得住永恒天国的威力。"

听她这么一说，在场众人都不禁露出了震惊的表情。

毁掉整个极北核心圈？

极北核心圈是一个巨大的区域，可不是当初的史莱克城所能相比的。

凌梓晨沉声道："不信？这么说吧。将当初落在史莱克城的那两枚定装魂导炮弹的威力按几何级数向上叠加三次，差不多就是永恒天国的威力了。其实，你们需要担心的不是能不能毁掉那个血河弑神大阵，而是在毁掉那个血河弑神大阵的同时，会不会引起极北核心圈的地壳变动，破坏那厚达万丈的冰层，导致整个斗罗星的海平面上升，淹没大陆。"

"啊？"

除了唐舞麟，在场的这几位都是极限斗罗层次的强者。可他们万万没想到，凌梓晨的到来会带给他们一个这样的问题。

凌梓晨挑了挑眉毛："不信？极北之地的冰层集中了整个斗罗星超过百分之八十的淡水。而永恒天国爆炸后产生的高热，至少能够让冰层融化三分之一，那么，就会直接导致整个斗罗星的海平面上升。到了那个时候，先不说深渊生物有没有被打退，恐怕整个斗罗大陆，甚至连远方的星罗大陆、天斗大陆都会发生海啸。损失会达到什么程度，没办法计算。所以，想要动用永恒天国的人，绝对是愚蠢的。这玩意儿不是武器，是灾难。"

唐舞麟倒吸一口凉气，包括他在内，在场众人都不禁目瞪口呆。

余冠志忍不住道："可是，如果不动用永恒天国，我们根本没办法毁掉那个血河弑神大阵啊！这该怎么办？"

凌梓晨道："这就牵涉到技术问题了。也不是不能用永恒天国，而是要看怎么用。如果真的要使用，我建议只动用它的一部分力量，将攻击力限制在一定范围内。你们的目的不就是破阵吗？能够破阵不就行了？"

唐舞麟道："梓晨，你能不能说清楚一点，如何才能将永恒天国的攻击力限制在一定范围内呢？"

"把它拆了。"凌梓晨轻描淡写地说道。

众位极限斗罗大惊失色。

"拆了？"所有人都瞪大了眼睛。

凌梓晨淡然一笑："对啊，拆了。如果我能把它从一枚定装魂导炮弹变成一件超级武器，那么，它就能够被多次使用了。能用多少次不知道，但单次使用的威力就会相对可控，至少不会直接发生大爆炸，带来大灾难了。"

把永恒天国变成一件超级武器？

这个想法首先就让曹德智眼睛一亮。

如果可能的话，唐门和史莱克学院当然都不希望失去这件能够威慑天下的恐怖武器了。

"梓晨，你有多大把握？"唐舞麟问道。

凌梓晨道："百分之八十吧。不过，另外百分之二十的可能性是它会直接爆炸。所以，你们要做好心理准备。"

熟悉她的唐舞麟和曹德智还好一些，余冠志和陈新杰则都有种血压上升的感觉。

什么叫另外百分之二十的可能性是它会直接爆炸？你可刚说完爆炸的后果啊！

凌梓晨耸了耸肩膀，道："所以，我建议你们把我送到那个血河弑神大阵的另一边去。如果我的改造失败了，反正永恒天国也会爆炸，足以摧毁那个血河弑神大阵，对这边的影响会小一些。"

余冠志看向陈新杰，两人面面相觑。

陈新杰道："如果真的导致海平面上升的话，具体会造成什么样的后果？"

凌梓晨道："地势高的地方应该问题不大，地势低的地方，恐怕会被淹没。所以，你们最好先请示联邦，而且要尽快做好人员疏散工作，未雨绸缪。"

余冠志此时只觉得自己头都大了。请示联邦？这事有那么容易吗？要是让民众知道了真实情况，恐怕立刻就会陷入恐慌啊！

无论是他还是陈新杰，原本都认为直接使用永恒天国就可以了，却没想到动用这件超级武器居然会牵涉这么多问题。

如果不是在极北之地，至少不会有海平面上升的问题。现在究竟要如何是好？

凌梓晨道："不要认为在别的地方就能随便使用永恒天国。永恒天国的爆炸威力足以让任何地方生灵涂炭，爆炸覆盖范围之广是你们难以想象的，而且甚至会有持续性的破坏力，导致地壳变动都不是没可能的。假设将它扔进火山里，就很可能会造成不可预知的恐怖后果，跟世界末日来临也差不了多少。在极北之地使用它反而是麻烦最小的，毕竟这里荒无人烟。我能说的就这些，你们必须赶快做决定，是让我改造永恒天国，还是如何？"

唐舞麟道："就没有别的办法吗？"

第一千六百九十二章
改造永恒天国

凌梓晨耸了耸肩膀,道:"有别的办法。只有在一种情况下,永恒天国对我们这边的破坏力才没那么大,那就是把它扔到深渊通道深处,直接炸其本源。这样的话,爆炸地不在我们这里,自然就不会影响到我们这边了。"

唐舞麟心中一动,让它直接在深渊通道内爆炸?这也不是不可能。

可这个念头立刻被他自己否决了,原因很简单:炸了深渊通道,也解决不了血河弑神大阵给这边带来的威胁,而且,深渊位面的具体情况他们都不够了解,万一永恒天国爆炸后无法真正伤害到深渊生物呢?

而且,除非自己亲自前往深渊位面,否则,炸死大量的深渊生物后,无法将它们的深渊能量吞噬掉的话,一时三刻之后,人家就又重生了,岂不是在做无用功?

就在这时,陈新杰展现出了他果决的一面,向余冠志沉声道:"冠志,你立刻将我们这边的情况向联邦汇报,请示联邦。凌主任,你这边就先做好改造的准备吧。"

凌梓晨点了点头。

"如果改造的话,需要多长时间?"余冠志问道。

凌梓晨道:"两天,而且我需要舞麟的帮助。有他在,成功率会高一些,而且速度会快一些。"

"不行。"三大极限斗罗同时脱口而出。连唐舞麟都被他们这急切的反应吓了一跳。

曹德智瞪着凌梓晨道："这绝对不行。舞麟对于唐门和史莱克学院的重要性，你不知道吗？他要是出了事，唐门和史莱克学院怎么办？"

陈新杰道："正是。而且，不仅是唐门和史莱克学院需要他，战场上同样需要他的黄金龙枪来持续削弱深渊生物的战斗力，所以，他绝不能有任何危险。我们可以调遣军方最好的锻造师和魂导武器专家给你。"

凌梓晨想了想，道："这样也可以。但是，成功率可能会降低。因为我需要舞麟锻造的天锻金属做超级武器的外壳，普通金属根本承受不住其能量变化。你们应该都知道吧，永恒天国的外壳本身就是用神级金属打造的，只是品质和舞麟锻造的有不小的差距，而且改装需要新零件，没有神匠，我做不到。"

曹德智道："那也可以远程操作。你提出要求，让舞麟在这边锻造出来。"

凌梓晨撇了撇嘴，道："就知道您偏心，您怎么不顾我的安危呢？"

曹德智愣了一下，而后轻叹一声，道："怎么会呢？你是我看着长大的，在我心中，你和我的亲生女儿并没有什么区别。但舞麟不一样，他不只是我的晚辈，更是唐门和史莱克学院的未来。傻丫头，我当然不会让你独自面对危险，我和臧鑫都会一直在你身边的。万一有了变故，我们也会尽力去救你。万一真的走不了，我们就陪你吧。"

曹德智这番话说得轻描淡写，陈新杰和余冠志对视一眼，都不由得肃然起敬。这就是唐门的人啊！

"老曹，别的不多说了。这场战斗或许是我们的最后一战，有你这样的战友，我引以为荣！"余冠志郑重地说道。

曹德智微微一笑："少来这套，我这是为了我们唐门，可不是为了你们啊！而且，永恒天国要是改造成功了，可是我们唐门的武器，以后就和你们一点关系都没有了。行了，你们赶快去请示吧，我们立刻回去，做好准备工作。前线还要靠你们先顶住。两天时间说起来不长，但也绝对不短。"

唐舞麟、曹德智和凌梓晨一起返回了唐门和史莱克学院这边的营地。

"说吧，到底有多少成功率。"曹德智没好气地看向凌梓晨。

凌梓晨嘻嘻一笑，道："您怎么这么问啊？我刚才不是都已经说了吗？"

曹德智道:"少来这套,别人我不了解,你我还不了解吗?这种事不是闹着玩儿的,说实话。"

凌梓晨吐了吐舌头,道:"改造过程是没有危险的,但最后的使用过程有可能会有危险。因为我们谁也不知道,它的真实威力会达到什么程度。而且,只有我能使用它,别人用不了。因为除了我之外,没有人真正明白单体源泉正向循环阵列的特性。"

曹德智抬手在她头上敲了一下:"如果改造出了问题呢?会不会影响到永恒天国本身?"

凌梓晨道:"不会的。这玩意儿哪有那么好改造,我只是将它的输出方式改变一下,其实并不是很困难。困难的是要凑齐改造时所需的金属,所以确实需要舞麟帮忙。有了他的锻造,才能保证永恒天国在被改造之后还能保有足够强大的攻击力。永恒天国依旧可以随时作为一枚定装魂导炮弹使用,只不过,使用的时候需要付出一定的代价而已。"

"什么代价?"曹德智疑惑地问道。

凌梓晨道:"这个您就别打听了,反正是在我能承受的范围之内的。"

曹德智道:"那回去后就开始改造吧,此事宜早不宜迟。"

凌梓晨当着军方两位大佬的面说得那么严重,当然是为了唐门着想,这次唐门把永恒天国拿出来,还要冒险,总不能就这么算了,毕竟永恒天国已经在唐门手中了。凌梓晨虽然没有明说,但这索要好处的意思已经隐晦地表达出来了。

她从来都没有放弃过研究单体源泉正向循环阵列,但这个研究需要用大量的稀有金属作为基础。她一直都认为,一旦研究成功,单体源泉正向循环阵列会成为真正能够代替魂力的新能量。而这个研究也是让目前的魂导科技从停滞到突破的重中之重。

为什么人类制作的魂导器始终无法升入太空?究其根本,最重要的原因就是能量不足。虽说可以让众多魂师持续为魂导器注入能量,可魂师的能量也是有限的。单体源泉正向循环阵列一旦研究成功,就能够通过自身的变化产生巨大的能量。而相对来说,在宇宙中寻找稀有金属总要比寻找魂师靠谱。

唐门已经尽全力支持她进行研究了,可能够给她的资源还是十分有限。如果能够从联邦那儿多弄到一些稀有金属,那自然更好。

她现在在史莱克学院的研究中心所使用的稀有金属,有很大一部分还是唐舞麟他们上次从战神殿赢回来的。

唐舞麟直到此刻才算真正知道凌梓晨先前故意摆出难处的原因,不禁有些无奈地摇摇头。不过他也明白,凌梓晨所说的冰层融化应该是真的,因为这是最容易考证的。

使用永恒天国确实需要万分谨慎才行,否则一个不好,很可能就会带来巨大的灾难。

炮轰始终没有停止,各种魂导武器——包括重离子射线——都先后在血河弑神大阵上进行了试验。

第一千六百九十三章 商议

百试百灵的重离子射线这次也没能完全奏效。虽然高强度的重离子射线能够穿透血河弑神大阵，但是，由于会受到血河弑神大阵的折射影响，重离子射线无法真正作用在指定的目标上。所以，虽然这样也能杀伤敌人，但杀伤力和付出的实在是太不成正比了。

血河弑神大阵内已经布满了各种各样的深渊生物，一些体形巨大的深渊生物身上都堆积了其他的深渊生物。那数量之多，令人震骇。

西方军团指挥部。

"一直这样下去也不是办法。难道史莱克学院和唐门反悔了？"董子安脸色凝重地说道。

"不会的。以我对他们的了解，他们是不会反悔的，肯定是出了什么问题。真没想到，从某种意义上来说，深渊位面反而帮了我们。"千古东风表情轻松地说道。

史莱克学院和唐门得到了永恒天国，受到威胁最大的就是传灵塔啊！毕竟，当初他们做了什么，他们自己心里有数。

现在史莱克学院和唐门这么快就要把永恒天国拿出来使用了，没有了这个战略武器的威胁，传灵塔之前面临的危机也就算是从某种程度上化解了。

西北军团军团长尹墨殇淡淡地道："也没有那么简单，史莱克学院和唐门总会让联邦付出一些代价的。现在没有任何消息传来，很可能是因为他们在商量价码。"

董子安摆了摆手，道："这都不重要，重要的是要先毁掉那个大阵。千古塔主，你说的是真的？那个大阵真的有可能造神？"

千古东风脸上的轻松消失了，他缓缓点了点头："只是有可能而已。成神一直都是我们极限斗罗的最终追求，每个人都有自己的研究与努力方向。圣灵教的研究方向无疑是最极端的，但也很可能是最接近成功的。坦白说，我当然不希望他们成功。可是，如果他们成功了，那么，也就意味着位面壁垒很可能被打开，我们就都有可能成神了。位面崩溃对于普通人来说是灾难，但对于我们这些已经站在人类世界巅峰的人来说，未必是灾难。"

说到这里，他停下来，看向董子安和尹墨殇，观察着这两位的反应。

董子安明显有些惊讶，尹墨殇却脸色一寒，沉声道："军人的职责是保家卫国。千古塔主的话是什么意思？"

千古东风赶忙摆摆手，道："没什么意思，我只是说了下我的猜测罢了。"

尹墨殇道："但愿如此。"说到这里，他看向坐在不远处的那名仿佛不食人间烟火的绝色女子，目光中闪过一丝痴迷，但立刻就恢复了正常。

"既然古月娜小姐的白银龙枪能够和黄金龙枪产生同样的作用，那就是我们最大的机会。只是，根据我们目前所知道的情报，唐舞麟的黄金龙枪吞噬的深渊能量可以转化给生命古树。古月娜小姐，如果你吞噬了过多的深渊能量，会怎么样呢？"

听了尹墨殇的这个问题，首先吃了一惊的是千古东风。他这些天一直在思考如何趁着这次大战的机会坑唐门和史莱克学院一把，却没有注意到这么一个关键问题。

白银龙枪也能吞噬深渊能量这件事，还是这次他们来到这里之后，古月娜自己说的。此时听尹墨殇问了这个问题，他也不由自主地看向了古月娜。

古月娜毫不犹豫地道："我吞噬的深渊能量会注入我们传灵塔的万兽台之中。我与万兽台有着紧密的联系，这个位面同样需要能量支持。足够庞大的能量甚至可以让万兽台变得更加广阔。"

注入万兽台之中？

董子安和尹墨殇对视一眼。旁边的千古东风大喜，呵呵一笑，道："两位将军，这次有劳你们了，传灵塔定会有所回报。未来你们可以指定一些人去万兽台，传灵塔会全部免费接待。"

董子安微微一笑，道："千古塔主客气了。为了联邦，我们会全力帮助古月娜小姐吞噬深渊能量的。"他嘴上虽然这么说，目光却闪烁不定。

深渊能量何其庞大，转化为纯粹的生命能量之后，对任何人都会有好处。

刚刚千古东风还说了，所有的极限斗罗都在寻觅成神的时机。或许，这就是传灵塔的机会吧。

但现在董子安当然不会说出来，机会对很多人来说都是均等的。董子安绝对是一个擅长抓住机会的人，否则他也不可能从基层开始，凭借着并不出众的天赋，一步步走到如今的高位。

古月娜在解说完毕之后，又重新闭上双眼，进入了闭目养神的状态，似乎外界的一切都与她无关。

千古东风看了古月娜一眼，心中暗叹一声，有的时候，他也有些看不明白这个姑娘。古月娜的天赋不断显现出来，但也越来越让他有种捉摸不透的感觉。如果不是确认了千古丈亭与她的关系，并且千古丈亭保证了她没有任何问题，千古东风真的要怀疑她了。因为每次无论他交代古月娜做什么，她总能做得非常好。简单来说，就是她太完美了。

而最让千古东风疑惑的就是她和唐舞麟之间的关系。

但就算他现在想动古月娜都没有那么容易了。古月娜能够成为传灵塔副塔主，可不只是因为有他的扶持，更是因为她为传灵塔做出的贡献众人都有目共睹。无论是研究万年魂灵，还是后来开发、运营万兽台，都给传灵塔带来了巨大的利益。这是传灵塔的高层都看在眼中的。

千古丈亭都还没有到副塔主的位置呢，古月娜却已经水到渠成地到了这个位置，主要还是依靠的她自己。

千古东风甚至都有些怀疑现在的自己还是不是这个孙媳妇的对手。古月娜总是给他一种深不可测的感觉。

尹墨殇站起身，道："我先回去了。现在的轰炸主要是由三大海军负责的，但咱们还是要做好准备。余冠志直到现在都不告诉我们什么时候动用永恒天国，老董，这事你还是要逼迫他一下，否则的话，我们会很被动。"

董子安点了点头："放心，我待会儿就过去。虽然余冠志是总指挥，但他也不能一手遮天，总要给个准信才行。"

就在这时，刺耳的警报声毫无预兆地响了起来。

董子安和尹墨殇都下意识地看向了旁边的大屏幕。

大屏幕上掠过一道红色光芒，警报声变得越发刺耳了。

"接作战总指挥部。"董子安立刻通过自己手边的军用通信器下达了命令。

第一千六百九十四章
血河弑神大阵动了

很快,大屏幕上的画面切换到了作战总指挥部那边,露出了余冠志严肃的脸。

"一级警报,全军备战。血河弑神大阵动了,准备迎敌!"此言一出,在场众人无不紧张起来。就连原本一直在闭目养神的古月娜也站起了身,眼中光芒大放。

千古东风也站起身,双眼微眯:"要来了吗?联邦不能再犹豫了。两位将军,让你们的军队小心一些。据说永恒天国的威力非同凡响,千万不要过于靠近它,否则的话,一旦被波及,恐怕会损失惨重。"

董子安眉头紧皱:"我明白。"

是的,血河弑神大阵动了。虽然它的移动速度不快,但通过卫星监控能清晰地看出来。

更可怕的是,移动的不仅仅是血河弑神大阵,就连下面的深渊通道也在跟着一起移动。也就是说,在血河弑神大阵的守护下,整条深渊通道都在动,而且正朝着联邦军队的方向而来。

"怎么样了?唐门主,你们那边准备好了吗?"余冠志在魂导通信中的声音十分急切。

"还没有,还在紧张的改造之中,但从目前的情况来看,应该是能够成功的。总指挥,我会与唐门、史莱克学院的众位冕下一起,帮你们阻挡血河弑神大阵前进。"

"好，有劳你们了。"余冠志挂断魂导通信，深吸了一口气，他知道，关键的时刻就要来临了。

一定不能让血河弑神大阵接近这边的防线，深渊大军就像是被它运送过来的，一旦让深渊大军进入防线，那他们就真的有大麻烦了。

"命令海神军团、北海军团、东海军团全力开火，务必拖住血河弑神大阵。中央军团、西方军团、西北军团，所有重型武器做好发射准备，等待命令。"

"轰隆隆、轰隆隆、轰隆隆！"密集的炮火声响彻整个极北之地。

地毯式轰击针对的不只是血河弑神大阵，同时还有其前方的必经之路，可是，这一切似乎都对血河弑神大阵没有太大的影响，那巨大的紫黑色光罩依旧缓慢地向前移动着，只有在轰击特别猛烈的时候才会停顿一下。

唐舞麟带领着史莱克学院和唐门的多位强者，此时已经悬浮在半空之中，眺望着那血河弑神大阵。每个人的脸色都十分凝重。

现在不只是血河弑神大阵本身难以抗衡，更重要的是，谁也不知道血河弑神大阵内的深渊生物已经强大到了什么程度，究竟有多少强者到来。

在这场关乎斗罗星上的人类的生死存亡的战斗中，一直让联邦极度自信的魂导武器目前所能起到的作用微乎其微，这让几大军团军心动摇。

之前哪怕是在北方军团面对深渊大军的时候，他们至少还能将深渊生物击杀、击退，但现在，这血河弑神大阵形成了根本无法破开的防护。

圣灵教数千年的积累与准备在这一刻完全展现了出来，这一切针对的都是联邦目前所拥有的魂导武器。

"中央军团空军一师全体魂导战机升空，开始用重离子射线进行无差别攻击。"余冠志几乎是咬着牙下达了这条命令。

陈新杰也开启了自己的魂导通信器，下令道："海神军团海鸥师升空，重离子射线无差别攻击，开始。"

并不是余冠志不想调动其他军团的空军，而是其他军团的空军都还没有配备重离子武器装备，只有联邦最强大的陆军中央军团以及最强大的海军海神军团才有。

目前来看，唯有重离子射线才能勉强伤到血河弑神大阵内的深渊生物。可是，就算击杀了深渊生物，实际上也只是让深渊生物化为气流回到深渊通道而已，作用并不会太大。可在这个时候，又有什么办法呢？

一架架魂导战机呼啸而过，重离子射线不断从远处轰向血河弑神大阵。

能够清楚地看到，血河弑神大阵内的一些深渊生物的身体炸开了，化为了灰黑色气流向深渊通道飘去。

但是，重离子射线的总量就那么多，空军又不敢过于靠近血河弑神大阵，整个血河弑神大阵还是以大约每秒十米的速度前行着。

这个速度并不快，但一个小时也能前进几十公里。最多再用一天的时间，深渊大军就将到达前线战场。

一方狂轰滥炸，一方慢慢前行，战斗以这种奇特的方式持续着。

血河弑神大阵前进的方向渐渐有了一些改变，正午的时候，通过卫星观察到的轨迹来看，血河弑神大阵赫然是朝着西方军团和西北军团的防御阵地前进的。

这一发现令西方军团军团长董子安在大吃一惊的同时不禁怒骂出声。

与现在的血河弑神大阵碰撞的结果可想而知。而作战总指挥部下达的命令是不惜一切代价也要阻挡其前进。

"总指挥，永恒天国呢？永恒天国在什么地方？为什么现在还没有展开攻击？"董子安咆哮着向余冠志问道。

在发现血河弑神大阵转向了之后，他第一时间就对余冠志发出了怒吼。

余冠志沉声道："我不知道你在说什么，永恒天国又不在我这里。"

董子安怒道："都什么时候了？史莱克学院和唐门的人呢？把他们叫来啊！没有永恒天国，拿什么破阵？"

看着他怒气冲冲的样子，余冠志不禁心中暗爽，镇定地道："还在准备当中。在准备好之前，我们必须不惜一切代价阻挡住敌人前进的脚步。"

"你放屁！现在它朝着我们这边来了，作为总指挥的你没有应对办法的话，我们只能撤退，否则就是送死！"

"你敢！"余冠志也怒了，"董子安，你知不知道你在说什么？临阵退缩，我有权用军法处置你。"

董子安愣了一下，他当然知道余冠志说的是对的。他也不可能在这个时候临阵退缩。

"总指挥，现在硬挡完全是送死。按照血河弑神大阵现在的速度，最多再过十二个小时，它就会到达前方防线。请你告诉我，我们该用什么办法来阻挡血河弑神大阵前进？联邦所有的重型武器我们都已经尝试过了，有任何一种重型武器能够打破那层防御吗？"

余冠志眉头紧蹙，沉声道："我理解你的心情。可是，我们只能等待。永恒天国不是那么容易动用的，必须经过改造，我已经向联邦汇报过了，联邦也已经同意了。现在永恒天国正在紧锣密鼓的改造之中，什么时候能改造好，我也不清楚，现在我们只能寄希望于能够在十二个小时之内完成改造。我会调动所有兵力帮助你们共同抵挡血河弑神大阵。"

董子安深吸一口气，控制了一下自己的情绪："总指挥，我们先放下个人恩怨。大敌当前，我参军这么多年了，我不怕死，我的弟兄也没有一个怕死的。但是我们不能死得不明不白，不能去送死。无论如何，请让他们改造得快一点，再快一点。"

第一千六百九十五章 全面抵抗

"请暂停炮火攻击。"唐舞麟的声音通过军用通信器传到了作战总指挥部。

"唐门主,你们那边准备好了?"余冠志惊喜地道。

唐舞麟道:"还没有,但这血河弑神大阵是极度邪恶的,既然炮火攻击的效果如此差,我想试试我们魂师的力量是否能够对血河弑神大阵造成影响。"

余冠志心中一动,他早就听说了在深渊大军发动第二次冲击的时候,史莱克学院这边的圣灵斗罗施展了一个类似于禁咒的恐怖魂技,给对方造成了巨大的伤亡,在中央军团赶来之前将深渊大军击退了,这才争取到了足够的时间。

是啊!如果炮火不管用,或许魂师们能够发挥作用呢?毕竟,这个世界上的最强战力还是四字斗铠师。而论四字斗铠师的数量,恐怕现在没有哪一方能够超过史莱克学院和唐门吧。

"好,我会暂停炮火攻击。唐门主,拜托了。"余冠志当机立断。

原本密集的炮火开始减少,出现了短暂的停顿。没有了炮火的轰击,远处那巨大的紫黑色光罩就变得越发清晰了。

唐舞麟沉声道:"所有极限斗罗随我前往战场,其他人守护生命子树,防止敌人偷袭。"金光一闪,黄金龙枪已经出现在他手中,他张开背后的黄金龙翼,骤然加速,宛如金色流光一般冲向远方。

在唐舞麟身边,圣灵斗罗雅莉、光暗斗罗龙夜月、本体斗罗阿如恒、泰坦斗罗原恩震天、天宥斗罗原恩天宥以及麒麟斗罗桐宇这六大极限斗罗都在。

另一边，在中央军团方向也有一道道身影腾空而起。以越天斗罗关月为首的近二十位战神殿强者同时出动，从侧面追向唐舞麟等人，作为掩护。

血河弑神大阵依旧保持着稳定的速度向前移动着，紫黑色光芒若隐若现。血河弑神大阵里面的深渊生物密密麻麻的，只是看上一眼都让人有种头皮发麻的感觉。

没过多久，唐舞麟等人便已经到了血河弑神大阵附近。离得越近，他们越能感受到这个邪恶大阵的恐怖之处。

血河弑神大阵不断发出类似于呜咽的声音，让人感到十分厌恶，哪怕是极限斗罗的精神都会受到影响。

不仅如此，它还有一种令人作呕的气味，显然是带有剧毒的。

"这群浑蛋！"雅莉愤怒地攥紧拳头。这得要多少怨灵才能凝聚成这个恐怖大阵啊！圣灵教简直就是全人类的敌人！

唐舞麟道："我先攻击试试。干妈，接下来就麻烦你了。"

"嗯，小心。"雅莉沉声说道。

唐舞麟眼中光芒闪烁，身上的金色光芒变得越发耀眼，突然，一团金色火焰从他身上升起，他缓缓举起自己手中的黄金龙枪。

一道道七彩雷霆迸发而出，萦绕在黄金龙枪的枪尖之上。

元素之劫！

一股永不服输的狂傲气息迸射而出，他背后逐渐浮现出了巨大的金龙光影，在金龙光影顶端，一道身影正渐渐变清晰。

那是有着十二只羽翼、全身呈血红色的身影，那股狂傲的气息正是这道身影传给唐舞麟的。

下一瞬，唐舞麟已经闪出。

禁平凡，龙皇冲！

当初，千古东风就是被这样的一击击断了手臂。此时虽然没有龙皇斗提升气势，但有元素之劫融入，这一击绝对是顶级极限斗罗层次的攻击啊！

"轰——"一点金光在血河弑神大阵上爆发了，下一瞬，它骤然化为金色光晕向周围扩散开来。

在七彩雷霆接触到那血河弑神大阵之后，顿时出现了剧烈的大爆炸，大片大片的七彩电光从撞击的位置向周围蔓延开来。

电光缭绕，狂暴的气息迅速弥漫，刺眼的七彩电光让人惊心动魄。

哪怕是从很远的地方都能看到，血河弑神大阵被七彩雷霆撞击的位置骤然向内凹陷了下去，呜咽声至少比先前大了一倍。那恐怖大阵竟然就那么被唐舞麟一个人的力量撞击得停顿了。

"好！"作战总指挥部内，通过侦察魂导器看到这一幕的余冠志不禁大声叫好。

而就在这时，阵阵悦耳的梵唱声响起，天空突然变成了金色，一个个金色天使从天而降。

全身散发着神圣气息的雅莉又一次释放出了她那最强的融合魂技——大天使的圣灵之舞！

神圣气息从天而降，那一个个金色天使看到血河弑神大阵的时候同样眼含愤怒，一道道圣光化为攻击，在雅莉的引导下向七彩雷霆撞击的位置轰击而去。

血河弑神大阵剧烈地晃动起来，紫黑色光芒疯狂涌动。被圣光轰击的位置顷刻间就出现了大片大片浓浓的黑色，仿佛化为了盾牌，阻挡着大天使的圣灵之舞的攻击。

这个时候，整个血河弑神大阵已经完全停下来了。

"砰！"一道金色身影宛如炮弹一般射了回来，正是唐舞麟。

他在空中翻滚了一阵，好不容易才稳住自己的身体。血河弑神大阵先前被他撞击的地方又恢复了原状。哪怕是用龙皇冲配合元素之劫，他也没能真正地冲进去。

而此时，大天使的圣灵之舞的攻击已经到了最强状态，无比耀眼的圣光不断地疯狂轰击着血河弑神大阵。

血河弑神大阵终于还是受到影响了。能够清楚地看到，那巨大的光罩已开始缓缓向内收缩，整体大约缩小了三分之一。

成功了？

联邦军队这边，所有人都不禁大喜过望。如果能够通过雅莉的攻击来削弱这血河弑神大阵，那么，只要有足够的时间，自然可以与之对抗啊！

但是，雅莉的表情没有变得轻松。她的感受是最深刻的。这血河弑神大阵本身就是一个由无数怨灵凝聚而成的整体，每一个怨灵在圣光的攻击之下都会被削弱，但它们一旦被削弱就会立刻退到后面休息恢复，由其他怨灵顶上去，它们就这样轮着上阵。

大天使的圣灵之舞固然可以削弱血河弑神大阵，但并不能真正地造成伤亡。

一道刺眼的紫黑色光芒从深渊通道之中骤然升起，瞬间注入血河弑神大阵的光罩之内，恐怖的一幕出现了。刚刚被压制了的血河弑神大阵立马反弹，转眼间就恢复到了先前的强度。还有一道道紫黑色光芒从血河弑神大阵内迸射出来，轰击向空中的一个个金色天使。

那是充满了怨灵之力的邪恶能量。

拥有神圣气息的金色天使，此时也受到了极大的影响。

第一千六百九十六章
佯装撤退

大片的金色光影在空中溃散，大天使的圣灵之舞随之结束。雅莉脸色苍白，在返回的唐舞麟的搀扶下才能稳定住身体。

她无奈地摇了摇头："不行，能量强度相差太多了。他们集中了太多的怨灵之力，达到了极致。仅仅凭借圣光是能削弱血河弑神大阵，却无法真正杀伤深渊生物。除非我的大天使的圣灵之舞能够达到神级层次。"

不过，大天使的圣灵之舞也不是全无作用，血河弑神大阵停在原地没有再继续向前移动。

远处，作战总指挥部内的人自然也看到了这样的景象，顿时一片肃静。

十分钟，仅仅十分钟之后，血河弑神大阵再次前行，朝着西方军团的阵地缓缓移动。

唐舞麟和战神殿的强者们尝试着进行轮番攻击，但他们所能做到的，仅仅是延缓血河弑神大阵的前进速度而已。

这样的阻挡一直持续到了傍晚，血河弑神大阵距离西方军团阵地仅剩下一百公里。从守军所在的山顶眺望，已经能够清晰地看到这个大阵的样子了。

每个人的心情都变得异常沉重。这样的对手如何抵挡？可是，如果不抵挡的话，接下来的情况可想而知。

所有驻军都是固守着自己的位置的，封锁所有通往大陆内部的通道，所以，现在其他军团也没办法转移过来救援。关键是，就算转移过来也没有什么作用。

按照血河弑神大阵现在的前进速度，最多到明天凌晨，它就将移动到西方军团阵地。

董子安已经催促过数次了，可是，永恒天国还没有改造完成。

西方军团指挥部。

"一定是故意的！史莱克学院和唐门一定是在故意拖延时间，就是要趁机削弱我们的力量。"董子安在指挥部内气急败坏地怒吼着。

此时，在这西方军团指挥部之中，除了他之外，还有传灵塔塔主千古东风和众多传灵塔的高层。

一名挂着中将军衔的军官急切地道："军团长，您要早点做决定啊！那血河弑神大阵绝不是我们能够抵挡的。如果兄弟们挡上去，只会白白牺牲啊！"

董子安的呼吸有些粗重："闭嘴，难道我会不知道吗？千古塔主，你这边有没有什么办法？"

千古东风苦笑着摇了摇头："血河弑神大阵整体的能量强度太高了，我们也没有任何办法。现在只有永恒天国才有希望破开它。真没想到圣灵教能够弄出如此强大的东西。将军，我们现在恐怕只有撤退才行。"

"撤退？"董子安一下就攥紧了拳头。

撤退意味着什么？意味着放弃原本的防御阵地。一旦放弃防御阵地，就相当于给深渊大军开启了一条进入斗罗大陆的通道。众多深渊生物很可能就会长驱直入，深入大陆腹地。

可是，如果不撤退，那么，他们就将直接面对血河弑神大阵的冲击，这必定会给西方军团带来灾难。

"不能撤退，那样我就是联邦的罪人。"董子安痛苦地闭上双眼。

千古东风道："如果我们只是佯装撤退呢？我现在很怀疑史莱克学院和唐门是故意不动用永恒天国，就是要等到血河弑神大阵给我们造成极大伤亡之后再动用，这样既削弱了我们的实力，又能杀伤对方，而且永恒天国的爆炸也必然会波及我们这边。不如我们佯装撤退，看看作战总指挥部和唐门那边的反应。"

董子安重新睁开双眼，若有所思。

史莱克学院与唐门营地。

生命子树下，疲惫的众位强者盘膝坐着。

众人都已经竭尽全力了，依旧没能完全阻止那血河弑神大阵的前进，而他们产生了消耗之后还需要时间来恢复。

幸好有生命子树在，他们恢复的速度比平常要快得多。

唐舞麟凝神内视，观察着自己的身体情况。其实他能感觉到，如果自己再加把劲的话，凭借着黄金龙枪和黄金三叉戟，说不定能够将血河弑神大阵击穿。

可是，就算他真的冲进去又能怎样？他冲进去就会变成瓮中之鳖，可不会再有一次脱离的机会了。

那血河弑神大阵就像个皮球，就算他冲进去把它戳破了，它也会自行愈合，而他就会被关在里面了。

如果她在身边就好了。

唐舞麟不由自主地回想起自己和古月娜联手时的情景。他们两人联手是能够施展龙神变的，龙神变状态下的他们甚至曾经击退过深渊圣君。现在的他们和当初相比实力不知道增强了多少，如果两人真的联手的话，是有机会的啊！

可是，她愿意和自己联手吗？

想到这里，唐舞麟缓缓睁开双眼，向西方军团的方向看去。

到了关键时刻，就算是传灵塔，也不能阻止她和自己联手吧。毕竟，西方军团就要面临血河弑神大阵的正面冲击了。

正在这时，突然，唐舞麟惊讶地站了起来。

因为他们所在的这座山峰是附近山峰中最高的，所以视野比较开阔。他发现，西方军团竟然在蠢蠢欲动。一台台机甲升空，然后缓缓向后方移动，地面上也有许多车辆正在发动。

他们在干什么？难道他们要退出阵地不成？

距离血河弑神大阵抵达他们的阵地还有一段不短的时间啊！他们怎么能就这样放弃阵地？

唐舞麟赶忙拨通魂导通信，联系作战总指挥部。

"总指挥，西方军团那边怎么回事？怎么突然撤退了？是您安排的吗？"唐舞麟如连珠炮一般急切地询问着。

余冠志也极其愤怒："当然不是！他们怎么能就这么放弃阵地？浑蛋，西方军团那边的魂导通信暂时联系不上，我已经派人过去了。不行，我要亲自过去看看。唐门主少安毋躁，我立刻去阻止他们。"

余冠志都要气疯了。临阵退缩，这是要上军事法庭的，而且是要被枪毙的大罪啊！他万万没想到，西方军团居然会在这个时候撤退，明显是在放弃阵地，向阵地后方集结了。

他和陈新杰一起出了作战总指挥部，直奔西方军团方向而去。

一身戎装的董子安此时就站在一台厚重的血红色机甲的肩膀上。这是他的神级机甲，外形如狼，进退如风。他就以自己的封号来给机甲命名，叫作凶狼。

此时他注视着正在缓缓移动的西方军团，脸上露出一丝得意的笑容。

现在余冠志他们一定急了，看他们到底动不动用永恒天国。

他并不是真的打算撤退，他很清楚军规是什么。距离血河弑神大阵抵达他这边至少还有六个小时，他有足够的时间重新回到阵地上继续防御。现在一切都是按照千古东风所说的那样，佯装撤退，逼迫史莱克学院和唐门尽快动用永恒天国。

第一千六百九十七章
致命危机

正在这时,隐约有呼啸声响起,董子安扭头朝着一个方向看去,只见两道身影正在高速朝着这边飞来。

他早已做好了准备,拍了拍身下的机甲,顿时,机甲一转身,背后光芒一闪,带着他迎了上去。

"董子安!你在做什么?谁让你们撤退的?"余冠志人还没到,愤怒的声音已经响彻天际。

下一瞬,这位神笔斗罗已经和瀚海斗罗陈新杰一起,来到了凶狼斗罗董子安身前不远处。

"总指挥,这话从何说起?我什么时候说过要撤退了?"董子安露出一脸惊讶之色。

"你说什么?"余冠志抬手指着后方正在忙碌的西方军团,怒吼道,"不是要撤退,你的人在干什么?"

董子安叹息一声,故意露出一脸痛苦之色:"总指挥,你也知道,现在我们西方军团也无法抵挡这血河弑神大阵。但你放心,我们并没有要撤离战场的意思,我们只是准备且战且退而已,总不能被血河弑神大阵笼罩进去吧。当然,如果永恒天国的攻击能够及时到来的话,我们就会立刻返回阵地。请你放心,那时,西方军团就算战至最后一兵一卒也不会撤离战场的,这是我们作为军人的职责。"

"你放屁！"余冠志破口大骂，"现在距离血河弑神大阵到来至少还有一晚上的时间。就算是要且战且退，你也要听我的命令才能执行，而且绝不是现在。没有我的命令，谁允许你撤出阵地的？"

董子安看着他那气急败坏的样子，不知道为什么，心中有些暗爽的感觉："总指挥，明人不说暗话，史莱克学院和唐门不肯使用永恒天国是不是针对我们和传灵塔？有一点你应该比我清楚，现在唯有永恒天国才有希望炸开那大阵，你却默许他们拖延时间。难道说，我们西方军团的兄弟们的命就不值钱吗？我不会真正撤退，但你可以告诉史莱克学院和唐门，如果他们不发动永恒天国，我们就会脱离战场。"

"你……"余冠志已经气得不知道该说什么才好了。

"我保证，史莱克学院和唐门不是故意拖延时间。"陈新杰沉声说道。

董子安扭头看向他："陈老，您保证？如果不是您，永恒天国还在联邦手中，又怎么会有这么大的麻烦？"

陈新杰眼神一变，一股恐怖至极的气息骤然从身上迸发出来，宛如惊涛骇浪一般，令周围的空间都剧烈地扭曲起来。

董子安脸色一白，他也知道自己这句话说得有些重了。而且，他是第一次面对一位准神层次的极限斗罗释放出来的气息。

他自身也是极限斗罗，但是刚刚达到半神层次，距离准神还有很大的差距。

这陈新杰早已是风烛残年，怎么还有如此强大的气息？

就在他心中吃惊的时候，不远处，一声剧烈的轰鸣突然响起。紧接着，西方军团阵地方向猛然亮起一团火光。

震耳欲聋的轰鸣宛如雷鸣一般炸响，一个巨大的火球冲天而起。西方军团先前稳固的防线顿时被炸开了一个巨大的缺口。

"怎么回事？"董子安大吃一惊。

"什么情况？阵地那边怎么了，留守的人呢？"他通过魂导通信器焦急地询问着。

而就在这时，一道道身影从那满是火光的巨大缺口高速冲入防御阵地，纵横肆虐，疯狂地破坏着防御工事。

冲在最前面的是一种身长超过百米，宛如巨牛一般的深渊生物。这"巨牛"有着一对长达五十米的锋利巨角，所过之处，哪怕是合金都无法阻止它的冲撞。

刹那间，董子安心头一片冰冷，大脑瞬间陷入一片空白。

怎么会这样？血河弑神大阵不是还有一晚上的时间才会到吗？可是……

他突然明白，自己犯下了一个致命的错误。自私和猜忌令他忽略了一件最重要的事情，那就是血河弑神大阵对于他们这边是完全封闭的，可对于深渊大军来说，是随时可以开启的。

虽然他还不知道深渊大军是如何逃避侦察魂导器出现在西方军团阵地的，但可想而知，对方这突如其来的攻击一定早有预谋，就是针对他的。

余冠志和陈新杰又何尝不是大吃一惊。如果不是董子安此时的脸色十分难看，他们甚至都要怀疑面前这位通敌卖国了。

"浑蛋！传我命令，立刻返回阵地，阻挡深渊生物。快！"董子安咆哮一声，身下的机甲瞬间露出入口，他猛地跳入其中。机甲背后光芒喷吐，然后化为一道强光直奔西方军团阵地方向而去。

无论是否有私心，董子安毕竟是一位军人，一位真正的军人。他凭借自己的力量打拼到现在这个程度，有着他自身的执着与尊严，更有着强大的能力。

他很清楚面前的情况意味着什么，更何况，他先前也并不是真的想要撤离。可是，这个世界上是没有后悔药的。现在他能做的，就是竭尽全力消灭这些深渊生物！

董子安近乎疯狂，而阵地这边也是一片大乱。

正在跟随他一起做出撤离样子的传灵塔强者这边，千古东风的脸色也是一片苍白。

巧合？这也太巧合了吧，怎么可能如此巧合？

佯装撤退的建议是他提出来的，董子安照着做了，可就在他们刚刚将军队撤出阵地，董子安去和余冠志、陈新杰谈条件的时候，深渊大军就到了。这也太巧了吧？

千古东风在第一时间就想到，有内鬼。而最有可能潜入西方军团的，就是传灵塔的人啊！

和董子安一样,他再怎么自私也不会希望大陆毁灭啊!

内鬼,内鬼究竟是谁?他目光凶狠地扫向身边的人,却没有任何发现。所有人此时都注视着他。

千古东风眼神冰冷地怒喝一声:"走,和西方军团一起,阻挡敌人的进攻。"他根本没有别的选择,这个时候唯有拼死一搏才行。

他抬起手臂,召唤出自己的盘龙棍,这位传灵塔塔主一马当先,直奔缺口方向而去。

他身边响起龙吟声,古月娜跟随在他身边,她抬起手中的白银龙枪,身上银光绽放,释放出四字斗铠。

当她释放出自己那华丽无比的银白色四字斗铠时,她不禁看向远方他所在的方向。

知道吗?我的四字斗铠叫作银龙舞麟。

我是银龙舞麟古月娜!

西方军团不愧是精锐之师,虽然骤逢大变,但还是在第一时间反应过来,大军全部返回,机甲军团首先扑向阵地缺口。

凶狼斗罗董子安飞在最前面,凭借着神级机甲的速度,他转瞬之间就到了缺口上方。

第一千六百九十八章 深渊恶镰

董子安从空中俯瞰，终于知道眼前的这些敌人是从何而来的了。

就在西方军团阵地前方不远处的地面上，出现了一个巨大的洞穴，深渊生物正从这个洞穴之中蜂拥而出。

毫无疑问，它们是从地下钻过来的。

它们是怎么钻过来？在这过程中又是怎么掩盖住了自己的气息没被侦察魂导器发现的？这些都已经不重要了。现在最重要的是如何阻挡住这些深渊生物。

就在这时，一只人形的深渊生物猛然从下方高高跃起，朝着半空中的董子安迎了上来。

之所以说它是人形的，其实只是因为它的外表与人类的有些相似而已，它的头部组成部分与人类大同小异，前爪却和人类的手臂迥然不同。它的前爪犹如两柄镰刀，闪烁着暗黄色光芒，身高五米左右，背后有一对看上去十分纤薄的翅膀，它的速度奇快无比。

它只是一闪身，就到了董子安的神级机甲前方，镰刀般的前爪骤然斩来。

董子安是久经沙场的大将了，他操控着凶狼在空中完成了一个横向移动，与此同时，让凶狼抬起前爪，闪电般射出数十道射线，射线在空中交织成一张大网，向对方覆盖过去。

但是，对方的速度实在是太快了，甚至比董子安的凶狼还要快几分。它的身体在半空中犹如陀螺一般旋转，一对前爪带起残影，将那一张由射线交织成的大网绞碎。下一瞬，它就到了凶狼前方。

凶狼侧向翻滚，两只前爪做出护胸动作，与此同时，它一张嘴，喷出一道声波。

那有着镰刀状前爪的深渊生物猛地停顿了一下，就像触电了一般全身颤抖。下一瞬，董子安的凶狼就凶悍无比地撞上去了。

"轰——"深渊生物被撞击得倒飞出去，但在飞出去的同时，这只深渊生物在空中闪烁了一下，居然就那么消失了。

好强的深渊生物！

虽然董子安能够明显感觉到对方的整体实力不如自己，但对方的速度在自己的凶狼之上。对于普通机甲来说，这样的深渊生物简直就是杀手中的杀手啊！

就在他感到震惊的时候，下面的战斗已经全面展开了。

冲在最前面的足有三十几只身长超过百米的深渊生物。它们全身都覆盖着极其厚重的鳞片，巨大的长角像刀子一般不停挥舞。普通的魂导射线、魂导炮弹落在它们身上收效甚微，甚至连让它们停顿一下都做不到。

论防御范围，它们不如守护天牛，可论攻击力，它们比守护天牛强多了。它们和守护天牛最大的区别就在于，它们不能飞。

这种深渊生物名叫深渊猛犸，是深渊位面最凶猛的冲锋者。在六千年前那场深渊位面带来的灾难之中，深渊猛犸因为受到了位面的压制而没能进入深渊通道，所以，这是它们第一次出现在斗罗大陆位面。

深渊猛犸生活在深渊位面第十三层，数量相对较少，但它们是深渊生物发动正面攻击时的主要战斗力之一，攻防能力极其出色。

而刚刚突袭了董子安的那只深渊生物就更加强大了，它叫作深渊恶镰！

深渊恶镰生活在深渊位面第五层，是最恐怖的几种深渊生物之一。它们掌握了空间之法，最擅长杀戮。它们更是深渊圣君忠实的拥护者，被称为深渊执法者。

每一只深渊恶镰都拥有超过人类中的封号斗罗的实力，可想而知它们有多么恐怖。

无论是深渊猛犸还是深渊恶镰，都是深渊位面真正的顶级战斗力。此次是它们在斗罗大陆第一次亮相。

此时，西方军团机甲军团中的上千台机甲率先冲入战场的半空中。为首的是各支机甲大队的队长驾驶的机甲，一时间各种魂导射线、魂导炮弹发起了猛烈的攻击。

而就在这时，一道道身影迅疾如风，出现在了机甲身边。

身高超过五米的深渊恶镰跟机甲比起来还算是比较小的，可是，它们的速度实在太快了，快到了令人目不暇接的程度。

几乎是光芒一闪，就有一台机甲被拦腰斩断，快速向下坠落。超过三十只深渊恶镰在半空之中展开攻击，所过之处，机甲如同下饺子一般从空中坠落。

地面上，深渊猛犸正在横冲直撞，但真正造成巨大破坏的还不是它们，而是跟随在它们身边的附庸种族：深渊螳螂！

这些深渊螳螂和普通的螳螂有点像，斗罗大陆上的螳螂身体修长，速度快，而且可以飞行。这些深渊螳螂本身是没有翅膀的，但它们有粗壮有力的后肢，可以跳跃，每一只深渊螳螂的身长都在三米左右，一双如同大斧子一般的前肢也有两米多长。它们的身体粗短，弹跳力惊人，更可怕的是攻击频率极高。

当深渊猛犸破开坚实的防御之后，这些深渊螳螂就如同潮水一般涌了进来，疯狂地破坏着周围可以破坏的一切。

极其恐怖的气息弥漫在空气中，这个时候，整个世界仿佛都已经变成了灰黑色。

西方军团的攻击也给深渊生物造成了不小的伤亡，可仍旧对付不了那些核心的深渊生物，它们的防御力极为惊人。

这次突袭的主要战斗力就是深渊猛犸、深渊恶镰和深渊螳螂三族，只有它们才拥有在地下高速挖掘和行动的能力。

深渊恶镰利用它们对于空间的掌控力，躲过了所有侦察魂导器，将这支恐怖的大军带到了西方军团这边。它们的目的很简单，那就是破坏，破坏整个西方军团的防御阵地。

银光闪烁，随着"当"的一声脆响，一只深渊恶镰的前爪被挡住了。一台紫色机甲在鬼门关前被救了下来。

紧接着，那银光就化为了漫天光影，笼罩了周围的大片空间。

深渊恶镰感觉到不妙，背后的翅膀银光一闪，就要遁入空间之中，但它立刻就发现，周围的空间已经完全被封死了。

在它面前出现了一名全身穿着银白色斗铠的女子，她冷冰冰地扫了它一眼，下一瞬，那漫天的枪芒就覆盖了过来。

深渊恶镰不愧是深渊位面第五层的强大生物，只见它们的身体猛地收缩了一下，紧接着，一对前爪闪电般劈出了上百次，空中宛如出现了一场风暴。

它的前爪闪烁着黄色光芒，十分刺眼，使人看不清它前爪的攻击方向。

可惜，它的对手太强大了。

周围的空气仿佛突然发生了变化，使它高速斩出的前爪猛然一顿。下一瞬，空气中发生了爆炸，压制得它的身体动弹不得。银光一闪，那灿银色的长枪已经从它胸口穿过。

深渊恶镰的身躯轰然炸开，化为罕见的暗黄色雾气就要遁走。它这种级别的深渊生物死亡后，逃走的不仅仅是本身的深渊能量，甚至还有它们的思维意识。它们重生之后，还是会和重生前一样。

可惜，它面前的是白银龙枪。

第一千六百九十九章
银龙镇

长枪抖动,银色旋涡瞬间形成,须臾之间就将暗黄色雾气吞噬了,那银龙舞麟四字斗铠上的银光变得越发耀眼了。

古月娜拍动右侧龙翼,身体在半空中来了一个高速旋转,避开了两只深渊恶镰从两侧发起的冲击。与此同时,她脚下出现了一颗奇异的六芒星。

这颗六芒星的六个角的颜色都不一样,分别是代表着水元素的蓝色、代表着火元素的红色、代表着风元素的青色、代表着土元素的黄色、代表着空间元素的银色和代表着光元素的金色。

"六元素绽放,银龙镇!"古月娜口中发出冰冷的声音。

下一瞬,整个天空都剧烈地扭曲起来,在她背后,巨大的银龙缓缓浮现出来,那可是一条身长超过千米的银龙啊!

当它出现的时候,战场上的所有目光都集中在了它身上。

紧接着,古月娜高高举起手中的白银龙枪。下一瞬,那银龙骤然消散,化为一道道灿烂的银光从天而降,犹如流星一般,坠向下方的西方军团阵地。

"轰、轰、轰……"银光所过之处,就像是展开了地毯式轰击一般,每一道银光似乎都是一条银色小龙,带着六种元素的气息。它们不仅速度奇快无比,更可怕的是,它们都像长了眼睛一般,精准无比地落在了一只只深渊生物身上。

银光一旦和深渊生物接触,就会立刻发生小范围的爆炸,让深渊生物化为气流。更为奇异的是,炸开后的银光立刻化为了一个六色旋涡,居然吸住了那些气流，不让它们逃逸。

几乎只是眨眼之间，就有超过三千只各种各样的深渊生物在这一式银龙镇之下丧命。

"准神！"

千古东风刚刚一棍轰碎面前的深渊恶镰，他不顾那深渊恶镰的深渊能量正在高速逃逸，看着古月娜，眼神中充满了惊骇。

是的，准神。唯有准神才能瞬间爆发出如此强大的攻击力啊！

怎么可能？

此时此刻，千古东风内心之中满是震撼。这次，除了千古清风，千古家族的人全都来了，可是哪怕是千古迭廷也没看出古月娜已经成为准神了。

这可是准神啊！不是普通的极限斗罗！

虽然在这之前，千古东风就已经在猜测古月娜是不是已经达到极限斗罗层次了，可他万万没想到，自己这个孙媳妇竟然不动声色地超越了自己。

以她的年纪，怎么可能成为准神？难道在万兽台之中有什么奥秘不成？他第一时间想到的就是这一点。

那唐舞麟的天赋已经够惊人了，但就连他现在都还不是真正的极限斗罗啊！

银龙镇总算将深渊大军凶猛的攻势暂时挡住了，西方军团的大军此时也展开了全面的还击。

古月娜高举的白银龙枪吞噬着那些已经被她的银龙镇控制住的深渊能量。

下方的战斗已经进入了白热化。这些深渊生物的任务不只是杀人，更重要的还是破坏。就这么一会儿的工夫，从炸开的缺口开始，西方军团的防御阵地已经有很大一部分被破坏得七零八落了。

传灵塔的强者全力投入战斗，主要对付深渊恶镰，总算勉强将这攻击力极为恐怖的一族挡住了。

但就在这时，一个阴阳怪气的声音响彻天空："千古兄，好久不见。多谢你们送来的消息，我们才有了这样的好机会。不如你就此与我联手，杀了这些人吧！你也看到了，血河弑神大阵已成，这可是你成神的契机哟！"

在绿色光芒的衬托之下，鬼帝盘膝坐在巨大的骷髅头上，缓缓从下方的洞穴内飞出。

他一出现，刚刚战死的西方军团的战士们残存的灵魂瞬间化为一个个绿色的怨灵，朝着他的方向飞了过去，随即便被他身下的巨大骷髅头吞噬了。

鬼帝脸上露出满足的表情："还是新鲜的灵魂最美味。千古兄，不想和我一起尝试一下吗？"

"鬼帝，你少在这里血口喷人，今天本座就要与你决一死战！"千古东风怒骂出声。

可就算明知道鬼帝是在挑拨离间，此时已经回到大军之中坐镇指挥的董子安，看向千古东风的目光还是充满了凶狠的味道。

如果不是因为他听了千古东风的建议，选择了佯装撤退，放弃防御阵地，以西方军团的防御能力，对方根本不可能有这种破开防线的机会。

可现在再怎么后悔都是徒劳的，大敌当前，能做的唯有尽全力抵挡。

千古迭廷从另一侧飞了过来，目光灼灼地看向鬼帝："鬼帝，好久不见。欺负小辈算什么本事？口舌之争无意义。今日，我们之中只有一个能够活着离开战场。"

此时，这位千古家族最强准神显得十分平静。

自从上次在唐门和史莱克学院的重压之下认栽之后，他就一直没参与决策，大小事务全都交给了千古东风处理。而千古东风的大哥，那位炼狱斗罗则被他逐出了家族，不知去向。

千古迭廷的目的很简单，他要为千古家族留下一条血脉。

虽然史莱克学院和唐门现在已经彻底崛起，但千古迭廷对这场战斗还是充满了信心。

连千古东风都只知道千古家族有几件神器，其中最重要的一件神器一直都在父亲手中，却并不知道这件神器是什么。这是千古家族族长代代相传的重要神器，唯有在这一任族长去世之前，才会传给下一任族长。

千古迭廷就是这件神器这一代的掌控者。这件神器并不具备任何攻防能力，却有着强大的预测能力，是一件占卜类的神器。

早在当初史莱克城开始重建的时候，千古迭廷就得到了来自神器的警告。

最终，就在上次唐门和史莱克学院的强者们到来之前，他最后进行了一次预测，预测的结果是：一线生机，血脉留存。

那个时候他就明白了，千古家族很可能会遭逢大难，但不至于就此绝后。所以他才会让自己的长子离开。身为族长，他只能留下，与家族共存亡。那件占卜类神器，他让千古清风带走了。

不久前，千古清风传来了最后一次消息。他用自己的生命力为代价又进行了一次占卜，占卜千古家族的命运是否还有可能改变。

他得到的答案是：积德行善，一线生机。

千古迭廷一直都不相信命运，因为千古家族的棍法奥义就是要战天斗地，与天地抗争。可他最近才突然明白，这个世界终究还是有因果的。

史莱克城曾经遭遇的大灾难是他们这一脉造成的，那么，他们就必然会有报应。

所以，他这次来，目的只有一个，那就是在战场上尽可能多杀敌，为这次对抗深渊位面做一些贡献，为千古家族争取一线生机。

第一千七百章
强敌到来

而这一切,千古东风都不清楚。实际上早在千古东风最后一次对抗史莱克学院与唐门失败的时候,千古迭廷就已经对自己这个儿子彻底失望了。

此时,这位准神出现在战场上,目光锁定了鬼帝。鬼帝能够清晰地感觉到,千古迭廷身上释放出的气息与以前截然不同,那是一种令他都有些心惊胆战的气息。

这老东西疯了!他这是要拼命的意思啊!

洞穴那边,更多的深渊生物蜂拥而出,先前已有七只深渊恶镰被击杀,但此时竟然还有超过五十只深渊恶镰在半空之中。

还有各种各样奇形怪状的深渊生物从那巨大的洞穴之中涌出,加入深渊大军之中。

千古迭廷仰天长啸一声,举起盘龙棍,疯狂地释放出战天斗地的意念。

"千古家族永不服输!"他大喝一声,人已经如闪电一般直奔鬼帝而去。

两大准神的正面碰撞开始了。

而深渊生物这边也再次发起了猛烈攻击。

一道身影悄无声息地出现在古月娜身边,没有释放出半点气息波动。

从表面上看,它和普通深渊恶镰并没有多大区别,只是身材矮小一些,只有三米高,大概和穿上斗铠的古月娜差不多高。

但是,这只深渊恶镰的前爪不是暗黄色的,而是诡异的明黄色。它只是一动，前爪就落在了古月娜背后的一对龙翼之上。

以古月娜的实力，她在被斩中之前竟然都没有发现它。

就在这个时候，又一道身影悄无声息地出现在古月娜背后，一双有力的大手张开，精准无比地握住了那近乎无坚不摧的一对前爪。

那是一名相貌英俊的中年男子，当他的双手握住那对前爪的时候，一股恐怖的气息随之爆发。

离得近了才能看清楚，这只深渊恶镰不仅身材像人类，而且有一张与人类相似的脸，看上去还相当英俊。

当它的一对前爪被握住的时候，它吃了一惊，同时感受到了对方的气息。

"人类？不，你不是人类。"它的声音有些低沉，只有周围小范围内的生物才能听到。

紧接着，一股澎湃的气浪就在双方之间炸开了。

那中年人只是在原地晃动了一下，这只奇特的深渊恶镰便如同炮弹一般倒飞了出去，却又在下一瞬消失了。

中年人抬起双手，看向自己的掌心。他的掌心覆盖着暗金色鳞片，只是此时，双手掌心中各有一块鳞片从中断裂。

"神器级的前爪，准神层次的修为，应该是这个深渊生物种群的领主。"他说完这句话之后，身体一晃，就从古月娜背后消失了。

自始至终，古月娜都没有回过身，手中的白银龙枪依旧在吞噬着空中的深渊能量。

刚才出现在她身后的，是深渊恶镰一族的领主——镰帝！要知道，镰帝在深渊位面是排在第五位的深渊王者。就算是黑帝加蜂帝，都未必是镰帝的对手。

古月娜双眼微眯，手中的白银龙枪在空中滑动，又一颗六芒星出现了。只不过，和先前那颗不同，这一次出现的六芒星都呈灿烂的银色。

耀眼的银色光芒变幻莫测，每一瞬都在发生变化。

"空间锁！"下一瞬，周围的一切瞬间处在短暂的停滞状态。

那一只只正在空间之中高速穿梭的深渊恶镰就像被空间挤压出去了一般，全部出现在了半空之中。

古月娜凭借自己对元素的强大掌控力,将这一片空间完全封锁了,让它们失去了在空间穿梭的能力。

这样一来,深渊恶镰的战斗力就被极大程度地削弱了。

就在这个时候,一道道身影从下方升到了半空之中。其中有五道身影散发着强大的气息,为首的是一名身穿长袍的男子。

他才出现,天空便开始剧烈地震颤起来,就连古月娜的空间锁都在下一瞬崩溃了。

看到这个人后,古月娜不禁脸色一变。这是无限接近于神祇的强者啊!而且,她能够从对方身上散发出的气息中感受到,他不是邪魂师,而是深渊位面的强者。

那男子身上是华丽的金色长袍,背后是巨大的金色披风。他看上去和人类没有半点不同,相貌英俊,而且居然和唐舞麟有几分像。他只是悬浮在那里,就瞬间成了全场的焦点。

这是谁?

"有点意思。这就是人类世界吗?好新鲜的生命气息。"他用鼻子深吸了一口气,似乎很享受。下一瞬,他的目光就落在了古月娜身上。

"人类果然是充满灵性的生物,从你的身上,我竟然感受到了一种特殊的气味。我很喜欢这种气味。不如你效忠于我,做我的奴仆,如何?"

他的声音十分悦耳,听在耳中,有一种无形的诱惑力。

正在战斗的传灵塔强者的动作都不自觉地变得迟缓起来,而西方军团的战士们受到的影响更大。不只是他们,就连深渊生物都因为男子的出现而受到了影响。很多地面上的深渊生物都不由自主地匍匐在地,一动不动,可见这男子在深渊位面的地位有多么崇高。

千古迭廷和鬼帝暂时停手了。千古迭廷也大吃一惊。

居然连这种层次的深渊生物都能够通过深渊通道来到斗罗大陆了?斗罗大陆的位面之主竟然已经虚弱到了如此程度吗?

"就凭你?"古月娜缓缓仰起头,冰冷的目光中带着轻蔑与不屑。

"嗯?"那金衣男子眼中光芒一闪,整片天空似乎都随之晃动了一下,在场的所有人类强者无不开始下坠，慌忙之下才勉强控制住自己的身体。

竟然能够在这么短的时间内制造如此恐怖的一幕，这是何等强大的精神力啊！

众人只是被波及，就受到了如此巨大的影响，那正面面对他的古月娜又该受到多大的影响啊？

但是，古月娜在原地纹丝不动，她的双眸在对方看过来的时候突然化为竖瞳。在这无形的碰撞之下，两人的身体都晃了晃，她居然没有明显落于下风。

"咦？"那金衣男子显然很吃惊。他来到斗罗大陆位面确实是一件很不容易的事情，为此，深渊位面耗费了大量的资源和能量。深渊位面全力支持圣灵教制作血河弑神大阵，最重要的交换条件就是，要利用血河弑神大阵冲击斗罗大陆位面，让他来到这个世界。可想而知，他对于整个深渊位面的影响有多大了。

可是，他万万没想到，自己刚刚来到这个世界，居然就遇到了精神力不逊色于自己的对手。要知道，他的精神力可是达到了神元境！

不是说在人类的世界之中早就已经没有精神力能够达到神元境的强者了吗？这是怎么回事？

为什么血河弑神大阵开始移动了？就是因为他的到来。

在深渊位面，他的地位仅次于深渊圣君，他生活在深渊位面第二层，被深渊生物尊称为灵帝！

在深渊位面一百零八层之中，前三层的深渊王者都是唯我独尊的存在，被称为深渊三圣。

灵帝已经不仅仅是准神层次的强者了，他已有一只脚跨入神级境界。要不是深渊位面目前还承载不了这么多神祇，他早就已经成神了。

对于进攻斗罗大陆位面一事，他甚至比深渊圣君还要急切，因为只要进攻成功，哪怕只吞噬了一部分斗罗大陆位面的生命能量，他都能够成为神祇。他已经有一只脚踏入那个境界了，所以他最清楚成为神祇之后会有怎样的变化。

简单来说，他就是深渊圣君的左膀右臂，在深渊圣君闭关的时候，整个深渊位面都是由他来管理的。

这样强大无比的灵帝，却怎么也没想到，自己居然一下就遇到了对手。

第一千七百零一章
深渊位面第二层灵帝

古月娜的神情也十分凝重,她手握白银龙枪斜指地面,抬头看了一眼天空。如果不是因为受到了位面的压制,她根本就不会把面前这个家伙看在眼里。但是,位面的压制导致了她的实力始终无法完全恢复,她也没有绝对的把握能够战胜这个对手。

更何况,在灵帝身边还有四个深渊王者,每一个的实力都极其强大,而且,蜂帝还不在其中。

毫无疑问,眼前这五个深渊王者都是深渊位面排名前十的存在啊!

这就意味着,目前除了深渊圣君之外,深渊位面的其他顶尖强者很可能都已经来到了斗罗大陆位面,这和六千年前的情况截然不同。

这无疑是血河弑神大阵导致的。别说目前人类大军还面临着血河弑神大阵这一巨大的威胁,就算没有它,人类大军想抵挡住如此强大的深渊大军也绝不是一件容易的事情。

"有点意思。能有个对手也不错。等我将你的力量吞噬后,说不定不用等到吞噬这个位面,我也能达到那个层次。"灵帝在短暂的惊讶之后,看着古月娜的双眼中充满了亢奋。

古月娜冷然道:"那你可以试试。"

"好啊!"灵帝微微一笑。古月娜看着他的笑容,竟然有种好像看到了唐舞麟的感觉。

就在这时，灵帝的双眸突然化为两个金色旋涡，一股强大的吸扯力骤然出现。

灵魂吞噬！

距离这边较近的两位传灵塔强者同时闷哼一声，隐约能够看到有一股白色气流从他们头顶冒出，然后他们就那么消失了。不仅如此，千米范围内，很多原本正在战斗的人类也都在顷刻之间消失了，那一股股白色气流直接融入了灵帝体内。

古月娜脸色一变，身上的银光中突然多了一层七彩光芒。她手中的白银龙枪前指，遥对灵帝，一闪身便如箭矢一般直奔对方冲去。

"孩儿们，开战吧。"灵帝展颜一笑，身子一晃就迎了上去。刚刚因为他的出现而停下了动作的深渊大军突然士气大振，疯狂地冲向了西方军团和传灵塔的强者。

"当！"灵帝一指弹在白银龙枪之上，古月娜身体轻震，白银龙枪的吞噬能力随之释放。下一刻，只见那灵帝的手指上金光闪耀，也出现了一个旋涡，竟挡下了白银龙枪的吞噬。紧接着，他身体周围的光线突然扭曲起来。

如果换了唐舞麟在这里，这一下绝对会吃大亏。幸好古月娜的精神力同样很强大，对方的精神力一爆发，她就感觉到了，她身体周围的七彩光芒也随之炸开了。

元素之力与精神力的无形碰撞令周围的空间都剧烈地扭曲起来。而此时，包括那几大深渊王者在内，没有任何生物敢进入他们周围千米范围之内。

他们这种层次的强者之间的碰撞，根本不是一般的强者能够插手的，哪怕是那几大深渊王者被波及，也只有送死的份啊！

两道身影同时后退，但古月娜明显后退得多一些。下一瞬，灵帝身子一晃，突然幻化出了数十个自己，悦耳的声音随之响起。古月娜的精神顿时出现了片刻的恍惚。

这是神级层次的精神迷惑，她立刻就知晓了对方的战斗方式。可是，知晓是一回事，对抗就是另一回事了。

古月娜的动作变得迟缓了，脑海中又回忆起了过去的种种。

在海神湖上发生的那一幕幕是她有生以来最深刻的记忆，在史莱克学院学习的那段时间是她最幸福的时候。

而就在这时，一根金色的手指悄无声息地点向了她的眉心。

灵帝脸上露出了一丝得意的笑容，对于自己的精神力修为，他有着绝对的自信。虽然他的实力还不能和深渊圣君的相比，但他至少是与深渊圣君同层次的强者啊！

眼看他的手指就要点在古月娜的眉心位置了，突然，古月娜的双眸猛地亮了起来，慑人的光芒爆射而出。

灵帝暗叫不好，加快速度，一指点在了古月娜的额头上。

但是，就在这个时候，古月娜的额头上多了一块圆形的银色鳞片。

当他的手指点在上面的时候，不仅他的深渊能量无法渗透进去，更可怕的是，他发现那鳞片上有一股强大的吸扯力，居然就那么吸住了他的手指。

与此同时，古月娜的白银龙枪已经刺到了他的咽喉位置。

这一切发生得非常快，哪怕是灵帝都没反应过来。

就在这个时候，这个深渊位面的第二强者展现出了他恐怖的实力。只见他全身金光大放，仿佛在刹那间化为了神祇。

他瞬间化为金色旋涡，将白银龙枪挡开，然后向古月娜席卷了过去。

七彩光芒大放，古月娜化为七彩旋涡。

两个旋涡碰撞在一起。

七彩旋涡被甩开，金色旋涡落在了另一边，然后双方重新化为人形。

"你是如何破开我的精神迷惑的？这不可能，你应该没有这样的能力。"灵帝吃惊地道。

如果他刚才的反应再慢一点，很可能就遭受重创了，这让他怎么能不吃惊？他不禁暗想，这真的只是一个人类吗？

人类什么时候变得如此强大了？虽然他没能参加六千年前那一战，但他从深渊位面的其他种群的描述中对人类有了充分的了解。在他的认知中，应该是只要自己来到这个世界，这个世界的所有人类就只能任由自己宰割才对，可现在的实际情况并不是那样的，单单是眼前这女子都不那么容易被拿下。

第一千七百零二章 双龙齐至

此时,西方军团与深渊大军已经混战在了一起。尽管有传灵塔的强者帮助,可是,整个西方军团还是损失惨重。

鬼帝和千古迭廷战在一处,可是,在传灵塔和西方军团这边准神层次的强者又有几个呢?他们根本挡不住这么多的强敌。而在深渊猛犸的带领下,深渊大军冲向西方军团的将士们时简直如同虎入羊群一般。虽然大部分深渊恶镰都被传灵塔强者挡住了,可是,深渊位面这边,另外四大深渊王者已经成了战斗的主力。

一声声惨叫不断在空中响起。

此时,黑帝的右手已经击中了魔女斗罗李梦洁的胸膛,正吞噬着她的生命能量。

拳皇斗罗大摩已经被一名深渊王者紧紧抱住,生命气息正渐渐变得微弱。

整个场面已经完全失控了。敌人太强大,强大到了他们根本无法抵挡的程度。

如果不是古月娜挡住了灵帝,恐怕现在战场上都已经没几个人了。可是,她能阻挡多久?深渊大军占领这里又需要多久时间呢?没有人知道。

从深渊大军出现到现在,实际上也就过了十几分钟而已。这个过程实在太短暂了,西方军团在失去了阵地之后,实在是难以抵挡深渊大军啊!

就在这时,一声长啸响彻天际,天空中,一道金色光芒飞来。

与此同时,一股股无比强势的气息降临,向深渊大军扑去。

援军终于到了。

在发现这边的情况不对劲之后，余冠志和陈新杰在第一时间返回了作战总指挥部，开始调遣军队。

调遣军队没那么快，但强者足以先到达战场。

在古月娜和灵帝刚刚开始碰撞的时候，唐舞麟就已经感应到了，他和古月娜在冥冥之中总有一种能够相互联系的感觉。他能清楚地感受到古月娜在面对强敌，而且还是非同一般的强敌。

内心深处最柔软的地方被触动，唐舞麟怎能不着急？所以他在第一时间就全速飞了过来。跟随在他身后的，自然是唐门与史莱克学院的一众强者。

唐舞麟一眼就看到了古月娜对面的灵帝，也立刻就感受到了对方那远超常人的恐怖气息。他拍动背后的双翼，身体移动之间，来到了古月娜身边。

他来了，古月娜自然也感受到了。看着那瞬间降临在自己身边的金色身影，她的眼神不禁出现了一些变化。

"你没事吧？"唐舞麟的声音中透着焦急。

古月娜轻轻地摇了摇头。

唐舞麟这才扭头向灵帝看去，当他看到对方的模样居然和自己有些相像时，不禁愣了一下。

对面的灵帝看到他后，双眸一亮。

"你就是圣君说的那个能够给我们带来威胁的人类？嗯，我模拟得还不算太像，还是你这个样子好。真不错，本座就喜欢你们人类的模样。"

说着，灵帝的相貌突然变了，只是瞬息之间，他居然就变得和唐舞麟一模一样了。

就在他完成面容转变之后，神色却微微一变，因为他清楚地感受到了跟随唐舞麟到来的一众强者的强大气息。

众位极限斗罗击退了几个深渊王者，瞬间就稳住了局面。

雅莉抓住李梦洁，但一触碰到李梦洁的身体，她就知道完了。

虽然双方曾经站在对立面，但她们都是人类，又都是女性封号斗罗，见此情形，雅莉自然于心不忍。

雅莉甚至可以复活刚刚死去的人，可是，李梦洁失去的不仅仅是生命，还有全部的生命力。她的整个身体已经彻底崩溃了，根本没有能够重生的细胞组织。

这就是深渊生物，可以吞噬一切的深渊生物。雅莉看向退开的黑帝，眼中满是愤怒。

另一边，灵帝微微一笑，轻描淡写地说道："有意思，难怪圣君会如此重视你。没关系，咱们不着急，慢慢玩。等我们的大阵到来之时，就是你们彻底灭亡的时刻。撤退吧。"

他一挥手，下方的深渊大军顿时如同潮水一般向后退。

那些深渊强者和圣灵教强者都先后击退了自己的对手，回到灵帝身边一字排开，虎视眈眈地看着人类这边的众人。

唐舞麟想说些什么，却被身边的古月娜拉住了。唐舞麟扭头向她看去，她向他摇了摇头。

唐舞麟感觉到了什么，终究没有再去追赶。

深渊大军来得快，退得更快，只是一会儿的工夫，就已经撤离了战场。

"我很快就会回来的，等着我。"相貌和唐舞麟一模一样的灵帝脸上露出邪恶的笑容，身体周围的空间突然变得扭曲起来。下一瞬，他和那些深渊强者以及圣灵教强者就消失了，空气中强大的压迫力直到此刻才算完全消失。

直到他们的气息彻底消失，唐舞麟身边的古月娜才全身一颤，发出一声轻微的闷哼。

唐舞麟赶忙扶住她晃动的身体："古月娜，你……"

古月娜摇了摇头："只是精神受到了一些冲击，没什么事。他的精神力达到了神元境，非常强大。"

从精神迷惑中挣脱出来并不是一件容易的事情，怎么可能一点代价都不付出呢？

"放开你的手！"就在这时，一个愤怒的声音响起。

唐舞麟下意识地松开了扶住古月娜的手，下一瞬，手持盘龙棍、看上去有些狼狈的千古丈亭就从下面飞了上来。

他直接来到唐舞麟身边，怒道："娜娜也是你能碰的吗？"

唐舞麟先是愣了一下，然后目光转向古月娜。古月娜却低下了头，什么都没有说。

在这一刹那，唐舞麟只觉得自己的心脏仿佛被什么东西刺穿了一般，剧烈的疼痛袭来，这种痛苦的感觉险些令他无法呼吸，脸色微微一白。

"我们走吧。"古月娜轻声道。说完，她率先向下方飞去。

千古丈亭狠狠地瞪了唐舞麟一眼："警告你，离娜娜远一点。"

唐舞麟根本就没有听到他在说什么，在唐舞麟的脑海中，只有刚才古月娜低下头的那一幕。

她避开了自己的目光，她没有阻止千古丈亭，也没有给自己任何眼神。

这还是头一次。

在唐舞麟的意识之中，无论什么时候，她的心都一直是在他这边的。像这样的躲避，真的还是第一次啊！他第一次觉得自己要失去她了，这种感觉让他痛彻心扉。

下方一片狼藉。

西方军团阵地的防御工事超过一半已经被彻底破坏，剩下的防御工事当中，能够运转的魂导器不到十分之一。

就在刚刚这短暂的交战过程中，西方军团损失了三万以上的主战兵力，那可是三分之一的战斗力啊！此外，还有大量的机甲破损。

他们是回来救援的，没有任何屏障能为他们阻挡住敌人，好发挥出炮火的优势。一切都来得如此突然，对于西方军团来说，这根本就是一场灾难。

第一千七百零三章
传灵塔塔主古月娜

西北军团、中央军团的援军在数分钟之后到达了,可是,他们来了又能如何呢?已经损失的,再也回不来了。

董子安站在凶狼顶部,看着一片狼藉的阵地,整个人都仿佛苍老了十岁。

如果不是因为自私,想逼迫唐门和史莱克学院尽快使用永恒天国,西方军团也不会这么快就遭逢如此打击。

但是,在这个世界上永远都没有如果,一切已经发生了,惨剧就摆在眼前。

一个个汇报上来的数据不断地冲击着他的心,令他更加痛苦。

那一张张熟悉的脸已经不在了。敌人的强大,远远超出了他的预判。

千古东风、千古东风!

董子安咬牙切齿地在心中喊着这个名字。正是听了这位传灵塔塔主的建议,他才下定决心那么做的啊!

他的目光在人群中搜寻,很快他就找到了千古东风的身影,不只是千古东风,还有众多传灵塔的强者。只是,此时他们围成了一圈,在那个圈子之中,躺着数十名被深渊强者吞噬了生命力的传灵塔强者。

这其中,包括数名封号斗罗。

董子安张了张嘴,想说什么,却终究没有说出来。

刚刚如果不是传灵塔的人挡住了众多深渊强者,恐怕西方军团的损失会更加惨重。尤其是古月娜挡住灵帝的那一幕,深深地烙印在了他脑海之中。

直到那时他才知道，原来这名平时在会议中很少说话、十分低调的女子有如此强大的实力，那实力甚至还在千古迭廷之上啊！

"千古东风，我们要重新选塔主，你没有资格再做传灵塔的塔主。"一个尖锐的声音突然响起，引起了很多人的注意。

而此时的千古东风站在众多传灵塔强者的尸体面前，整个人完全陷入了失魂落魄的状态。

他当然知道这件事情的严重性，是他的决定让西方军团和传灵塔损失如此惨重。要不是古月娜展现出了出人意料的强大实力，损失恐怕还会大一倍以上。

千古迭廷闭着双眼，但能够看到他的身体在轻微地颤抖着，脸上是一种难以名状的痛苦表情。

千古家族完了。

千古迭廷很清楚今日一战意味着什么。

西方军团一直都是传灵塔最重要的盟友，可传灵塔今天真的是害惨了盟友啊！传灵塔的确损失惨重，但西方军团的损失更大，他们上面的那位军部部长一定会大发雷霆。

传灵塔再怎么有钱，一旦失去了军方的支持，他们也就是一个魂师组织而已。更何况，传灵塔不等于千古家族。

早在之前唐门与史莱克学院向传灵塔发难的时候，传灵塔内部就已经有一些人表达了对千古家族的不满。而现在，这一切无疑都将会被放大。所以，传灵塔或许还没有完，但千古家族确实要退出传灵塔领袖的舞台了。

千古东风没有推卸责任，因为他知道，在这个时候推卸责任没有任何意义。哪怕他认为自己所做的一切都是为了传灵塔，可现在说这些有用吗？谁会听他的？

千古迭廷缓缓睁开双眼，叹息一声，道："这一切都是东风造成的，他应该承担责任。我也认为，他不应该继续担任塔主一职了。史莱克学院与唐门都在年轻人上位之后蒸蒸日上，而我们传灵塔，也到了该换新鲜血液的时候了。"

说着，他眼神有些复杂地看向静静地站立在千古丈亭身边的古月娜。

千古丈亭有些犹豫地道："曾祖，我、我可能还……"

千古迭廷眼睛一瞪，道："住口。丈亭，你过来。"

千古丈亭愣了一下，然后才来到千古迭廷身边。他想问些什么，但感受到曾祖身上冰冷的气息后，终究还是没有问出来。

千古迭廷看向古月娜："现在情况紧急，我提议，先由古月娜副塔主暂代塔主一职。等这次战斗结束之后，我们再返回传灵塔进行选举。不知各位意下如何？"

千古迭廷无论怎么说都是传灵塔最重要的人物，是一代准神，就算千古家族没落了，他的话也是很有分量的。

千古东风身体一震，看向父亲。

千古迭廷却连看都没看他一眼。这位原传灵塔塔主张了张嘴，下一刻，他脸上满是颓然之色，整个人的气息都随之衰弱了。

他其实并不认为自己错了，更不知道自己错在什么地方，可此时此刻，现实摆在眼前，容不得他再反抗。

"我同意。"天凤斗罗冷遥茉沉声说道。在说出这句话的时候，她的目光落在了古月娜的脸上。

"我也同意。"又一名长老开口说道。

站在千古迭廷身边的千古丈亭十分诧异，他刚才还以为曾祖是要对自己委以重任呢，可没想到，曾祖要推举的并不是自己，而是自己的未婚妻娜娜。

但他在愣神了片刻之后，立刻就大喜过望，眼神痴迷地看着古月娜，脸上露出了笑容。

看着孙子的模样，千古东风心中暗叹一声。

古月娜啊古月娜，这个丫头隐藏得实在是太深了！

是的，古月娜很年轻，可在现在这个时候，确实没有比她更加合适的人选了。

自从加入传灵塔之后，古月娜的地位就如同坐火箭一般上升着。可是，这都是她自身的能力、实力带来的。

在传灵塔，想晋升得快，首先就要看自身修为，修为与职务直接挂钩。这也是早年古月娜晋升的重要途径。她进入史莱克学院学习之后，实力不断提升，地位也随之不断提升，小小年纪就在传灵塔有了非常不错的地位。

而真正让她进入高层视野，并且开始走入传灵塔核心层的，是万年魂灵的研制成功。

虽然古月娜当时只是在原本的研究基础上进行了一些改进，可就是这些改进，避免了传灵塔在万年魂灵研制上再走弯路，最终将万年魂灵研制成功。

万年魂灵研制成功对于魂师界的影响是颠覆性的，也让传灵塔的地位直线上升，甚至也是后来千古东风敢对史莱克城动手的主要原因。

拥有了人造万年魂灵，就相当于笼络了几乎所有的高阶魂师。毕竟，十万年魂兽已经不太可能找到了，拥有十万年魂环的魂师在整个魂师界凤毛麟角，万年魂灵就是绝大多数魂师的最高追求。

现在和远古时代不同，在远古时代，想获得一个万年魂环还需要亲自猎杀万年魂兽，其中的风险可想而知。而现在只需要花钱就能够从传灵塔获得万年魂灵，这相对来说就容易多了啊！

从那时候开始，传灵塔就获得了天文数字般的金钱，在大陆上的地位也有了质的飞跃。

也正是凭借这一点，古月娜在连续跃升了几次之后，成了传灵塔四大传灵使之一。

当然，这也和千古丈亭喜欢她，她又是天凤斗罗冷遥茱的弟子这两件事分不开。

第一千七百零四章 改造成功

在这之后，古月娜的实力一直在持续提升，但对于她来说，在正常情况下，传灵使其实已经是她能晋升到的最高位置了。除非她能够修炼到极限斗罗那个层次，才有可能在未来接替冷遥茱的位置，成为传灵塔的副塔主。

但万兽台的研究让古月娜又往前迈了一步。

万兽台令传灵塔又拥有了一个更好的收入项目，更是让传灵塔把很多魂师都笼络了过来。

万年魂灵加万兽台，让传灵塔的地位几乎接近当初的武魂殿了。

要不是史莱克学院迅速崛起，很可能未来的魂师就只知道传灵塔了。

如今，就在刚才，古月娜又展现出了准神层次的强大实力，更何况她还如此年轻啊！积累的功勋加上自身的实力，还有出众的外表，这一切都令她成了继承传灵塔塔主之位的最合适的人选。

哪怕是天凤斗罗冷遥茱，在这个时候都没有和她争夺的可能，毕竟修为上的差距以及古月娜对传灵塔做出的贡献都摆在那里。

其实千古东风当初的想法就是让古月娜和千古丈亭结婚，这样从某种意义上讲，古月娜的功劳就算她跟千古丈亭两个人的了，他也相信自己有这个能力说服古月娜。可是，婚礼还没有举行，一切就都发生了天翻地覆的变化。

现在千古东风只希望古月娜和千古丈亭的感情足够稳定，能够让他们真正地走到一起。那样的话，千古家族还不至于真的没落下去。

一声声"同意"犹如钢针一般扎入千古东风的心，此时他心中一片悲凉。无论他如何自私、刚愎自用，至少在他看来，他一直都在为传灵塔奉献自己，一心只为了让传灵塔变得更加强大。当然，他也想借此找到成神的机会。

但现在一切都已经完蛋了。传灵塔需要给军部、给西方军团一个交代，而他，就是这个交代。

千古迭廷深吸一口气，神色恢复平静，看向古月娜，道："既然大家都同意了，那娜儿，你自己的意思呢？"

直到此时，古月娜的眼神才出现了一些变化，她的目光先是从千古迭廷脸上掠过，再落到千古东风的脸上，最后投向了千古丈亭，然后脸上露出了一丝淡淡的微笑，轻轻地点了点头："好，既然大家信任我，那我就会努力做好，我一定会维护好我们传灵塔的利益。"

她答应了？千古东风一惊，瞬间觉得有些崩溃，可是，此时的他还能说什么呢？他根本阻止不了眼前这一切的发生。

而此时，唐舞麟以及史莱克学院和唐门的众人都还没有离去，下面发生的这一幕，他们也都看在眼中。

唐舞麟的精神甚至有些恍惚。

曾经，他和古月娜一同在史莱克学院学习，那时候的他们是那么的弱小。

而现在，他是唐门门主、史莱克学院海神阁阁主，而她竟然成了传灵塔塔主。

尽管在高端战力方面，现在的传灵塔受到了史莱克学院和唐门的压制，可是，传灵塔的的确确是大陆第一大组织啊！无论是从魂师人数还是从拥有的资源来说都是如此。

她竟然成了传灵塔塔主？难道这就是她一直以来都不肯和自己在一起的原因吗？

就是出于这一目的，她才要一直留在传灵塔，留在千古丈亭身边？

唐舞麟下意识地握紧双拳，在心中嘶吼着，古月，你可知道，只要你肯留在我身边，我愿意为了你放弃一切啊！难道你真的是一个有野心的女人吗？野心才是你不愿意和我在一起的真正原因？

"这里暂时不会有事，我们走吧。"雅莉的手搭在了唐舞麟的肩膀上。

唐舞麟一震，扭头看向她。

在这一瞬间，雅莉从他的眼眸中看到了十分复杂的情绪。

"别想那么多，一切都要等这次战斗结束之后再说。"雅莉轻声说道。

唐舞麟默默地点了点头，尽可能地控制住自己内心的情感，让自己冷静下来。

是啊！无论怎样，都要等这次的大灾难结束之后再说。在击败圣灵教和深渊位面之前，说什么都是徒劳。而接下来，他们很快将要面对的就是来自血河弑神大阵的威胁。

就在这时，唐舞麟手腕上的魂导通信器突然响了起来。

唐舞麟下意识地接通，另一边传来一个兴奋的声音。

"成功了！唐舞麟，你知道吗？我成功了！哈哈哈，我成功了啊！当初我爸爸妈妈都没有做到的事情，我做到了！我成功了！"

凌梓晨近乎歇斯底里地兴奋地大叫着。听着她的声音，唐舞麟突然有种强烈的冲动。在这个时候，他突然特别想冲到古月娜身边，告诉她这一切。

他一向是冷静的，可就在这一刹那，他特别不想冷静。他甚至想告诉她，如果她愿意回到他身边，就连唐门门主、史莱克学院海神阁阁主的位子，他都可以让给她。

他是那么爱她，哪怕身边曾经有一些绝色美女对他有好感，他的心从来就没有变过，一如年少时那般单纯。

可是，他真的能那么做吗？他不能。史莱克学院和唐门并不属于他，他根本让不了。而现在，人家已经是传灵塔塔主了，是大陆第一大组织的领袖。他和她之间的距离，似乎变得更加遥远了。

就在这时，刚刚接受了传灵塔塔主之位的古月娜突然抬起头来，转身看向空中的唐舞麟。

唐舞麟的目光本来就一直在她身上，刹那间，天空与大地之间，目光交会。在这一瞬间，唐舞麟看到的是温柔如水的她。

他愣了愣，然后他就看到了她的微笑，那是一种充满了抚慰，又带着极其复杂的情绪的微笑。

在她那微笑之中，仿佛包含着万千种情感。

此刻，唐舞麟突然从先前的痛苦中惊醒了过来。

不是的，她不是为了权力、欲望才这么做的。不是的，她有别的苦衷。

唐舞麟在心中这样肯定地告诉自己，因为他突然意识到了一个问题。如果古月娜真的是对权力有着强烈欲望的人，如果她真的是为了掌控传灵塔而离开自己的，那么，自己又怎么会一直对她恋恋不舍呢？

而且，他和她之间的情感，那种一直留在内心深处的情感，绝非外物能够动摇的。

她不是那样的人！

他豁然开朗，眼神之中带着几分歉意，仿佛是在告诉古月娜，他不该怀疑她。可是，就在这一瞬，他突然看到，从她的眼底深处流露出了浓浓的悲伤，一种难以言喻的悲伤情绪顿时感染了他。

她这是怎么了？为什么她会如此悲伤？

唐舞麟的心瞬间被触动，在被触动的同时，他有种奇异的感觉，似乎在这一次凝望之后，两人之间的距离并没有拉近，反而变得更加遥远了。

"走吧。"雅莉拉了一下唐舞麟，跟史莱克学院和唐门的强者们一同离去了。

董子安此时已经回过神来，他什么都没有说。余冠志也只是给他打了一个魂导通信，告诉他，中央军团和西北军团会用最快的速度尽可能地帮他重建一些防御工事。而此时此刻，远方的血河弑神大阵依旧在以缓慢而稳定的速度朝这边靠近。

天色渐渐暗了下来，黑暗已经吞噬了光明，唯有远方的一片紫黑色在向前缓缓移动。

西方军团的士兵们此时有种风声鹤唳的感觉。再精锐的军队在损失了三分之一的战力之后，士气也会大跌，更何况一切又是在这么短的时间内发生的。

对手的强大已经彻底击溃了他们的自信，整个西方军团此时陷入了异常压抑的气氛之中。

第一千七百零五章
誓与军团共存亡

董子安坐在临时搭建起来的指挥部里,指挥部里的其他军官全都是他手下的重要将领。而代表传灵塔的一方中已经没有了千古家族的人。

"首先,我代表军团,感谢你们的帮助与支持。"董子安向古月娜点了点头。

无论怎样,一位准神都是绝对值得尊敬的。如果不是她挡住了灵帝,让其无法尽情施展实力的话,整个西方军团很可能就彻底崩溃了。

古月娜点了点头,没有说什么。

董子安深吸一口气后,道:"看到那些牺牲的将士,我感到万分悲痛。别的不多说了,是我的决定导致了这次的溃败,这次战斗结束之后,我会自己上军事法庭。不过,我现在已经不准备回去了。除非深渊生物被彻底击退,否则,我董子安绝不会再后退半步,我要用我这条命,和敌人拼到底。但是,我没有资格要求你们和我一起这样做。"

说到这里,他痛苦地闭上了双眼。

"将军,您别这么说,如果没有您,就没有今天的我们。在我们看来,您并没有做错什么,您之前做的决定都是为了军团,为了我们大家。您的决定就是我们所有人的决定,所以,就算是错了,我们也要共同承担。牺牲的兄弟们不会怪您,我们也不会。您要决一死战,我们就陪您一起决一死战。我们不会后退半步,我们要为牺牲的兄弟们报仇。"

一名少将站起身，铿锵有力地说出了这番话。他相貌丑陋，身上却散发着铁血军人的阳刚之气。

"唰！"在场的所有将领全部起身。

"誓与军团共存亡！"

每一名军人都热血澎湃，他们每个人都没有半分犹豫。

董子安的眼睛瞬间湿润了。他同样站了起来，脑海中不禁回忆起了过去的种种。

这么多年来，他从进入军队的第一天起就在西方军团，从一个小小的列兵开始做起，一步步累积军功，最终成为西方军团军团长，并将原本排名靠后的西方军团带到了现在这个位置。

可以说，在军团的每一个角落都出现过他的身影。而在场的所有将领，几乎都是他一手提拔起来的，整个西方军团因此宛如一块铁板。

危难时刻见真情。在这一瞬，他觉得值了，自己这么多年为西方军团付出的一切，都值了！

"好！生，一起生；死，一起死。为了联邦！"

"为了联邦！"所有人都发出了山呼海啸一般的怒吼。

大军集结，中央军团、西北军团的士兵都在朝着这个方向行进，为了避免敌人突然转向，两大军团都调遣了三分之一的兵力支援西方军团。

而此时，就在生命子树旁边，唐舞麟和史莱克学院、唐门的众人都在静静地等待着，等待着最后时刻的到来。

凌梓晨此时就站在他身边，直到此刻，她那俏脸上还有着掩饰不住的兴奋。

永恒天国改造成功了。在生命子树的帮助下，疲惫的她已经恢复过来了。如果不是唐舞麟一再告诉她不要表现出来，并且这件事要完全保密，她恐怕早就忍不住显露出自己的情绪了。

是的，唐舞麟没有把这个消息传出去，这是他在和凌梓晨、余冠志通话后做出的决定。

西方军团或者传灵塔内部一定有内鬼，否则，怎么可能会让深渊大军抓住刚才那千载难逢的机会？

要不是古月娜的实力出乎了所有人的意料，恐怕情况会更糟糕，深渊大军很可能已经冲开了防线。所以，永恒天国改造成功这件事，仅有凌梓晨、唐舞麟、余冠志、无情斗罗以及多情斗罗几人知道。

现在他们面对的几乎是最糟糕的局面了。深渊位面的强者当中，恐怕只有深渊圣君没有降临。先前被古月娜勉强挡住的灵帝是十分接近神祇的强者，除了他，还有众多帝级强者和不计其数的深渊生物。

接下来，最艰难的时刻即将到来，但其中也藏着他们的机会，反攻深渊大军的机会。

作战总指挥部。

"传令下去，让海神军团、北海军团、东海军团准备好所有远程炮火，不惜一切代价，瞄准西方军团防线前三十公里处，锁定目标，等候命令……"

余冠志在作战总指挥部中下达着一条条命令，此时的他一脸严肃。

瀚海斗罗陈新杰就站在他身边。他们一夜未睡，都在静静地等待着那很可能是最后决战的时刻的到来。

成功还是失败，在此一举！

作战总指挥部内一片肃穆。联邦议会刚刚传来消息，前线的一切由余冠志全权做主，目标只有一个，那就是拒敌于国门之外。为此，他们可以不惜一切代价。

南方军团加快了行进速度，最多再过一天就将抵达前线。

余冠志在接到了联邦议会的授权之后，下达的第一条命令就是，任何人，胆敢再后退一步的话，立刻就地正法，不需要上军事法庭。

足足有百万联邦士兵云集在这里，可是，他们能挡住深渊生物吗？

没有人知道，就连余冠志自己都不知道。

"还有四十公里，即将到达指定攻击地点。"作战参谋的汇报声响起，令整个作战总指挥部内的气氛瞬间变得更紧张了。

余冠志抬起手，当他拨出那个魂导通信号码的时候，手指甚至有一些轻微的颤抖。对于身为极限斗罗的他来说，这是从未有过的情况。

"唐门主，你那边准备好了吗？"

"准备好了。"

"好，麻烦你了。目前血河弑神大阵距离我们四十公里，你们可以做最后的准备了。"

"收到。"

挂断魂导通信后，余冠志深吸一口气，急促地下达了命令："所有舰艇、炮火，进入一级战斗准备。锁定目标，等我命令。"

凌梓晨的机甲和以前有了一些不同，胸口位置多了一块菱形宝石，宝石是红色的，在粉色机甲上显得十分醒目。

此时，那红色的宝石光芒闪耀，突然翻转，一个个金属零件从内部翻出，最终组合成了一个金属架，而一个直径大约半尺、向外突出大约两尺的炮管就在这当中出现了。

"舞麟，帮我稳固炮架！"

看到她胸前的炮管，唐舞麟不禁脸色大变。

"你真是个疯子！"

（与深渊位面的大决战即将展开，改造后的永恒天国能挡住血河弑神大阵吗？略微透露一点给大家，这一场大决战的最终结果我早在很久以前就设计好了。许多未解的谜团都将在这场大决战结束之时为大家解答，很多都是我在整部小说中做了铺垫的，绝对大大出乎你们的意料，但又在情理之中。我自己都有些按捺不住了。大家接着往后看，后面绝不会让你们失望的。）

（本册完）

《斗罗大陆 第三部 龙王传说》第26册2018年5月上市！敬请期待！

本书由唐家三少委托中南天使（湖南）文化传媒有限公司正式授权湖南少年儿童出版社，在中国大陆地区独家出版中文简体版本。未经书面同意，本书的任何部分不得以图表、电子、影印、缩拍、录音和其他任何手段进行复制和转载，违者必究。

| 附录 |

惟我独仙

典藏版
精彩抢先看

兄弟相见不相识

那是一名青年男子,穿着一身暗红色的劲装,披着同色披风,全身散发着若隐若现的魔光,有些苍白的脸异常英俊。

虽然此人气质变了,身材也比以前高大了,但是,海龙在第一眼见到此人时就认出来了。

这正是从小和自己一起长大,后被魔宗中人抓走的张昊!

青年听到"豆芽儿"这个名字时明显全身一震,眉头微皱,露出思索的样子,盯着海龙,道:"豆芽儿……豆芽儿是什么?似乎很熟悉。"

海龙激动得全身发抖,他赶忙收起自己的幻形之术,露出本来面貌,冲上前去,兴奋地道:"豆芽儿是你的名字啊!豆芽儿,我终于找到你了,你知道吗?这些年我找你找得好苦啊!我是海龙,我是你大哥海龙啊!"

青年脸上露出迷惘之色,看着面前这张似曾相识的脸,心中生出一丝淡淡的亲切感:"海龙?我好像没听过这个名字。"

海龙一愣,微怒道:"豆芽儿,你糊涂啦?我是海龙,你是张昊,小时候,我叫你豆芽儿,而你经常叫我小虫,每次你那么叫我,我都会打你的头。难道以前的一切你都不记得了吗?我从生下来就是一个孤儿,几乎可以说是在你家长大的,我们两个是比亲兄弟还要亲的好兄弟啊!你这是……这是怎么了?"

青年的表情突然冷了下来，杀机重现，道："死到临头还敢欺我，什么豆芽儿、海龙的，我一概不知道。既然你属于正道，那就去死吧。魔天令，去！"

神霄雷舞

隆隆雷声响起，大地随之震动，天空突然亮了起来，天边的红云飞快地朝这个方向聚拢着，浩然正气再次大盛，整座天堂山完全被笼罩在内。

邪祖赞道："不错，怪不得我听说你最擅长雷法，这神霄天雷的使用，恐怕整片神州大地也无人能及。来吧，让我品尝一下这足以媲美第一重天劫的神雷。"

飘渺道尊剑指苍天，没有被邪祖的话影响分毫，她身体周围方圆一丈的空间不断地扭曲着，冰冷的声音响起："天地雷动，神霄天威。现。"她手中长剑下指，顿时，一道暗红色的神雷伴随着蓝色闪电骤然落下。

邪祖那血色光团终于动了，她并没有躲避，一层血雾扬起，她就那么硬生生地接下了神霄天雷的攻击。

巨响声中，邪祖后退三丈，低声道："好厉害。"

飘渺道尊眼中寒光连闪，虽然在见识到对方的强悍之后有些吃惊，但她手中的动作没有丝毫迟疑，只听她喝道："天威再现！"

又是一道神雷砸下，重重地轰在邪祖身上。

但是，结果是一样的，而且这次，邪祖居然少退了一丈。她所显示出的实力，已经超出了飘渺道尊的想象。飘渺道尊一咬牙，轻舞手中的神霄剑，身随剑走，竟然无比曼妙地舞动了起来。

神霄剑带着丝丝雷电，每舞动一下，就会有一道惊雷劈落。一道接一道威力强大的神霄天雷轰击着血色光团。

这就是飘渺道尊所擅长的威力最大的神霄雷舞。

《惟我独仙 典藏版》第1、2册全国销售中，第3册即将上市，敬请期待！

天珠变

典藏版
精彩抢先看

◆ 多面周维清 ◆

◆　　看着周维清带着一副可怜兮兮的表情离开了，上官冰儿顿时像泄了气的皮球一般坐在了地上，扔掉了手中的羽箭，双手抱膝放声大哭起来。她本就不是那种特别坚强的女孩，这次好不容易才死里逃生，她一时间百感交集，不禁痛哭失声。

　　周维清还没走多远就听到了上官冰儿的哭声，顿时停下脚步，又蹑手蹑脚地回来了。他先把上官冰儿扔掉的羽箭又扔远了一点，然后才小心翼翼地在她身边不远处蹲了下来，他也不知道该如何安慰人家，只能在一旁蹲着，暗想：不愧是帝国第一美女啊，就连哭的时候都这么美！

　　上官冰儿哭了半天也不见停歇，周维清看看越来越亮的天色，忍不住提醒她道："营长，咱们是不是该回去了？再不回去的话，恐怕就要被人发现了。"

　　上官冰儿自然知道这家伙又回来了，她抬起头，看了他一眼，抽噎着道："要你管？你怎么还不滚？"

周维清十分善于察言观色，他一眼就看出来了，上官冰儿哭了这么一会儿后，眼中的怨恨减少了许多，虽然她的语气依旧严厉，但已经不带半分杀气了。

"我现在、立刻、马上就滚。"周维清学着昨天上官冰儿说话的样子说道，然后掉头就跑。虽然上官冰儿的怨气减少了一些，但还是很可能会揍他一顿。

眼看着周维清有些狼狈地逃走了，上官冰儿咬了咬唇，这才站起身，朝军营走去。

◆

呼延傲博长叹一声，双手拍了拍自己圆滚滚的肚子，道："行了，你也不用敲边鼓了。臭小子，把你的意珠给我看看，只要确定你的意珠是拥有空间属性的金绿猫眼意珠，你这徒弟我就收了。以后你所有的凝形、拓印都归我负责，这总行了吧？"

周维清立刻将头摇得跟拨浪鼓似的。

呼延傲博怒道："你还想怎样？"

周维清委屈地道："前辈，你不要这么凶嘛。你想啊，兄妹本是一体，我妹妹呢？而且还要加上一条——不能限制我的自由。"

呼延傲博的呼吸顿时变得急促起来："小子，你这是敲竹杠！我就没见过你这样的弟子。"

周维清嘿嘿一笑，道："像你这样的铁公鸡我也是第一次见。习惯就好，习惯就好。"

呼延傲博一脸痛苦地看向风宇，风宇却抬头望天，一副事不关己的样子。

《天珠变 典藏版》第1册4月强档上市，敬请期待！